スペアの恋

椎崎夕

幻冬舎ルチル文庫

CONTENTS ✦目次✦

スペアの恋

✦カバーデザイン＝清水香苗（CoCo.Design）
✦ブックデザイン＝まるか工房

イラスト・陵クミコ✦

スペアの恋

1

太陽が、黄色い。

という言い回しは知っていたが、なるほどこれがそういうことか。

窓際に置かれたダブルベッドの上、半端に起きあがった格好でカーテンを引いたまま、槙《まき》原俊《はらすぐる》はつくづくそう思った。枕許《まくらもと》に転がった煙草を拾い、唇の間に挟みながら、窓の外の視界を灼《や》くような明るさに、思わず目を眇《すが》めてしまった。

ここ数日仕事漬《づ》けでろくに見ることがなかったせいか、それとも時刻のせいなのか。すでに中天にある太陽は、直視できないほど眩《まぶ》しい。エアコンのタイマーが切れた後も熟睡していたらしく、パジャマ代わりのTシャツがぐっしょりと濡《ぬ》れて、肌に張りついていた。

ぼんやりしたまま、エアコンのスイッチを入れた。吹き下ろしてくる冷風にほっとしながら、サイドテーブル上の灰皿を引き寄せる。

眠気覚《ざ》ましに吸い込んだ紫煙は、毎度のことながら最初の一服がやけにいがらっぽい。深く吸い込むと、脳天に突き刺さるような錯覚があった。三分の一を吸ったところで気分が悪くなってきて、俊は灰皿で火をもみ消す。

「……腹減った」

自分のつぶやきを聞いた後で、空腹に気がついた。のろのろと腰を上げてキッチンへと向かい、冷蔵庫を開いてから、俊は予想外のことにその場にしゃがみ込んでしまう。

「うーん……？」

冷蔵庫の中が、ものの見事に空っぽだったのだ。

そういえば、ここ一週間は仕事が詰まっていたせいでまともに外に出ていない。夏だということに間違いはないはずだが、果たして今日は何月何日だったか。考えてみて、それすら思い出せない自分に気がついた。

もっとも、仕事に集中していればこの程度は日常茶飯事だ。そして記憶にある限り、こういう場合であっても冷蔵庫にはそれなりに食べられるものが入っている、はずなのだが。

「まあ、いっか」

ないものはないのだから仕方がない。諦《あきら》めて冷蔵庫の扉を閉じ、出前を頼むことにした。

ところが、どこを探しても出前メニューの束が見あたらなかった。おまけに、室内のそこかしこに違和感がある。家具にもカーテンにも小物にも見覚えがあるのに、見知らぬ他人の部屋に居座っているような気分になった。

どっちにしても、食料の買い出しが先だ。

簡単に着替えをすませて玄関先へと向かう途中、思いついて洗面所に向かった。覗《のぞ》き込んだ鏡の中、むさくるしく無精髭《ぶしょうひげ》を生やした見るからに不健康そうなもやし男に出くわして、せめて髭は剃《そ》って髪は束ねておくかと決める。

支度を終えた五分後に、俊は外開きの玄関ドアを押し開けた。一歩外へ出た直後、上から何かが落ちてきたような感覚があった。

かくんと膝《ひざ》が折れて、堅いものに額がぶつかる。その感覚が、やけに間遠《まどお》だった。薄れていく意識の底で、どういうわけか場違いにも「いい天気だなあ」と思った。


誰かの手が、俊の額を優しく撫《な》でている。

夢うつつに、俊は子どもの頃に祖父母の田舎で遊んだ時のことを思い出す。

当時の俊は、今以上にひ弱で泣き虫だった。夏には年の離れた弟妹の面倒を見るつもりで川遊びに行き、膝下の深さの場所で転んで溺《おぼ》れかける。連れて行ってもらった山の中の弟妹は無事駆けあがった斜面でひとりだけ転んで怪我《けが》をする。あげく帰宅後に熱を出して、庭で遊ぶ弟妹の声を聞きながら布団の中で唸《うな》ることになった。

そのたびに、祖母が看病してくれたのだ。布団の横にちんまりと座って、俊の額を撫でてくれた。「お兄ちゃんは駄目ねえ」と呆《あき》れたように言う母親を、「俊だって頑張ってるんだから、そんなこと言うもんじゃないよ」と宥《なだ》めてくれた……。

「おはようございますー」

いきなり聞こえた幼い声に、スイッチが切り替わったように目が覚めた。瞬《しばたた》いて見上げた先、覗き込む格好になっていたそれ――子狸《こだぬき》のお面が、頷《うなず》くようにゆっくりと上下する。ちなみに夜店で売っているような品ではなく、画用紙に描いてクレヨンを塗ったくったような代物《しろもの》だ。目の周りのわっかの色が違っていたらパンダに見えたに違いない。

何でそんなものがうちにあるんだ、と思った瞬間に、そのお面の下の顔が目に入った。

「めーさめたー？　もっかい、おはよーございますー」

どこかで見た顔の子どもが、俊の額の上にあるタオルを小さな手で押さえているのだ。くりくりと癖のある髪と、やたら大きな目が印象的だった。その目でじいっと俊を見つめたかと思うと、嬉《うれ》しそうににっこりと笑う。

「……おはようございます……？」

ぼうっとしたまま返事をすると、子狸はさらに満面の笑顔になった。ぴょんと立ち上がると、跳ねるように駆けていってしまう。

何の夢なんだと訝《いぶか》りながら、俊はのろのろと身を起こす。ぐらんと揺れた視界に吐き気を覚えて口許を覆った時、額を覆っていた濡れタオルが腹の上に落ちた。

「……？」

怪訝《けげん》に思いながら、無意識にポケットの煙草を探っていた。ライターで火を点《つ》けゆっくり吸い込んで、やっと人心地ついた気分になる。そのまま、ぼんやりと室内を見回した。

テレビやローテーブルが置いてあるところからすると、どうやらここは居間のようだ。けれども、あいにく家具にも天井にもそこから下がった電灯にも、窓にかかったカーテンにも見覚えがない。やや離れた壁際には扇風機があって、ゆっくりと首を左右に振っている。

その空間に敷かれた布団の上に、俊は座り込んでいるのだ。

何がどうなったんだったかと訝った時、いきなり横から煙草を奪い取られた。

「他人の家で断りなく喫煙するな。吸いたいなら外で吸え」

「……え？」

ぽかんと、俊は間近にいる相手を見上げる。

見知らぬ男だった。年齢は俊よりも上だろう、ポロシャツにスラックスというラフな格好で、露骨に眉《まゆ》を顰《ひそ》めている。そのせいか、端整な容貌《ようぼう》がひどく気難しげに見えていた。

「あんた、何？　何で、ここ――」

「何でも何も、基本のマナーだ。吸うなとは言わないが、最低限のルールくらい守れ。うちには子どもがいるんだ」

眉を顰めて言い捨てるなり、男は大股《おおまた》に歩いて引き戸を開いた。キッチンのシンク前に立って水を流し始めたのは、どうやら煙草の火を消したものらしい。

「はあ、……すみません」

何となく気圧《けお》されて、つい頭を下げていた。曖昧《あいまい》な記憶を必死で探っているうちに、軽い足音が駆けてくる。

「おとーさんおとーさん、おにーちゃんにおくすりは？　あと、おかゆさんと」

先ほどの子狸、もとい子どもだった。小学校に上がるには早いが、赤ん坊というほど幼くもない。小さな手に風邪薬のパッケージを握りしめているのが、やけに奇妙に目についた。

「奥に行っていなさい。こーた、風邪が感染《うつ》ったらどうする」

「うつらないよお。こーた、ちゃんとうがいしたもん」

「いくらうがいしても駄目だ。マスクなしでバイキンに近づいてどうする。夏風邪はタチが悪いんだ、熱でも出たら幼稚園に行けなくなるぞ」

きっぱりと言われた子狸は、風邪薬を手にしたまま、もじもじと俊を見た。もう一度、傍らの男を見上げる。

「……はあい。あのねー、こっちおとなのひとのおくすりなのー。だから」

「ありがとう。そこに置いておきなさい。それから、コウタは自分の部屋で絵本を読んでいること。できるな？」

「うん」と素直に頷いた子どもは、相変わらず額に子狸のお面をつけたままだ。名残惜しげに俊を見つめて、笑顔で手を振ってきた。

「おにーちゃん、おだいじにねえ」

「あー……どうも」

知らないふりをすればいいようなものだろうに、思わず手を振り返してしまった。満足したらしい子どもがぱたぱたと隣室に駆け込むのを見届けてから、俊は今さらに先ほどの男の言いざまを思い出す。

「誰がバイキンだ」と言い返したいのは山々だが、実際確かに身体《からだ》がおかしい。頭蓋骨《ずがいこつ》の内側が痛み、そこかしこの関節が軋《きし》む。背中や首の後ろがやけに熱っぽく汗が浮いている。

むっつりした顔の男が、布団の上に落ちていたタオルを拾って手許の洗面器に放り込む。

その様子に、ようやく俊は状況を悟った。

つまり俊は玄関先で卒倒したあげく目の前の男に拾われた、ということらしい。

「あー……すみません、ご迷惑を、おかけしました」

どうにか頭を下げた瞬間に、後頭部をぶん殴られたような頭痛がした。思わず頭を抱えて唸っていると、無造作に肩を摑《つか》まれ布団の上に転がされる。

「そう思うなら、これ以上面倒を増やすな。そんな体調で出かけようとするのが無謀なんだ」

「そりゃ重ねてすみません。えーと、助けてもらったんですよね？」

返答は、心底厭《いや》そうな一瞥《いちべつ》だった。無言でじろりと見下ろしてきたかと思うと、絞ったタオルをぴしゃりと額に置いてきた。

「いい年齢《とし》をして自己管理もできない輩《やから》の面倒を、好き好んで見る趣味はないな。子どもの

目の前で、見て見ぬふりはできなかっただけだ」

「……はあ。さようですか」

要するに、あの子どもがいなければ放置されていたわけだ。

もっとも、それも当然の話だ。見ず知らずの相手が拾ってここまで世話をしてくれただけで十分すぎるほどの僥倖《ぎょうこう》だろう。

招かれざる客は、さっさと去るが吉だ。とっととアパートに帰って寝よう。そう決めて、俊は目許にかかるタオルを軽く押し上げる。

「ひとつお聞きしたいんですが、ここはどこでしょう」

「西野《にしの》ハイツ一階、一〇三号室」

男が口にしたのは、どこぞのアパート名らしい。かすかに聞き覚えがある気はするが、具体的なイメージは湧《わ》いてこない。

「すみませんが、ここの住所と最寄り駅を教えてもらえますか？」

重ねた問いは何気なく口にしたものだったが、どうやら正解だったようだ。胡散臭《うさんくさ》げな顔をした男がぶっきらぼうに口にした駅名は知っているが、そこで降りたことは一度もない。

「……さようですか。いろいろご迷惑をおかけして、すみません。迷惑ついでにお願いしたいんですが、帰りたいのでタクシーを呼んでいただけませんか」

徒歩では駅に辿《たど》りつく前に行き倒れそうだし、それ以前に道順すら皆目わからない。それなら、自宅の住所を告げてタクシーの座席に転がっていた方が利口に決まっている。

「賢明だな。それならタクシーではなく、救急車を呼んだ方がいいんじゃないのか？」

「いや、大丈夫……慣れてるんで。うち帰って寝ます」

もそもそと言いながら、俊はどうにか身を起こす。

仕事で無理をして熱を出すのはいつものことで、大抵は食べて寝ていれば治る。食料はタクシーで寄り道して買うか、その気力もなければネットで宅配を頼めばいい。

ところが、相手は訝しげにじろりとこちらを見た。

「タクシーで？　どうやって帰る気だ」

「どうやってって、そりゃ担いで帰るわけがない……」

「あんたの部屋は隣だろう。ご丁寧に鍵を握りしめて、足は玄関の中、頭は外廊下をまたいで転がってたが？」

「……え？」

言われた内容が、頭の中に染み込むまでに数秒かかった。ぽかんと口を開けたままの俊を露骨な呆れ顔で眺めて、男は言う。

「十日ほど前に、あんたはうちの隣に越してきたはずだ。本気で覚えていないのなら、今すぐに救急車かタクシーを呼んでやる。即刻、病院に行ってこい」

2

引っ越ししたてで見知らぬ土地にひとり住まいなので、近隣に友人知人がいない。

その状況で寝込むと、非常に悲惨だ。下手をすると、死活問題になる。

「うー……」

食べ終えたレトルト粥《がゆ》の皿をシンクに片づけてしまうと、もはや動く気力がなくなった。

奥の部屋の窓際にあるダブルベッドに転がって、俊は三日間見上げ続けてきた天井を眺める。

（十日ほど前に、あんたはうちの隣に越してきたはずだ）

あの後、俊は半信半疑で男の言う「隣」に戻った。

表札は「槙原」だったし、持っていた鍵で玄関のドアも開いた。一歩入ったキッチンはもちろん、その先にある三畳ほどの小部屋にも見覚えのある家電家具満載で、特に小部屋は仕事用らしくパソコンと資料棚がでんと鎮座している。さらに奥の部屋の窓際には使い慣れたダブルベッドと、未開封の段ボール箱が複数、積み上げられていた。

そこまでを目にしてから、ようやく思い出した。

七月の中旬に突然引っ越しを思い立って、その日のうちに不動産屋に出向いた。二時間後にはここへの入居契約をすませ、さらに二時間後には以前に住んでいた部屋の退去の日取りを決めた。片づけだとか整理を云々《うんぬん》する暇もなく段ボール箱に荷物をすべて突っ込んで、八月になった早々にこのアパートに移ってきた。

隣近所への挨拶どころか、ろくに食料品の買い出しをする間もなく仕事に追われて缶詰状態に陥ったのだ。あの日の前日にようやく仕事が一段落してひと寝入りしたものの、冷蔵庫の中身も保存食料もきれいさっぱり食べ尽くしていた。寝起きの上に空腹と体調不良が加わって、玄関を一歩出るなり卒倒した、ということらしい。

隣家から戻ってきて三日目の今日、ようやく体温は平熱に落ち着いてきた。とはいえだるさはかなり残っていて、即席の袋ラーメンを作る気力もない。結果、ネット通販で取り寄せたレンジで温めるだけシリーズで食いつないでいる。

仕事の目処《めど》がついていたのが、せめてもの救いだ。もっとも仕上げが残っているから、とっとと治して働かなければならない。友人も恋人もなく実家からは勘当された身では看病してくれるあてなどなし、切実に健康第一だ。

「こんちゃー。すーちゃん、おかげんいかがですかー！」

ドア越しに聞こえた声に、俊はのろのろと顔を上げる。壁にかけた時計が午後五時を指しているのを確かめて、まさに定期便だと無意味に感心した。

もぞもぞと布団から抜け出し、傍《そば》に放《ほう》り出していたマスクをかける。半ば這《は》うように向かった玄関先で、機械的にドアを開けた。

「……あのなあ……誰がすーちゃんなんだよ。ついでにおまえ、何しにここに来んだよ？」

盆明けのこの時刻は、夕方と呼ぶにはまだ明るい。が、しかし幼い子どもがひとりで出歩くには遅いのではなかろうか。

うんざり気味の俊の問いに、ドアの外にいた子狸もとい隣室の子どもは満面の笑顔になる。

「これね、おみまい。おいしんだよ、たべたらすーちゃんもげんきになるよ！」

はい、とばかりに個別包装のカップケーキを差し出された。ご丁寧にも、折り紙で作ったリボンまで貼りつけられたそれを眺めて、俊は小さくため息をつく。

「おみまいはいいいんだけどさ。これ、おまえのオヤツじゃねえの？　そんなん貰《もら》えねえよ」

「すききらいしたらおっきくなれないよ？　あれるぎいだったらたべちゃだめだけど」

「いんだよ別に、おれはこれ以上大きくなんなくても。大きくなるのはおまえの方だろ」

「おまえじゃないもん、こーただよ。きのうもいったよ、すーちゃんわすれちゃった？」

だからどうして「すーちゃん」なんだと言い返しかけて、心底空《むな》しくなった。

この年頃だからなのか、「こーた」特有なのかは定かでないが、この子狸は人の話を聞かないのだ。もとい、聞いているはずなのに微妙なところですっとんだ反応をする。

結局、「こーた」は件《くだん》のカップケーキを俊に押しつけ、「ちゃんとごはんたべないとだめなんだよ」との説教までかまして隣室に駆け戻っていった。

負けを実感しながら、俊は自室へと引き返す。

ベッド手前にあるローテーブルの一隅では、菓子類が小さな山を作り始めている。内訳は今日の「おみまい」のカップケーキと昨日の個別包装のクッキー、さらにその前日には小さなお子さま向けゼリーだ。

あの子狸もとい隣人の子どもは、あれ以来、連日のようにやってくるようになった。

初回はここに戻った小一時間後で、いきなりインターホンが鳴った。居留守を使ってもやまない音にうんざりして出ていくと、あの子どもが大きめの保存容器とビニール袋入りの缶詰と風邪薬を抱えて立っていた。

（これねえ、おみまい。あのねおくすりはね、あれるぎいこわいからせつめいしょよんでくださいって、おとーさんがいってた！　えと、おだいじに！）

玄関先でぴょこんと頭を下げる子どもは、その時にもまだ頭に狸のお面をつけたままで、状況にもかかわらず吹き出しそうになった。おもむろに固辞しようとしたら「なんで」「どうして」の攻撃に遭って、結局は「おみまい」を受け取ることになったのだ。

もっとも、その翌日にネット注文した食料が届くまでは、その「おみまい」で食いつないだようなもので、とても助かったのは事実なのだが。

子狸のおやつ攻撃は、同じ日の夕方に始まった。いきなりドアを連打され、高い声で「おるすですかあ」と叫ばれて玄関先に出ると、あの子どもが立っていたのだ。

（おかげんいかがですかー？　あと、おにいちゃんのおなまえはなんていうのー？）

呆《ほう》けたまま、素直に答えてしまったのはつくづく失態だった。俊の名を聞くなりきらりと表情を明るくした子どもに、次の瞬間に言われてしまったのだ。

（すぐるちゃん？　じゃあすーちゃんだよねっ。ぼくのおなまえはわたなべこーただよ、よろしくねえ！　あのね、これこーたからのおみまい！）

最後の台詞《せりふ》とともに、お子さま向けゼリーを押しつけられた。え、と思っているうちに子どもは身軽に駆け出して、「じゃあまたねえ」と視界から消えていった。

それが、昨日今日と続いたのだ。毎度あの調子で受け取ってしまっているが、回を重ねるごとに子狸に餌付《えづ》けされている気分になってきた。

放置しようにも、この子狸もといお子さまは呆れるほどしつこい、もとい粘り強いのだ。居留守を決め込んだ昨日はドアの外で小一時間近く粘られ、「なかでたおれてるんだ、きゅうきゅうしゃよばなきゃ、いそぐからまっててねー！」などと叫ばれるに至っては、もはや逃げ場はどこにもない。

正直なところ、俊は非常に困惑していた。

あの子どもにあそこまで懐かれる理由が、どうにもわからないのだ。どこかで会っていたにしても、ここまで記憶にないのならすれ違った程度のはずだ。

早く体調を戻して、隣に礼をしに行って、それで終わらせてしまおう。ありがたみと煩わしさを同時に感じながら、俊は再びベッドに潜り込んだ。

3

体調が完全に戻ったのは、さらにその二日後のことだった。

「ああ、はい。いや、間に合うと思います。――はあ、じゃあ予定通りということで」

狙ったようなタイミングで入った職場からの電話に応じて、俊は通話をオフにした。

待ち受けに戻った画面には、着信メールを知らせるアイコンが出ていた。

仕事絡みのメールは、携帯には入ってこない。そう自分を納得させて、俊は携帯電話を閉じる。

思い返してみれば、引っ越しついでにこの携帯電話は解約し、番号もキャリアも変えて新規契約するつもりだったのだ。うだうだしているより、とっとと行動してしまおう。

すぐさま身支度をし、財布と携帯電話を手に俊は玄関を出る。

時刻は午後四時を回ったとはいえ、まだ日差しは十分に殺人的だ。帽子があった方がいいかもしれないと実感しながら玄関を施錠していると、いきなりその脚に軽い衝撃が走った。

「すーちゃんみっけー!」

げ、と思った時にはジーンズの脚に子どもがしがみついていた。きらきら、という言葉そのままの笑顔で見上げてくる。

その数メートル後ろから子どもを呼ぶ声がした。見れば、母親らしい若い女性が困ったようにこちらを見ている。

「こんにちはーねえね、これからどこいくのー？」

「おいこら、くっつくなって。かーさんのとこに戻れよ」

慌てて窘《たしな》めると、とたんに子どもは頬を膨らませた。

「かーさんじゃないもん。はあちゃんだもん」

「あ？」

「こーたんち、おかーさんいないんだよ。おとーさんとふたりなの」

真面目な顔で訂正されて、正直返答に詰まった。敢《あ》えて追及はせずに、俊はさらりと言う。

「んじゃ、はあちゃんのとこ行きな。おれは出かけるから」

「おでかけするの、おしごとなの？」

「そうお仕事。てーわけで、おまえははあちゃんと遊んでな」

「はあい！」

よい子の返事をして、子狸はすっ飛ぶように「はあちゃん」のところに駆け戻っていく。

どうやらアパートの中庭の日陰で、地面にお絵かきをして遊んでいたらしい。見送った先で件《くだん》の女性と目が合って、俊は一応会釈をしておく。

丁寧な会釈を返してきた「はあちゃん」は、無理もないことに怪訝そうな微妙な表情でこちらを眺めたままだ。

不審に思われるのには慣れているが、だから平気というわけでもない。そそくさと、俊はアパートの敷地を出た。取り出した地図で現在位置を確認し、駅へ向かって歩き出す。

引っ越し以来、初めての「外出」だ。周辺地図を頼りに、最寄りのスーパーやコンビニエンスストアの場所を確認しながら、駅まで辿りつく。現在使用しているのとは別の携帯電話のショップを見つけて、すぐさま足を向けた。

写真に興味がなくインターネットはパソコンでやる俊にとって、携帯電話に必要なのは通話とメール機能だけだ。適当な機種を選んで契約をすませ、仕上がりの時刻を確かめてから店を出ると、右手に現在使用中の携帯電話のショップがあるのが目に入る。

解約をと思い出して、そのまま足を向けた。ポケットの中で携帯電話を握ったまま店内を歩くこと三十分近く、結局俊は店員に声をかけることなくショップを出た。目についたファストフード店に入り、オーダーをすませて席につく。

取り出した携帯電話の着信履歴を表示するなり、ため息が漏れた。

引っ越しを終えたその日に着信拒否設定した番号が、ずらりと並んでいた。その合間に、公衆電話や知らない番号からの履歴が挟まっている。メールを開くと、そこにも同じ名前からの未開封メールが、延々と連なっていた。

電源を落とした携帯電話を再度ポケットに押し込んだ後で、ふっと自室のローテーブルに積み上がったままの「おみまい」と、あの子狸の満面の笑顔を思い出す。

食べ終えたトレイを指定の場所に置いて、俊は店を出た。迷いながら歩く途中に洋菓子の店を見つけて、今度はそちらに足を向ける。

店頭でしばらく悩んでから、子どもが好みそうな焼き菓子の詰め合わせを買った。それとは別に小さな籠《かご》に盛りつけられたパッケージの菓子を包んでもらう。帰り際に新しい携帯電話を受け取り、ついでに薬局にも立ち寄ってから帰途についた。

とうに周囲が暗くなっていたせいか、アパートの中庭にあの子どもの姿はなかった。思いついて駐車場に目をやると、空いたままのスペースのひとつに「一〇三号　渡辺《わたなべ》」という表示がされている。

どうやら、まだ部屋の主は帰宅していないらしい。

何しろ隣だから、注意していれば帰ってきたとわかるだろう。その時に改めて部屋に行ってみればいい。そう腹を括《くく》って、ひとまず仕事に戻った。

五日分の遅れを取り戻そうとデスクに向かってしばらく経《た》った頃に、アパートのドアの前を過《よ》ぎる足音と子どもの声がした。

どうやら隣人が帰ってきたらしい。用意した紙袋を手に、俊は急いで玄関を出た。

五日ぶりに立った隣室のドアの横にある表札には、「渡辺研一《けんいち》・孝太《こうた》」と書かれている。

それで、今さらに「こーた」は孝太だったのかと認識した。

呼び鈴を押すには、なかなかの勇気が必要だった。

「何か？」

玄関先に出てきた相手――渡辺は、帰宅直後だからかまだネクタイを締めたままだ。胡散臭そうに向けられた視線に対抗するように、俊は顔に営業用の笑みを貼りつける。

「いや、この間はいろいろお世話になったから。お礼をしておきたいなーと」

「………」

無言のままじろりと眺め上げ、眺め下ろされて非常に不愉快な気分になった。負けじと、俊は渡辺を見返してやる。

そうして改めて見れば、渡辺はあの時に思ったほど年上というわけではなさそうだ。近寄りがたいと思ったのも、どうやら表情のせいだったらしい。

顔立ちそのものは文句なしに端整な作りなのに、常時しかめっ面をしている印象があるのだ。もう少し笑えば年相応に見えるだろうに、表情のせいでオッサンに見えてしまって損をしている部類だった。

その顔でじろりと見据えられた日には、身に覚えがなくともとても居心地が悪い。

昔から、こういう堅物の優等生タイプは苦手なのだ。できるだけ関わりたくないと、心底思ってしまう。

そそくさと、俊は菓子と容器と、新しく買った市販薬が入った紙袋を男に差し出した。

「これ、気持ちだけですけど。こっちはお子さんに。いろいろお見舞いしてくれたんで」

「……見舞い？」

「毎日うちにきておやつ分けてくれたんです、けど……」

言いかけた言葉が終わらないうちに、渡辺の眉がぐっと中央に寄った。初耳だったのだと表情で悟って、俊は墓穴を掘ったことを自覚する。

「あー。すーちゃんだっ」

いきなり耳に入った子どもの声に、急いで荷物を相手に押しつけた。

「とにかく、もう全快しましたんで。お見舞いもいらないと、お子さんにも伝えてあります。ご面倒をおかけしてすみませんでした！」

言い捨てて、逃げるように自宅に駆け戻った。閉じたドアに背中を預けたまま、へたんとその場に座り込んでしまう。

渡辺のあの反応は、よく知っている。今日の「はあちゃん」と同じく、こちらを不審人物扱いした時の顔だ。

慣れたこととはいえ微妙に不快で、俊は顔を顰《しか》めてしまう。

とりあえず、礼は返した。そして、あの様子では孝太には俊に近づくな云々の指導もとい注意があるはずだ。よほどのことがない限り、今後の接点はないに違いない。

「……仕事すっか」

渡辺 研一 孝太

ぼそりとつぶやいて、俊はデスクへと向かった。

4

関わるまいと思っても、向こうから寄ってくる場合はどうすればいいものか。

「あー！　すーちゃんだ！」

久しぶりに出社すべく駅前へ向かっていた時、突然聞き覚えた声がした。思わず振り返った直後、目に入った人影にぎょっとする。

「どこいくの、どうしていつもとおようふくがちがうの、よそいきなの？　これからおうちにかえる？　だったらこーたもかえるー！」

アパートからほど近い児童公園の中から、猪《いのしし》さながらの勢いでこちらに突進してきたのは、あの隣の子どもだったのだ。

一瞬避けかけたものの、そうすると子どもが勢いのまま車道に飛び出すのは必至だ。咄嗟《とっさ》に思いとどまった、そのタイミングで子どもは俊の脚に抱きついてくる。

狸というよりコアラか、もしかして猫系だろうかと、頭のすみを埒《らち》もない考えが掠《かす》めた。

「だから誰がすーちゃんだってての。じゃなくておまえ何やってんだよ、危ねーだろ！」

「だってすーちゃん、あしながいいんだもん、いそがないとおいていかれるんだもんっ」

「だもん、っておまえね……」

どうしたものかと思案した時、子どもの名を呼んで駆け寄ってくる女性に気づいた。

「孝太くん、駄目よ。飛び出したりして、車が来たらどうするの」

息を切らしながらも微妙におっとりのんびり言う彼女は、すでに顔なじみとなった「はあちゃん」だ。「すみません」と俊に頭を下げて、子どもに公園に戻るよう声をかける。

「やあだー。こーた、すーちゃんといっしょにかえるー」

「でも孝太くん、お友達はどうするの。みんな待ってるわよ？」

「だってせっかくすーちゃんにあったんだもん、だから」

こちらの意向をきれいに無視した会話を聞きながら目をやると、公園の中には孝太と同じようなスモックを着た子どもが、うじゃりと転げ回って遊んでいた。

「やあだー。すーちゃんといっしょがいいのー」

ぷっくりと頬《ほお》を膨らませた子どもに、「はあちゃん」が難儀しているのがわかった。ここ数日の恒例だけに、俊は小さくため息をつく。ぐいと屈《かが》んで、子どもの顔を覗き込んだ。

「おいこら坊主。見ての通り、おれはこれからよそいき着て出かけんだよ。うちには帰らねえの。だから、おまえはおとなしくはあちゃんと一緒に公園で遊んでな」

「かえらないの？　なんで？」

「お仕事なんでな。いつ帰るかわからないから、ここで待つのもなしだ。ちゃんとはあちゃんの言うこと聞けよ。できるだろ？」

真顔で呼びかけると、つられたように子どもが真剣な顔になった。面白いと思いながら見据えていると、素直に大きく頷く。

「はあちゃん」が、ほっとした様子になったのがよくわかった。

「わかった。じゃあまたねえ、ばいばいー」

手を振って、子どもは「はあちゃん」に連れられて公園の中に戻っていった。見送っているうち、ベンチのあたりにたまっていた母親らしき女性たちがこちらを見ていることに気づいて、俊はそそくさとその場を離れた。

「仕事」というのは嘘でも偽りでもない。今日は、月に二度やってくる出勤日なのだ。

駅に向かう途中、カーブミラーや道沿いのショーウインドーに映る自分の姿が目に入った。足を止めて眺めてみて、俊はこれも自業自得かと息を吐く。

今の俊の風体は、おそらく「不詳」の一言だ。散髪が面倒で放置した結果、肩すれすれまで伸びた髪は生まれつきやや色素が薄めで、それを首の後ろで適当に束ねている。そのせいか、出社用にと夏物のブレザーにスラックスというやや堅めの格好をしていても、どうも「ふつうのサラリーマン」らしく見えない。

もっとも服装がスーツにネクタイだったところで、平日の昼間から住宅街をうろついているようでは、傍目《はため》に「何をしているかわからない人」扱いされて当然には違いない。

いずれにしても、陰で噂《うわさ》されるばかりでは弁明のしようもない。うっすらと居心地悪くなってきた頃に別問題が起きて引っ越す、というのがここ数年の俊のパターンだった。

「うーん……」

それにしても奇妙なのは、あの子狸の俊への懐きようだ。

特別に構った覚えはさらさらないのに、俊を見るなり文字通りすっ飛んできてはへばりつくのだ。もしやおねだりでもする気なのかと思いきや、逆に自分のおやつを「はんぶんこねー」などといいながら分けようとするあたり、どちらかと言えば子分扱いされているような気がしないではない。

「ま、どっちでもいいけどさ」

年端のいかない子どものすることだ。そのうち飽きて近寄らなくなるに違いない。あっさりと決め込んで、俊は駅から電車に乗った。

今回の引っ越しで、以前よりも通勤時間が短くなったのだ。最寄り駅から乗り換えなしの五駅で降りた後は、歩いて十分足らずで社屋ビルに辿りつく。

正面玄関を入った先、ホールを抜けてエレベーターへと向かう。ボタンを押す寸前に、表示ボタンが下降に切り替わった。追いかけるようにボタンを押し、一歩下がって待っていると、じきに一階のランプが点滅し、ゆっくりと扉が開く。

不意を突かれたのは、ぼんやりしていたせいだけではなかった。

今しも箱から出ようとしていた相手と、もろに視線がぶつかった。互いに見合った二秒後に俊は俯いて、さらに数歩後じさる。

相手が、その場で棒立ちになっているのがわかった。さらに数秒経ってから、ゆっくりとエレベーターを降りる。そのまま無言で通り過ぎて行った。

靴音が遠ざかり、やがてビルの正面玄関を出ていく。自動ドアが開閉する音を聞いてから、ようやく顔を上げた。おそるおそる目を向けた先に、既に人影はない。

長い息を吐いた後で、自分がずっと呼吸を詰めていたことを知った。もう一度エレベーターに向き直ると、既に扉は閉じて箱は七階まで上がってしまっている。

エレベーターのボタンを押した後、点滅を始めた階数ボタンを見つめながら、俊は波立った気持ちを抑え込む。

開いたエレベーターに乗り込み、目的の階のボタンを押す。閉じていく扉を見つめながら、

――「あの人」の顔を見たのは六年振りになるのだと気がついた。

5

辿りついた第四企画室では、俊の上司に当たる人が席について電話の応対中だった。目顔と手振りでデスクにつくよう促されて、俊はすぐさま準備を始める。

デスクの半分が埋まった室内は静かで、時折何かを確認しあう声が聞こえてくるだけだ。半月に一度出勤する在宅勤務の社員を、気にかける気配は欠片《かけら》もない。

「悪いねえ。待たせちゃって」

受話器を置くなり軽い口調で言った加藤《かとう》――直属の上司に当たる人物に、俊は曖昧に「いえ」と返す。

「それで、進行具合はどうかな。何か気になることとかあった？」

「今のところはないです。確認していただいていいですか？」

「うん、見せてもらおうかな」

言うなり加藤は腰を上げ、俊のデスクに寄ってきた。背後から覗き込む気配にやや緊張しながら、俊はディスプレイに表示されたアイコンをクリックする。

俊が所属するここは、ＩＴ関連システムの構築を本業とする、そこそこに名の知れた会社の地方支部だ。都市部に本社の自社ビルを持つまではいかないが、仕事が正確でアフターフォローが充実していると評判が高く、顧客の多くは数年単位のつきあいになるのだという。

もっとも俊自身がここで働いていたのは、入社三年目までだ。その後は四年ほど他所《よそ》に出向していた上に、二年前にここに戻ると決まった時点で在宅勤務に切り替えた。

俊の職種は、いわゆるシステムエンジニアだ。月に二度の出勤日に進捗状況の報告と提出、そして今後の指示を受けている。とはいえここに専用デスクも与えられているし、勉強会の類《たぐい》にはできるだけ出席するよう心がけていた。

ちなみに加藤が統括する第四企画室は、外部企業からの依頼を受けて既存システムの見直しをするのが主な業務だ。動作そのものの見直しから新しいシステムの一部導入、既存フォームの見直しなど、一部メンテナンスを含んだ内容になるため、まったく新しいシステムを一から作り上げるような規模が大きく長期的な仕事はそうそうない。

（それが面白いんだよね。既存のものをどうやって変えるか、どう中に新しいものを組み込んでいくか。それなりのセンスと腕がないとできませんよ？）

というのが加藤の主張であり第四企画室のプライドでもあるのだそうだ。

「あ、いいね。注文通りだ。あと、ここのところだけもう一回見せてくれる？」

ディスプレイを眺める加藤としばらく話し合いをし、次の指示を受ける。ひととおりの打ち合わせが終わると、時刻はそろそろ午後六時近かった。

「じゃあ、そういうことで。……と、もうこんな時間かー。ちょうどいいや、槙原くんもちょっと休憩しようよ」

「いえ。おれはもう、これで」

「そう言わずに、少しだけつきあってよ。ね？」

むやみに人懐っこい笑顔で言われて、逆らいきれなくなった。三分後には、俊はエレベーターホールの片隅にある喫煙所に連れ込まれている。

「お疲れさま。これは奢《おご》りね」

先に自動販売機に向かった加藤が、俊に缶コーヒーを投げて寄越す。自分の分のプルタブを引き開けるのもそこそこに、そそくさと煙草に火を点けた。

加藤本人が、相当なヘビースモーカーなのだ。打ち合わせの合間の休憩やミーティングの隙間など、どんなに短くても喫煙のチャンスを見逃さない。

貰った缶コーヒーのプルタブを引いてから、俊はひとつ報告忘れを思い出す。

「言い忘れてました。引っ越して携帯を買い換えたので、連絡先の変更をお願いします」

俊が差し出したメモを受け取って、上司は何とも珍妙な顔つきになる。

「了解。ああ、今回は結構近いんだね。で？　引っ越し理由は前と同じで気分転換？」

「そんなとこです。パソコンの方のアドレスは変更ないので、仕事関係のメールは今まで通りにお願いします。住所変更は、帰る前に総務に届けておきます」

「うん、頼むね。けど、よくそんなに引っ越す元気があるよなあ……今年だけでもこれで二度目だよね？　僕なんか、荷造りと荷解《ほど》きを考えただけでめげるけど」

感心したとも呆れたともつかない声音で言って、加藤は思い出したように俊を見た。

「それはそうと、この間の話は考えてみてくれた？　今住んでる所からだったら、通勤も楽でいいんじゃない？」

「はあ、……」

在宅勤務ではなく、通常出勤に戻さないかという誘いなのだ。一年半ほど前にこの人が上司になって以来、二か月に一度は持ちかけられている。そのたび、俊は同じ返事をしていた。

「すみませんけど……まだ、今は」

「その気になんないか。そっかー」

ふっと紫煙を吐いて、加藤は灰皿に灰を落とす。物言いたげに、俊を見た。

「あのさ。槙原くん、営業の生島《いくしま》さんて覚えてる？」

「え」

「二年前に本社栄転になった人だよ。この秋の人事で営業顧問みたいな形になって、今月からこっちに戻ってきてる。槙原くん、昔はその人と仲が良かったんだって？　ふたりで飲みに行くことも、結構あったって聞いたよ」

淡々と言われて、俊は曖昧に下を向く。それで「あの人」がここにいたのだと、今さらのように腑に落ちた。

「それで、まあ……前から気になってたんだけどね。槙原くんが在宅勤務にこだわるのって、もしかして生島さんと関係がある？」

「……！」

ぎょっとして顔を上げた俊に、加藤はゆっくりと続けた。

「ずいぶん親しくしてたはずなのに、ある時を境に急に話もしなくなって、お互いがお互いを避けるようになった。生島さんは槙原くんのこと以外は前と変わらずだったけど、槙原くんはエンジニア仲間とも距離を置くようになって、そのうち誰ともろくに話をしなくなった。その春に、槙原くんに出向の辞令が出た」

「――……」

「二年前に、槙原くんはこっちに戻って通常勤務になる予定だったんだよね？　それが在宅勤務に変更になったのは、本人の強い希望だからだって話も聞いた。……生島さんの栄転が決まったのは、その後だったみたいだね」

言葉を切って、加藤は煙草を唇に挟む。黙り込んだ俊を気遣うように、軽く首を傾《かし》げた。

「生島さんは入社以来ずっと営業で、槙原くんは生粋のエンジニアだ。うちの営業とエンジニアは、そう仲がいいとは言えないし、社内で初めて顔を合わせてあそこまで親しくなるのも珍しい。それがいきなり立ち話すらしなくなって、しかもその原因を社内の誰も知らない。槙原くんの出向も突然だったし、やっと戻ってくるかと思ったら本人希望で在宅勤務だ。どうやらあのふたりの間には、顔を合わせたくない何かがあったに違いない、って話」

「何、ですか。それ、誰が」

「ただの噂だよ。それで、ここからが僕のあて推量なんだけど。……もしかして槙原くん、生島さんから何か言われるか、されるかした？　パワハラとか虐《いじ》めとか、そういう」

「違います！」

考える前に、否定していた。

先ほどエレベーターの扉越しに出くわした「あの人」――生島を、思い出す。

一瞬だけぶつかった生島の視線に感じたのは、嫌悪ではなく困惑の色だ。六年前のあの時も、確かにそうだったと思う。

「それは違います。ただの出鱈目《でたらめ》です！　生島さんには何の関係もありません。むしろ、すごくよくしてもらったのに、おれが迷惑をかけてたくらいで」

加藤の、いつも柔和な細い目がまん丸になっている。それに気がついてから、自分がものすごい剣幕で言い返していたことを知った。

気まずく口を噤《つぐ》んだ俊を気遣ったのか、加藤はいつもの飄々《ひょうひょう》とした調子で言う。

「いや、そうだって決めつけたわけじゃないんだよ。ただ、槙原くんが在宅勤務にこだわる理由は、生島さんの件と何か関係があるんじゃないかと思っただけで」

「…………」

「何度も言ったけど、僕は槙原くんに通常勤務で出てきてほしいと思ってる。もちろん今も十分に働いてもらってるけど、出社形態に切り替えた時には新人への助言や指導も頼みたいんだよね。まあ、それも全部こっちの都合で言ってることなんだけど」

俊の表情に何か感じたのか、加藤は困ったように笑った。肩を竦《すく》めて言う。

「ごめん。僕が悪かったね。ひとまず、昔のことを掘り返すのはやめよう。噂だけで物事を判断するのも、どうかと思うしね」

苦笑まじりに言う加藤自身は、一年半ほど前にこの社に入った。中途採用で役職になったのは、業績を買われての引き抜きだったからだと聞いている。

「すみません」と重ねて謝罪しながら、何とも言えない罪悪感を覚えた。

加藤はただ、俊を気にかけてくれているだけなのだ。

実際のところ、加藤のお節介さは俊にとっては不思議なほどに「いい加減」だ。気にかけていることは伝わってくるが、押しつけがなく重さを感じない。こちらが警戒するより先にあっさりと退《ひ》いていくし、しつこくもされない。

そういう人が上司だからこそ、これまでこの仕事を続けて来られたのも確かだった。

「あれ。そういや槙原くん、煙草は？」

意図的にか、それまでとは違う軽い調子で加藤が言う。それで、俊は自分が缶コーヒーを握ったきりだと気がついた。声につられそこかしこのポケットを探り、最後に胸ポケットの上を叩いてみて、一式をアパートに置いてきたのだと思い出す。

「忘れたんだ？　珍しいな。僕のでも平気？」

「すみません、ありがとうございます」

差し出された煙草を、ぎこちなく受け取った。火を点け深く吸い込んで、とたんにくらくらとした酩酊《めいてい》感に襲われる。どうやら、俊が愛用するものよりもかなりニコチン度が高いらしい。そう思った後で、二本目を取り出す加藤の手許が目に入った。

俊がいつも吸っているのと、同じ銘柄だ。

奇妙に思ったのは一瞬だった。そういえばここ当分禁煙傾向で、煙草を持ち歩くこともなくなっていた。

……隣のお子さまが、連日近寄ってくるせいだ。いちいち憚《はばか》る必要はないはずなのに、あの子どもの顔を見るたびにその父親の呆れた声音を思い出す。結果、自分が煙草の「害」そのものを振りまいているような気分になって、手を出す気力が萎《な》えてしまうのだ。

その時、横合いから社員らしい声がした。

「あ！　すみません、加藤室長！　お客さんがお見えです！」

「んー、わかったすぐ行くー……って、だからお客さんをここまで同伴するのはやめてくれないかなあ……」

ぼやきのように言った加藤が、振り返った先を気にする様子で煙草を灰皿でもみ消す。つられてそちらに目を向けて、俊はその場で咳《せ》き込む羽目になった。

「え、あれ？　うわ、槙原くん大丈夫⁉」

返事をしようにも、声が音にならなかった。口許と喉《のど》を押さえて息苦しさに喘《あえ》いでいると、横から缶コーヒーを突きつけられる。飲むように言われて、どうにか口をつけた。

「すみません……失礼しました」

「ああ、いやびっくりしたー。もう大丈夫かな。落ち着いた？」

「はい」と返しながら、俊はおそるおそる顔を上げる。先ほど来客を伝えてきた声の方向へと、目を向けてみた。

「……うわ」

その先に立っていた、厭というほど見覚えのあるスーツの男と、もろに目が合った。思わず目を逸らした横合いから、上司の脳天気な声がする。

「わざわざすみません。えーと、うちの営業の高木《たかぎ》はどうしました？」

「少し遅れてくるそうです。……そちらは？」

露骨に怪訝そうな声にも、しっかり聞き覚えがある。いちいち認識しながら、どういう偶然かと頭が痛くなった。

「うちの部署の槙原です。この前に渡辺さんから褒めていただいたフォームね、あれはこの彼が担当だったんですよ」

言うなり、加藤は今度は俊を見た。

「槙原くん、あちら隅居《すみい》物産の渡辺さん。ここ最近、きみに頼んでるフォームとかはあちらからの依頼でね。幸いなことに満足いただいているようなんです」

「はあ」と曖昧に返しながら、つまりは現在手がけている仕事の顧客なのだと再認識した。

何ともいえない気分になった俊に同調するように、おそろしく複雑な声がした。

「……こちらの社員だったんですか？」

「そうです。槙原は在宅勤務形態なので、ふだんは社にいないんですよ。——って、あれ？もしかして知り合いですか」

「まあ」と返った声に無念そうな響きがあると思うのはこちらの思い込みか、それとも現実だろうか。

長いため息をかみ殺して、俊はもう一度顔を上げる。

つい先ほど思い出したばかりの隣人——渡辺が、見覚えのあるくそ真面目な顔つきで、しかし視線だけは意外そうに俊を見下ろしていた。

6

こういうのを、縁があると言うのだろうか。

徹夜明けの早朝に、気分転換がてら俊は散歩に出た。一寝入り前の食料の買い出しを終えてアパートに帰ったところで、隣人の出勤とぶつかったのだ。

「あー！　すーちゃんだ、おはよお！」

真っ先に気づいたのは、子どもだった。幼稚園のスモックに帽子という格好で、飛び跳ねるように手を振ってくる。その背後から、渡辺が例の無表情な顔でこちらを見ていた。

「あ。……おはようございます」

「――おはようございます」

何とも微妙な、間合いが落ちた。まとわりつく子どもを適当にいなして、俊はそそくさと自室に戻る。荷物を置いてベッドに転がりながら、つい一週間前の加藤の言葉を思い出す。

(もしかして知り合いですか)

口下手な俊と口が重いらしい渡辺など、加藤の話術にかかれば呆気《あっけ》ないものだ。数分と経たず、ふたりが同じアパートの隣人同士だと知れてしまっていた。

上司の手前、ぎこちなく笑ってみせた俊とは対照的に、渡辺は胡乱《うろん》な顔を崩さなかった。

あの時にも思ったことだが、やっぱりあの男は何だか苦手だ。

こちらを露骨に嫌わない相手でありさえすれば、それなりにつきあうことはできる。しかし世の中は狭いもので、どうしても避けたい相手にかぎってぶつかる場合もあるのだ。

隣人というだけで十分なのに、仕事の取引先が加わるといっきにしがらみが増えてくるのだ。こうなると迂闊《うかつ》な真似はできないわけで、つくづく面倒だと思う。

真面目に悩んでいたはずだったが、どうやら眠気に負けたらしい。目が覚めた時には、もう午後も遅い時刻になっている。

もそもそと起き出して、朝食だったはずのサンドイッチをおやつ代わりにする。郵便受けでも見て来ようと腰を上げた。

昼間の気温は相変わらず夏そのものだが、日は少しずつ短くなっているようだ。まだ黄昏《たそがれ》には明るすぎる空をぼうっと見上げた後で、あの子どもの姿がないことに気がついた。おそらく、どこかで遊んでいるのだろう。

郵便受けに入っていたDMを摑み出し、その場で中を確認する。全部ゴミだと肩を竦めた、その時に悲鳴のような声がした。

「やだっ！　やだあああああ！」

あの子どもの——孝太の声だと、瞬時にわかった。

考える前に足が動いていた。アパート横の通りに飛び出して、俊は思わず声を上げる。

「ちょ、……何やってんだ、あんた！」

見知らぬ女性が、もがく孝太を無理に抱き上げようとしていたのだ。その背後には白い乗用車が、後部座席のドアを全開にして待ちかまえている。

「すーちゃ……すーちゃん、すーちゃんすーちゃああん！」

俊を認めた孝太が、泣き顔で連呼しながら小さな手を伸ばしてくる。暴れたはずみで落ちたらしい子どもの帽子を、女の靴が踏みつけるのが目に入った。

「何よ、わたしはこの子の母親よ！　どうしようが勝手じゃないの！」

「何が勝手だよ、イヤがってんじゃねーか！　離してやれよっ」

必死に俊を呼ぶ孝太の声が、後押しになった。車へと向かおうとする女の腕を摑んで押しとどめると、とたんに孝太が俊の袖《そで》を握りしめる。一際大きな声を上げ、女の腕から逃れようと全身で暴れ出した。

「……っ、いた！　何すんのよこの子は！」

いきなり声を上げた女が、文字通り孝太をその場に放り出す。アスファルトに転がる寸前、ぎりぎりで間に合った俊が抱き止めると、火がついたように泣き出した。

子どもの指がシャツにしがみついてくる感触に、腰が抜けるほど安堵《あんど》した。その直後、今度はいきなりシャツの背中を引かれる。容赦のない力に、前ボタンの下のふたつがはじけ飛んだのがわかった。

「返して！　返しなさいよ、その子はわたしの子よ！」

「いや！　いかないの、いかないの！　すーちゃん、すーちゃん、おとーさああんっ」

「孝太！　何言ってるの、おかあさんよ⁉　迎えにきたのにどうしてそんなこと言うの、いつからそんな悪い子になったのよ⁉」

女性の金切り声を聞いた瞬間に、腕の中の孝太が引きつけを起こしたような声を上げる。反射的に子どもを抱く腕に力を込めた、その一拍後にいきなり背中を殴られた。

考える暇も、逃げる猶予もなかった。一度二度で終わらない殴打に、子どもの頭を庇《かば》って抱え込んだまま、その場に蹲《うずくま》るだけで精一杯だ。

ひどい耳鳴りと、目眩《めまい》がした。耳許で泣く子どもの声の合間で別の声がした気がするが、それが誰で何がどうなっているのかもわからない。

　肩を叩かれる感触に顔を上げると、テレビで目にしたのと同じ格好の救急隊員が傍にいた。

大丈夫ですかと問われて、俊はようやくほっとする。

「おれは平気です。それよりすみません、こっちの坊主を」

「すーちゃん、すーちゃんだいじょうぶ、けが、けがし……すーちゃんすーちゃんっ……」

　壊れそうな泣き声に目をやって、俊は腕の中にいた孝太がぐしゃぐしゃの顔で見上げていることに気がついた。

「大丈夫だ、おれは大人だから。それより坊主は、怪我ないか？」

「うん」と頷く様子に、心底ほっとした。とたん、くらりと目眩が襲う。思わず額を押さえてみて、その手がぬるりと濡れたことを知った。

　怪訝に思い眺めた手のひらは文字通り血塗《ちまみ》れになっていて、それを見るなり目の前が白くなった。

「歩けますか。すぐ病院に」

　横合いからかかった声に、答えたかどうかもわからない。そのまま、すこんと俊の意識は途切れた。

7

古今東西、男は血に弱いものなのだそうだ。

それは聞いていたものの、自分も「そう」だとは思ってもみなかった。

「検査の結果は異常ないので、お帰りになっていただいて大丈夫ですよ。ただ、吐き気や痺《しび》れといった気になることがあれば、すぐに受診してください。念のため、痛み止めを出しておきます」

淡々とした女医の説明によれば、俊の怪我は主に背中の打撲と頭部裂傷なのだそうだ。とはいえ出血は額の裂傷のみ、それも一針ちくりで縫合する程度のものだったらしい。

何でも、口の中と頭の傷に関しては、出血の割に傷が浅いことが多いのだそうだ。

怪我というより血を見て失神したのは明白だが、いくら何でも恥ずかしいだろう自分。と、その場で蟻《あり》になって逃げたくなった。礼を言って診察室を出ながら、俊は小さく息を吐く。

「すーちゃん、いたい？　いたい？　ごめんね、ごめんね？」

検査の間も処置の間も診察中も、赤い目をしてしゃくりあげながら、孝太はどうしても俊の傍を離れようとしなかった。今も、俊の指をぎゅっと握ったままで見上げてくる。

「いいよ。坊主が無事なら言うことなし。おとーさんが来るまで、ここで待ってような」

ぶっきらぼうな返事にはなったが、これは掛け値なしの本心だ。

検査結果の診察を受ける前に、駆けつけた警察と通報者から簡単な事情は聞いていた。

仕事が多忙な渡辺は、孝太の幼稚園の迎えから渡辺が帰宅するまでの数時間を、専門機関を通じて雇ったシッターに任せているのだそうだ。いつもは例の「はあちゃん」にほぼ専属に近い形で頼んでいるのが、今日はどうしても彼女の方の都合がつかず、別のシッターが対応した。幼稚園帰りに児童公園で遊んで帰途についた、その途中でシッターが「古い知り合い」に出くわした。

「ほんの少しだけ」話し込んでいる隙に孝太は既に見えていたアパートに向かって走り出し、その行く手にあの女――「母親」が現れた、というのが経緯なのだそうだ。

ちなみに、通報したのは、孝太の悲鳴を聞いて駆けつけたシッターだったらしい。

俊が「被害者」なのは明らかだったが、何しろどう見ても関係者ではなさそうな胡散臭い男の身であり、相手は子どもの「母親」を名乗る女性だ。当初は警察も俊が孝太を攫《さら》おうとし、それに気づいた「母親」が阻止したと思ったらしい。その場で連行されずにすんだのは、怪我のあげく失神した俊が病院行きになったことと、何より怯《おび》えきった孝太が俊から離れようとしなかったことが大きかったのだそうだ。さらにはシッターが勤務先に連絡を入れ、そこから渡辺に報告が上がって、その時点で「どちらが誘拐未遂犯か」が明らかになった。

結局、あの女は警察に連行されたようだが、「通りすがりに顔見知りの子どもが攫われかけたのを助けに入っただけ」の俊が知らされたのはそこまでになった。

孝太のしゃくりあげが収まった頃に、渡辺が姿を見せた。「院内は走らずに」との注意書きをものともせず、息を切らして駆け付ける。

渡辺は、俊の隣で縮こまっている孝太を見るなり安堵したように表情を変えた。孝太もまた、父親の姿を見て気が緩んだのか、今にも泣き出しそうな顔で駆け寄り抱きついていく。

「話は聞いた。ありがとう。……本当に助かった」

孝太を抱き込んだまま床に膝をついた渡辺に深く頭を下げられて、俊は慌てて手を振った。

「いや、行きがかり上っていうか偶然みたいなもんですから」

「怪我をしたと聞いたが、具合は？」

「かすり傷みたいなもんです。ちょっと血に弱いもんで、大袈裟《おおげさ》なことになっただけで」

そうですか、と返した渡辺がほっと安堵するのが、表情ではなく空気で伝わってきた。直後、横から声をかけてきたシッターに目を向けて、またしても渡辺は表情を変える。

たった今、俊と孝太に見せたのとは別人のように冷ややかな顔だった。

当然のことながら、渡辺はこの件にかなり腹を立てているようだ。

やってきた警察官が、渡辺とシッターに声をかける。別室に促され腰を上げかけた渡辺が、迷うように抱き上げた孝太に目をやるのがわかった。

思わず、俊は声をかけた。

「坊主なら、おれが見てましょうか？」

「いや、しかし」

「まだ完全に落ち着いてないみたいだし。その方がいいんじゃないかな」

早口に言うと、渡辺は思案するように俊と孝太を見比べる。

「――頼んで構わないのか？」

「――坊主がよければ、ですけど。お父さんと一緒の方がいいかもしれないし」

俊の言葉に、渡辺が孝太に何かを囁《ささや》く。こっくりと頷いたのを、ぬいぐるみのように手渡された。俊にくっついて座った孝太の頭を、渡辺が撫でるようにそっと押さえる。

「すぐ戻ってくるから、ここですーちゃんと待っていなさい。いいな？」

「うん」と頷いて、孝太は俊のシャツを握りしめる。俊には「頼みます」と言い置いて、渡辺は廊下を警官について歩いていった。

心細げにしがみついてくる孝太の頭を撫でながら、先ほど渡辺に「すーちゃん」呼ばわりされたことに気がついた。今言うことでないのは承知だが、何となく微妙な気分になる。

小一時間ほど経って渡辺が戻ってきた時、孝太は泣き疲れて眠ってしまっていた。ベンチで横になった子どもを起こさないよう、俊はそろりと言う。

「終わりました？」

「ああ。――ありがとう、助かりました」

「いえ。あ、そうだ。ひとつだけ確認いいですか？」

思い出して口にすると、渡辺がわずかに身構えた様子を見せた。孝太を間に挟むように腰を下ろし、促すようにこちらを見る。

「あの時、坊主をとっつかまえようとしてた女性が自分は母親だと言ってたんですけど、あれ、撃退してよかったんですよね？」

言うなり、渡辺が拍子抜けしたように目を見開く。ぼそりと言った。

「もちろんだ。さっき、弁護士を通じて抗議を入れておいた。警察にも届けを出す」

「そうですか。んじゃあいいです」

けろりと返すと、渡辺は胡乱そうな顔になった。

「それだけか。他に訊《き》きたいことは？」

「じゃあ、もうひとつだけ。うちに帰るまで、あとどのくらいかかりますか」

今度こそ、渡辺が眉を寄せた。それに気づかないフリで、俊は膝の上の孝太の髪を撫でる。

「ここだと落ち着かないだろうから、早く帰って寝かせてやった方がいいんじゃないかと思って。おれも、そろそろ帰りたいし」

「わかった。……ああそうだ、治療費の領収証を見せてくれないか？　孝太のせいで怪我をしたんだ、こちらが払うのがすじだろう」

きょとんと、俊は渡辺を見た。あっさりと言う。

「坊主のせいじゃないですよ。好きで攫われかけたわけじゃなし」

「そうは言っても、そちらが巻き込まれたのは事実だ」

「巻き込まれたってより、こっちから飛び込んでった方じゃねえかなあ……ま、それも坊主の人徳ってことじゃないですか？」

「人徳？」

「この間の件。坊主のおかげで介抱していただいたようだったんで」

軽く言うと、渡辺は呆れたような顔をした。

単純に、放っておけなかっただけのことなのだ。それも、人道的見地がどうこうではなく、放置すると後味が悪いという程度のことでしかなく、いちいち恩に着せるつもりもない。

つらつらと考えていると、ふいに横にいた男が長椅子から腰を上げた。

「帰ろうか。こっちは車だから、あんたも一緒に乗っていくといい」

「あ、いや。大丈夫ですけど。タクシーでも呼ぶし」

「何なんだ、それは」

わかりやすく顔を顰めた男に見下ろされて、俊は言う。

「乗せてもらう理由がないですから。だからって、歩いて帰る根性もないし」

「理由なら十分ある。うちの息子の恩人だ。治療費の支払いと家まで送るくらいはする」

「いや、でも」

言いかけた俊の膝から、渡辺が慣れた仕草で子どもを抱き上げる。その途中、ぴんとシャツを引かれた。え、と目をやると、孝太の右手が俊の袖をしっかりと握りしめていて、男が抱え直してみても手を離す様子がない。

何となく、顔を見合わせる形になった。

先に口を開いたのは、渡辺だった。

「こういうわけだ。一緒に乗って帰ってもらえると助かる」

「……はあ。まあ、そんじゃあ」

毒気を抜かれた気分で子どもの手が離れない距離で男について歩き、駐車場にあった渡辺の車の、後部座席に設置されたチャイルドシートの横に乗り込んだ。その間にも握った袖を離さないあたり、なかなか大したお子さまだと感心する。

運転席でハンドルを握った渡辺は、それきり何も言わなかった。俊も黙って、すぐ傍の寝息を聞いていた。

何やら理由《わけ》ありなのは明白だが、誰にでも事情はあるものだ。例えば加藤に何度勤務形態の変更を促されても俊に頷くことができないように、俊のたびたびの引っ越しがやむにやまれないものであるように――渡辺には渡辺の、それなりの理由があるに違いない。

相談に乗り手助けできるレベルの友人であればまだしも、俊はただの隣人であり仕事関係の知り合いでしかない。そんな立場で首を突っ込むのは無礼というものだろう。

アパートに着いてから、もうひと波乱起きた。

父親に抱かれ自宅の子ども部屋に下ろされても、孝太は俊のシャツを離そうとしなかったのだ。それこそ、布に深く食い込んだファスナーのようにびくともしない。眉を寄せた渡辺が無理に離そうとすると、寝ぼけながらぐずり始めた。

よほど怖かったのだと、それだけで察しがついた。

「あのさ、緊急避難措置ってことで。今晩、坊主と一緒にいていいかな」

「しかし」

「こっちは大丈夫なんだよ。仕事はスケジュール通り進んでるし、納期まで余裕もある。それより、無理に引っ剝《ぱ》がす方が可哀想だろ」

微妙な顔つきでこちらを見る渡辺に、わざと押しつけるように言う。

「明日の朝、坊主が起きたらすぐ出てくよ。ここ以外は出入りしないようにするし、この部屋のものも触らない。それでどう？」

言い切った、その後で口調が崩れていたことに気がついた。

渡辺は、しばらく何も言わなかった。ややあって、ぼそりと口を開く。

「……三人分の布団はないぞ」

「ここ畳だからそのままでいいよ。慣れてるから平気。納期前とか、よく床で寝てるし」

「それは、威張って言うことじゃないだろう」

呆れ顔で言って、渡辺は子どもの布団の横にさらに布団を敷き始めた。聞けば、いつもそこで布団を並べて寝ているのだという。

寝入った子どもに一声かけて、渡辺は俊のスペースを開けてくれた。

素直に転がった後で、着替えもしないままだったと気がついた。どのみちこの状態で着替えはないと思い切って、俊は小さく声を上げる子どもの顔を覗き込む。

「断っておくが、うちのはかなり寝相が悪いぞ。夜中に蹴飛《けと》ばされないよう、注意しておいた方がいい」

さらりと言って、渡辺は部屋を出ていった。

広い背中を見送って、思いがけない経緯に今さらに感心した。同時に、渡辺は思っていたほどつきあいにくい相手でもないらしいと認識を改めた。


翌朝になっても、孝太は俊から離れなかった。

いつかテレビで観た、コバンザメのようだ。洗面する時も布団を片づける時も、父子と同じテーブルで朝食をご馳走《ちそう》になっている間も、俊のシャツの裾《すそ》を摑んでくっついている。

それだけなら、子どもの悪ふざけであることだ。けれど、今日の孝太の表情はいつになく堅く強《こわ》ばっている。それがわかったのか、渡辺も朝食時に一度だけ「行儀が悪い」と咎《とが》めたものの、その後は黙認した形になった。

前日の件が尾を引いているとはっきりわかったのは、幼稚園に行く準備を始めた時だ。

渡辺が差し出したスモックと園帽を、その場に放り出したのだ。二度ばかり準備するよう言われても、強ばった顔のままで首を振り、いやだと繰り返す。

それで、渡辺も何か思うところがあったらしい。叱《しか》ることも小言を言うこともなく、「それなら幼稚園は休みにしようか」と言い出した。

「ただし、お父さんにはどうしても今日中にすませておかなければならない仕事がある。昼過ぎには必ず帰るから、それまでは家の中でシッターさんと遊んでいなさい。前に来てくれた大島《おおしま》さんは覚えてるだろう？　その人に来てもらうよう頼んでおく。それならいいな？」

「え、はあちゃんは？　今日も駄目なのか？」

孝太が何か言うより先に、思わず口を挟んでいた。

「昨日今日は都合で休みなんだそうだ。これればかりは仕方がない」

「そりゃ……そうかもしれないけど」

言葉に詰まった俊と渡辺を見上げていた孝太が、躊躇《ため》らいがちにぽつんと言った。

「……すーちゃんは？」

「すーちゃんにもお仕事があるんだ。ずっと孝太と一緒にいるわけにはいかない。昼過ぎにお父さんが帰ってくるまで、シッターさんといい子で待てるな？」

渡辺の言葉に、孝太がぎゅっと唇を噛《か》む。俊の袖を握りしめて、窺《うかが》うように見上げてくる。

渡辺に一緒にいてほしいと言わないのは、おそらく「お父さんはお仕事で出かけなければならない」ことを承知しているからだ。同じように「すーちゃんにも仕事がある」ことも理解した。それでも、どうしても心細いのだろう。何となく察して、つい苦笑がこぼれた。

「よかったら、今日一日はおれが預かろうか？」

とたんに、子どもが大きく目を瞠《みは》った。それへ、俊は言い聞かせるように言う。

「ただし、おれは仕事もあるし怪我もしてるから外遊びは無理だぞ？　家の中で、おとなしく遊ぶ。それでもいい？」

「うん！」と孝太が大きく頷く。

制止したのは、渡辺だった。

「おい待て。それは」

「どうせおれは家で仕事だから、あんたが帰るまでうちで適当に遊んで待ってればいいよ。本人もそれでいいって言ってるしさ」

「しかし、あんたは怪我人だろう」

「痛み止め貰ったから、多少のことは大丈夫じゃないかな。そうだ、ここん家《ち》のオモチャ、適当に借りていくよ？　あいにく、ウチには子どもが喜ぶようなものは何にもないからさ」

しがみついてくる孝太を片手で抱いたまま、俊は有無を言わさずまくし立てる。困惑しき

った顔の渡辺に、わざと軽く言った。

「恩に着るんだったら、昼飯でも奢ってよ。あんた、昼過ぎには戻ってくるんだろ？」

8

子どもが落ち着いてふだんの生活に戻るまでに、さらに十日近くの時間がかかった。あの後の数日間を、孝太は幼稚園に行かず自宅で「はあちゃん」と一緒に過ごした。その間は、どんなに「はあちゃん」が誘っても外に遊びに行こうとしなかったらしい。ようやく幼稚園に通うようになっても、以前のように公園遊びに興味を示さず、屋内に入りたがると聞いている。

当たり前の、ことだ。

公園の遊歩道沿いに設置されたベンチに腰を下ろし、数メートル先の広場で元気にサッカーをしている渡辺と孝太とを眺めながら、俊はつくづくそう思う。

週末の今日、洗濯を終えてほっとした時に、渡辺と孝太から一緒に散歩に行かないかと誘われたのだ。

（あー……悪いけど、ちょっと寝不足なんで。また今度な）

（だめなの、ちょっとだからすーちゃんもいっしょなのー！）

とたんに膨れっ面になった孝太に脚にしがみつかれて、降参するしかなくなったのだ。実際に出てきてみれば、自宅にこもって仕事をしている間に季節はすっかり秋めいてきていて、朝の空気がひんやりと心地よかった。

今日誘われなければ、まだ当分は暑いと思い込んで過ごしていたところだ。これは子どもに感謝しなければなるまいと、つくづく思った。

「すーちゃん、みてみてみてー。こーたがしゅーとするよー！」

「よし頑張れ。お父さんに負けんなよ！」

ベンチに座ったままで子どもに声援を送ると、小さいなりに格好をつけて父親に挑んでいく。渡辺も我が子には甘いらしく、いかにも「お父さん」然とした寛容さで相手をしている。

九月中旬の日差しの中、その光景はやけに和やかに見えた。

――あの病院騒ぎから、今日でやっと二週間になる。

あれ以来、渡辺は「孝太に頼まれて」今日のような短い散歩に誘ってきたり、アパートの中庭で顔を合わせた時にお茶でもどうかと声をかけてくるようになっていた。

根負けしてつきあうこと数回で、俊は孝太と遊ぶのは結構楽しいことに気がついた。孝太連れであれば渡辺もさほど鬱陶《うっとう》しくないことを発見して、ここ最近は都合がつけば応じるようにしている。

公園でひとしきり遊んでからは、帰り道にあるファストフードで昼食をすませてアパートに帰った。自分の部屋で寝直すか気になる仕事に手をつけるかと悩んでいると、ふいにインターホンが鳴る。

渡辺だった。コーヒーでも飲まないかと誘われて、俊は素直に応じることにする。

そろそろ見慣れてきた隣家のリビングでは、タオルケットを被《かぶ》った子どもが大の字になって転がっていた。

「あれ、孝太、昼寝中じゃん。邪魔じゃないか？」

「気にしなくていい。いったん寝入ると枕許で象が歩いても目を覚まさないレベルなんだ」

「そりゃまたずいぶんな大物で」

感心している間に、ローテーブルの上にカップが置かれる。熟睡する子どもの頰を指先で撫でてから、俊は改めて座り直した。

「そんで？　何かあった？」

「……どういう意味だ？」

向かいに腰を下ろした渡辺が、物言いたげに眉を寄せる。その表情が実は何か困惑しているためだと、今の俊には何となく察しがついていた。

「どういうもこういうも、何か話があるんだろ？　それ以外に、孝太が寝てからあんたがおれを呼ぶ理由が思いつかない」

図星だったのか、しばらく渡辺は無言だった。ややあって、ゆっくりと言う。

「来週の水曜から二か月ほど、午後に孝太を預かってもらえないか。幼稚園が終わってから、俺が帰るまででいいんだ」

「……は？　いや待てよ、はあちゃんは？」

「体調を崩して、しばらく入院することになった」

即答に、俊は「え」と目を瞠る。

「入院って、どっか悪いのか？」

「どうやら手術が必要らしい。退院後にもしばらく自宅療養が必要で、すぐに仕事復帰するのは無理なんだそうだ」

事務的に説明して、渡辺はもう一度俊を見る。

「体調が戻り次第、初音《はつね》さんは復帰する。それまでの間だけでいいから頼めないか？　もちろん、相応のバイト料は出す」

「いや、けどおれ素人《しろうと》だし子どもにも慣れてないよ？　そういう奴に頼むより、プロを探した方がいいんじゃないか？」

「あいにく、孝太は人見知りが激しいんだ」

「え？」

どこが、と真顔で問い返すところだった。それが聞こえたかのように、渡辺は続ける。

「気を許した相手には無条件に懐く代わり、そうでない相手は血縁だろうが年単位のつきあいだろうが、まるで寄せ付けない。――初音さんにも、やっと慣れてきたところなんだ」

初音さん、というのはつまり、あの「はあちゃん」のことらしい。何でも彼女にもさほど懐いているわけではなく、三か月近く一対一で面倒を見てもらって、やっと今のような状態になったのだそうだ。

「じゃあさ、もしかしてこの前の病院騒ぎの後に孝太がシッターさん厭がったのって……」

「いつもは渋々でも納得するんだが、あの時ばかりは無理だったんだろうな。ふだんから、慣れない相手が傍にいるだけで元気がなくなるんだ」

説明に納得しながら、しかし半分以上割り切れないところがあって、俊は渡辺を見る。

「でも、おれには早いうちから全開で飛びついてきたりとかしてたんだけど？　家にいる間も、おれが誘ったら外に出たし」

「それは初音さんから聞いた。正直、どうやってそこまでになったのかを訊きたいと思っていた」

「いや、それおれに言われても困るんだけど」

孝太が幼稚園を休んでいる間、俊は何度か隣での騒ぎを聞いたことがある。「いや」と拒否する子どもの声は反抗というより悲鳴のように聞こえて、気になって様子を見に行った。その時に「はあちゃん」から、外に出ようと誘うとそうなるのだと聞かされたのだ。

(家ん中に閉じこもってるとよくないぞ？　散歩くらい行ってみたらどうだよ)

無理に連れ出す気にはなれなかったが、そのままではいつまで経っても幼稚園どころではなくなる。そう思い、目線を合わせて声をかけてみると、玄関先でぐずっていた孝太は不安そうな顔で俊を見上げてきた。何度も息を飲んで、つかえながら言ったのだ。

（すーちゃんも、いっしょ？　きて、くれる……？）

思わず、そこにいた「はあちゃん」と顔を見合わせていた。小さな声で「できればお願いします」と言われて、結局俊は孝太のお出かけに同行した。

ほんの二十分ほどの道中でずっと俊の手を握り締めていた孝太が、事件以来、父親以外の相手との外出を頑《かたく》なに拒んでいたことを知ったのは、その日の夜のことだ。

突然部屋を訪れた渡辺に、礼とともに「都合がつく時があればまた声をかけてやってほしい」と頼まれて、正直俊は面食らうばかりだったのだ。

「どうやっても何も、おれ、何もやってねえよ？　どっちかっていうとこっちが餌付けされた気がしてるくらいで」

胡乱な顔になった渡辺に例の「おみまい」事件を蒸し返すと、相手はさらに困った顔になった。顎《あご》を撫でて考え込んでから言う。

「いずれにしても、孝太はすーちゃんがいいようだ。勝手な言い分だとは思うが、こちらとしては、できればあんたに孝太を見ていて欲しいと思っている。ただ、これはあくまでこちらの勝手だ。あんたにはあんたの都合があるだろうから、無理なら断ってくれて構わない」

「そんで、あんたはどうすんだよ。坊主のこと」

「……馴染《なじ》まなくても、託児所に預けることになるな。二か月ほど辛抱させることになるが、それも不可抗力だろう」

淡々とした物言いに、渡辺の本音が見えた気がした。

頭の堅い優等生かと思っていたが、むしろ理性的で公正なタイプのようだ。この状況にあっても、情に訴えることがなく、叶《かな》う限り冷静に孝太にとって一番いい方法を考えている。

だからこそ、首を傾げてしまうのだ。今の言い方では、専門の託児所よりも俊の方が信頼できるように聞こえてくる。

「あんたさ、いきなりそこまでおれを信用していいのかよ。会ったばっかりに近い他人だよ？　それよりあんたの知り合いとか親兄弟に頼んだ方がいいんじゃないのか」

「あいにく孝太はうちの親に懐いていない。下手に預けると怖がって、一日中泣き暮らすことになりかねない。孝太が懐いている相手に頼むことができるなら、その方がずっといい」

予想外の返事に、思わず目を瞠っていた。浮かんだ疑問をそれでも口に出せずにいると、渡辺はまっすぐに俊を見た。

「あんたの返事を聞く前に、説明しておく。孝太は、少しばかり厄介《やっかい》な事情を抱えている。――以前にあった事件の後遺症で、定期的にカウンセリングを受けているんだ。預ける相手を間違えると、パニックを起こすこともある」

「あ、のさ……だったらそれこそ、おれみたいな素人に預けるのはまずいんじゃないのか？坊主に何か起きたらどうすんだよ」

「逆だ。だからこそ、あんたに頼みたい」

即答に、俊は思わず顔を顰めた。それへ、渡辺は淡々と言う。

「月頭に孝太を攫いかけた相手を、覚えてるか？」

「ああ、うん。それは」

「あれは、確かに孝太の母親なんだ。離婚してから、ちょうど二年になる。別れた理由は、わかりやすく言えば妻の浮気と、結果的にそのせいで孝太を殺しかけたことだ」

「――」

思いも寄らない内容に、俊は唖然《あぜん》と相手を見返した。それへ、渡辺は事務的に続ける。

「男と会うのに孝太が邪魔だからと、真夏の炎天下に、ショッピングモールの屋外駐車場に停めた車に閉じこめて放置した。――通りすがりの客が車内で気を失っているのを見つけて通報してくれて、どうにか助かった」

「あの、……それって――」

「警察からの連絡で病院に駆けつけた時、まだ孝太は危ない状態だった。妻の居場所を訊かれたが、携帯電話は電源が切られていて捕まらない。やっと見つかったのは、数時間経った頃だ」

車がないことで動転したのか、渡辺の妻はショッピングモールの総合案内に、車ごと子どもを攫われたと訴えたらしい。そこで事情を聞かされて、泡を食って病院にやってきた。

——その日会っていた、「恋人」と一緒に。

そこから、妻の過去の行状が明らかになったのだそうだ。半年以上前から男と会っていたこと、そういう時には孝太を知り合いに無理に預けるか、それができない時にはアパートに置き去りにしていたこと。

最終的に、渡辺は妻と離婚した。もちろん、孝太は親権ごと引き取った。そうした経緯から、妻には二度と孝太に関わらないよう取り決めもした。

「え、だけど——じゃあ何で、あんたの親にまで?」

それなら、孝太が母親に懐かないのは当たり前だ。けれど、渡辺の両親にまでそうなる理由がないような気がした。

とはいえ、事は他人の事情だ。訊いた後で立ち入ったことを後悔したが、渡辺はあっさりと続けた。

「かなりショックが大きかったようで、病院で目を覚ました時の孝太は医者や看護師に泣き叫んで暴れて、まともに治療もさせようとしなかったんだ。母親が寄っていくと、ひどく怯えて引きつけを起こす。先方の祖父母はもちろん、うちの両親が近寄っても悲鳴を上げて逃げ回る。——唯一、例外だったのは俺だけだった」

「……──」

声もなく、俊はカーペットの上で丸くなって眠っている子どもを見た。

明るく人懐こい子どもだとばかり思っていたのだ。まさか、そんな事情を抱えているとは思いもしなかった。

「今はどうにか落ち着いて、幼稚園にも通えるようになった。他人を目にして怯えることもなくなったが、全快したとは言い切れない。──この前、警察から連絡があった時にはどうなっているかと思っていた」

「どうなって、って……」

「離婚して間もない頃に、前の妻が俺の実家に孝太を連れ戻しにきたことがあるんだ。その時には、パニックを起こして泣き叫んだあげく、引きつけを起こして救急車を呼んだ。ひどく怯えて、ろくに食事もしなくなった。──まともに眠るようになるまで、二か月ほどかかった。その後は俺がいようがいまいが関係なく、うちの両親にも怯えるようになった」

言葉を切って、渡辺が動く。大きく寝返った孝太にタオルケットをかけ直した。

「連絡を受けた時に、また以前の状態に戻るかもしれないと覚悟した。それが、あの時は落ち着いていただろう。確かに泣いてはいたが、あんたと一緒に待つことも承知した」

「それは確かにそうだけど、でもおれ、本当に何もやってないよ？ まともに遊んだのだって、あんたと一緒に出かけるようになってからで」

「それでも、孝太があの時にあんたを選んだのは事実だ」

即答に、迷いの色はなかった。

たった今、聞いたばかりの内容を持て余して、俊はぼそぼそと言う。

「あ、のさ……おれなんかにそこまで話していいのかよ。そりゃ、多少はおれに懐いてくれてるとは思うけど、一対一だとどうだかわからないだろ？」

「もちろん、あんたがいるなら万全だと思っているわけじゃない。手に負えないと思った時は連絡してくれれば俺はすぐに駆けつけるし、そこまで待てないなら救急車に乗せてくれて構わない。気持ちの負担になるような時は、すぐにでも辞めていい」

いったん言葉を切って、渡辺はゆっくりと続ける。

「何か要望があるなら、可能な限り応じよう。契約の書面が必要なら、専門家に依頼して作って署名捺印《なついん》もする。少しでも余地があるのなら、考えてみてくれないか」

「――」

無言で、俊は渡辺を見返す。

自分でも不思議だったが、話を聞いても孝太への気持ちはまったく変化がなかった。むしろ、あの小さな身体でどれだけの思いをしてきたのかと可哀想になっただけだ。

そして、今はっきりわかっているのは、目の前の男が本気だということだ。会って間もない俊を信用して、孝太を預けようとしているという事実だった。

「……じゃあ、ひとつ質問。孝太の事情はよくわかったけどさ、そういう子をおれなんかに預けていいのか？　もしおれが、よからぬことでも考えてたらどうすんだ」

「よからぬこと、というのは？」

「だから、引き受けたはいいけど孝太を虐めるかもしれないとか、妙なことを吹き込むかもとか。あと、金だけもらって放置するかもしれないとか」

しかつめらしく並べた言葉に、しかし渡辺は失笑したようだ。

「そういうことを目論《もくろ》む人間は、誘われたからといっていちいち何の得にもならない子連れの散歩につきあったりはしないんじゃないのか」

即答に、とどめを刺されたような気分になった。

もう一度、俊は寝入っている子どもを眺める。改めて、渡辺に目を向けた。

「確認いいかな。その、孝太がパニック起こすきっかけとか、そういう時の対処の仕方は全部教えてくれるんだよな？　あと、注意事項とか」

「もちろんだ。それに、日常的には殆《ほとん》ど落ち着いている。人の選《え》り好みは激しいが、パニックを起こすことは滅多になくなった」

「了解。それと、おれも仕事あるから長期は無理だよ？」

気がつくと、俊はそう口にしていた。真顔で見下ろしてくる渡辺に、訥々《とつとつ》と言う。

「はあちゃんが戻ってくるまでの期間限定なら、たぶん何とかなると思う。ただ、仕事の事情とかでどうしても無理な時もあるから、その時はそっちでどうにかしてもらえるかな」

「もちろんだ」

即答に、つい苦笑がこぼれていた。それならと、俊は改めて隣人を見上げる。

「それならいいよ。子守りは引き受けた」

9

新しい生活は、思った以上にハードだった。

何しろひとり暮らしで在宅勤務になって三年目で、完全に自分のペースができあがっていたのだ。極端な話、体内時計のサイクルが狂った時は昼過ぎに起きて明け方にベッドにもぐり込む生活をしていた。もちろん忙しくなれば食事は適当になり、数日誰とも会わないのが当たり前になる。

平日午後から夜にかけて子どもを預かるというバイトは、そうしたやり方を根本から突き崩す要因になり――同時に、俊は心底隣人に感心することになった。

孝太を預かることで、結果的には渡辺父子の生活サイクルを垣間《かいま》見ることになったのだ。

朝は子どもを起こし、食事をさせ支度をして家を出て、幼稚園に預けて出勤する。夕方は帰り道で買い物をし、帰宅と同時にシッターから子どもを受け取り、夕食を食べさせて風呂に入れ、寝かしつける。その合間には子どもの話を聞き、幼稚園関係の雑事をこなした上に、依頼したシッターから子どもの様子を確認するのを忘れない。

それだけでも時間がないだろうに、あの男は時期によっては仕事を自宅に持ち帰り、子どもが寝てからそれを片づけているのだという。

そのくせ俊への子守り依頼は「平日のみ」で、土日祝日にはまず持ちかけてこないのだ。どころか、そういう日には必ず父子が揃《そろ》ってアパートの庭で遊んでいたりする。時折俊に声がかかることはあっても、それは孝太からの「すーちゃんもおとーさんとこーたといっしょにあそぼ」という誘いばかりだった。

もっとも、それも渡辺に言わせれば「親として当たり前のこと」でしかないのだそうだ。だからといって建前だけでそうしているわけではないのも明らかで、そういう意味では四角四面も大したものだとつくづく思う。

(それより自分の仕事を心配しろ。バイトが妨げになるようなら、別の手を考える)

何度かそう釘を刺された俊の仕事状況はと言えば、これが意外にも慣れてしまえばさほどの負担にはならなかった。

幸いだったのは、朝から夕方に幼稚園に迎えに行くまでは完全にフリーになることだ。午後四時をリミットと決めれば、かえって集中して仕事が進んだ。ヒートアップした脳味噌《のうみそ》を休めるつもりで迎えに出向き、孝太を連れて散歩と買い物をしながらアパートに戻る。日によっては近くの公園で孝太の友達と遊んで、俊の部屋で一休みがてらごく軽くおやつを食べさせ、後は渡辺が迎えにくるまで、一緒にテレビを観たりゲームをしたりして遊ぶ。

孝太が基本的にご機嫌な子どもで、本当に助かった。預けられるのに慣れているというのか、不憫《ふびん》に思えるほど聞き分けがよく、素直に懐いてくれる。幼稚園に迎えにいった時は、俊を認めるなり「すーちゃんきたー」と叫んですっ飛んでくるのだ。

ちなみに、件のパニック云々は今のところまったくない。計算外に面倒だったのは、実は幼稚園への「お迎え」だった。

初日の夕方に園の門を入りかけたところで、同じく子どもを迎えにきたらしい女性から突然に「あなた誰？」と詰問されたのだ。しどろもどろに渡辺孝太の迎えですと口にすると、相手はかえって眦《まなじり》を吊り上げた。

（孝太くんのお迎えは初音さんのはずよ。それにあなた、お父さんとも違うでしょう）

その初音さんの代理なのだと答えると、女性は険しい顔つきになった。さらには周囲にいた他の母親らしき女性たちまでもが、露骨に「誰コイツ」という顔で俊を眺めてきた。

真面目な話、あの時は生命の危険を感じた。その日の朝に渡辺と一緒に顔合わせをした職員が駆けつけてくれるまでの間が、むやみに長く感じられた。

どうやら、俊はよからぬ目的で園に潜り込もうとした、または孝太を攫おうとした不審者だと思われたらしい。

先方の早とちりということできちんと謝罪をもらったものの、担任から詳しい説明を聞いてみれば女性の反応も無理のないことと納得できた。

何でも、園の周辺をカメラを手に徘徊《はいかい》したり、子どもを付け回し声をかけてきたりといった「変質者」が実在するのだそうだ。他にも一か月ほど前には、園を出たところで名を呼ばれた子どもが危うく車に連れ込まれそうになるという、犯罪寸前の事件も起きていたらしい。

とどめのように、担任からははっきりと指摘されてしまった。

（申し訳ありませんが、せめて髭だけは剃ってきていただけませんか）

言われて確かめてみれば、起き抜けだったせいでその日の俊の格好はラフな普段着で顎からは無精髭が顔を出し、束ねていたはずの髪もほどけてぼさぼさだったのだ。そこに日除《ひよ》けのサングラスまでかけていた日には、どう見ても不審者に違いない。

以降、俊はお迎え前には何があっても身だしなみを怠らないようにしている。

もっとも、逆手に取ればこの事件は好都合だった。

孝太の迎えが「はあちゃん」ではなく、「すーちゃん」に変わったことがあっと言う間に知れ渡ったのだ。おかげさまで、今はお迎えで誰と一緒になっても「孝太くんのお迎えのすーちゃんなのね」という穏やかな視線で挨拶をしてもらえるようになった。

「あしたはおとーさんとゆーえんちいくのー。おもしろいんだよ、たのしみなのー」

「そーかそーか、そりゃよかったな。そんならちゃんと帽子被っとけ」

幼稚園からの帰り、児童公園に向かう途中で嬉しそうにはしゃぐ孝太の頭からずれ落ちかけていた帽子を被せ直して、俊は軽く言い返す。いつかの孝太の担任の言葉を思い出して、ため息が漏れた。とたん、手を繋《つな》いでいた孝太が見上げて言う。

「すーちゃん、どしたの。くたびれた？」

「いや。おまえの親父さん、よくおれにシッターなんか頼んだもんだと思って」

そもそも、お互いに第一印象は非常に悪かったはずなのだ。ほんの一か月前まではただの隣人でしかなかったことを思うと、現状はつくづく不可思議だった。

きょとんと首を傾げていた子どもは、迷いのないにっこり笑顔になった。

「だいじょぶ。おとーさん、ぼくとおんなじだから」

「……何がおんなじなんだ」

胡乱な気分で目を向けると、孝太は俊の手を握る指に力を込めた。俊を見上げて言う。

「すきなものが、おんなじなの。たべるものとか、いきたいとことか。あと、どうぶつも、いっつもいっしょ」

「ふうん。そんで？」

「ぼく、すーちゃんのことだいすきだよ。だから、おとーさんもきっとおんなじ」

「……さよか」

作った顔はかなりの苦笑いだったはずだが、孝太はどうやら満足したようだ。先にすべり台で遊んでいた友達に呼ばれて、嬉しそうにすっとんでいく。

慌てて俊は後を追った。何かあればすぐに手を出せる距離で、孝太の様子を見守る。

このバイトを始めて思い知ったことだが、子どもの世話を侮るのはつくづく大間違いだ。見た目以上に重労働の上、思った以上に神経を使う。

何しろ好奇心の塊で恐れを知らないから、いつどこに何を見つけてすっ飛んでいくかわからない。おまけに思いも寄らないことをやらかすから、何が凶器になるともしれない。追加して、全力で一緒に遊ぶと途方もなく疲れることになってしまう。

五時の時報が鳴るまで公園で遊んで、出入り口で友達親子と別れた。歌を歌う孝太と手を繋いで、俊はのんびりと帰途につく。

「おとーさん、きょうははやい？　おそくなる？」

「どうかな。ま、訊いてみるから待ってな」

アパートの自室に戻り、手洗いとうがいを終えるなり、孝太はテレビアニメに夢中になった。食事の支度をする前にと、俊は手早く携帯メールを送る。

渡辺はかなり多忙らしく、昨夜帰宅したのは二十一時過ぎだった。食事だけはすませていたものの風呂までは気が回らず、完全に寝入ってしまった孝太をそのまま帰すことになった。

起こされて風呂に入れられる孝太も可哀想だが、仕事を終え帰宅してから子どもに湯を使わせることになった渡辺も十分に気の毒だ。今日もそうなるようなら、こちらで風呂をすませておくつもりだった。

定時を過ぎていたからか、メールはさほど待たずに戻ってきた。期待に満ちた顔で見上げてくる孝太を少しばかり可哀想に思いながら、俊は言う。

「親父さん、遅くなるからうちでメシと風呂すませとけってさ」

「おそくなるの？」

「明日、約束があるんだろ？　だから頑張って仕事してんじゃねえの？」

孝太は少ししゅんとしたものの、「約束」を思い出して納得したらしい。素直に夕飯と風呂をすませると、二十時には俊のベッドの上で寝息を立てていた。その様子をちらちらと確かめながら、俊はいつも通り仕事に戻る。

結局、渡辺が帰ってきたのは昨日よりも遅い二十二時前だった。

「いいよ。孝太はおれが連れてくから、あんたはそこの紙袋持ってってくれる？」

目許に疲れを滲《にじ》ませた男に玄関先の荷物をさして言い、俊はベッドの上の子どもを抱き上げる。幸いにも熟睡しているようで、孝太が起きる気配はなかった。

歩いたところで、ほんの数歩の距離だ。ドアを開けてもらって通された先、子ども部屋で渡辺が布団を敷くのを待って、ゆっくりと子どもを横たえた。

「服まで借りたのか」

声を上げて寝返った孝太を見下ろして、今気づいたように渡辺が言う。

幼稚園児には大きすぎるTシャツは、もちろん俊の私物だ。半袖が長袖になり下手をすると裾を引きずることになるが、汗ばんだ格好で寝るよりはましだろうと着替えさせた。

「脱いだ服は洗って乾燥機にかけたよ。さすがにパンツは貸せないからコンビニで買った。レシートとパッケージは袋の中にある」

すぐさま紙袋の中を確かめる様子に、文句のひとつでも言われるかと身構えたが、どうやら杞憂《きゆう》だったらしい。代わりに渡辺は、紙袋からコンテナ式の保存容器を取り出す。半透明の中に入っているのは、緑黄色野菜がふんだんに入った野菜スープだ。

「……これは？　どうするんだ」

「冷蔵庫に突っ込んどいて、食べる前にレンジであったためなよ。孝太と、あんたの分とふたり分あるからさ。育ち盛りにジャム食パンと牛乳だけだとバランス悪いだろ」

無言で向けられた視線に、慌てて付け加える。

「でも無理にどうしても食えってわけじゃないから。口に合わないようなら捨てていいし、いらないんだったら持って帰る、けど」

声がどんどん弱くなっていくのが、自分でもよくわかった。

孝太が喜んでくれたから土産《みやげ》にと思っただけだ。けれど、渡辺にとっては、隣人の男が作った料理など不気味なだけなのかもしれない。

渡辺は、しばらくまじまじと保存容器を眺めていた。ややあって、ぼそりと言う。

「もらって構わないのか。材料費は？」

「いいよ別に、夕飯の残りもんだし。味は変えてあるから孝太も飽きないと思うしさ」

「味を変えた？」

「夕飯はコンソメスープだったから、トマトの水煮潰《つぶ》して突っ込んだ。さっぱりしてるから、疲れてる時にいいんじゃないかと思っ……」

言いながら、これでは渡辺のためにそうしたように聞こえる気がして落ち着かなくなった。気のせいか渡辺がやけにじっとこちらを見ているようで、ひどく居たたまれない心地になる。

「明日、あんたは仕事？　だったら孝太は預かるけど……あ、でも約束あるんだよな。遊園地だっけ」

「ああ。約束通り、孝太と遊びに行く」

「そうなんだ。よかった、孝太、すげえ楽しみにしてたし」

ほっと息を吐いて、俊は顔を上げる。とたんに渡辺と目が合って、この男がずっと自分を見ていたらしいと気づいた。

さらに、落ち着かない気分になった。

「じゃあおれは帰るから。また月曜に、いつも通り幼稚園に迎えに行けばいいんだよね？」

「ああ。明日の朝九時に迎えに行くから、朝食をすませて出かける準備をしておいてくれ」

へ、と目を瞠った俊に、渡辺は当たり前のように続ける。

「孝太に、すーちゃんと一緒に行きたいとねだられたんだ。できればつきあってくれないか」

慌てて、俊は両手を振った。

「遠慮するよ。せっかくの父子水入らずだろ？　ふたりで行っててくれれば？」

「言っただろう。孝太から言い出したんだ、よかったらつきあってやってくれ。もちろん、明日の日当も出す」

四角四面に言われて、思わず顔を顰めていた。

「何、その日当って」

「せっかくの休みを潰して子どもにつきあえとは言えないな。それとも明日は何か予定でもあるのか？」

「いや、ないけど」

「だったらいいだろう。小遣い稼ぎのつもりで来てくれないか」

当然のように言われて、かえってその言い方に引っかかりを覚えた。じろりと渡辺を見上げて、俊はゆっくりと言う。

「……あのさあ、その言い方だと、おれが守銭奴みたいなんだけど」

「労働には対価があって然《しか》るべきだろう。貴重な休日をつきあわせるならなおさらだ」

いつもながらのかちんかちんに真四角な返答に、ようやく俊は相手の言いたいことを悟る。

嫌みでも思わせぶりでもなく、こちらに悪いと思いながら「孝太のために」頼んできているのだ。言い方がいかにも堅くてビジネスライクなだけで、要は「息子の願いを何とか叶えてやりたいお父さん」なのだった。

そして、そういうことなら話は別だ。

軽く息を吐いて、俊は渡辺を見上げる。にやりと笑ってみせた。

「おれ、遊園地とかほとんど行ったことないんだよね。ってことで、思いっきり遊ぶかもしれないけど、それでもいいんだ？」

もちろん、と返った言葉に、俊はあっさりと言う。

「だったら日当はいらない。その分遊ぶから、それでよろしく」

10

翌日は、待ちかまえていたような上天気だった。

予告通りの午前九時ちょうどに、渡辺父子がドアベルを押して誘いに来た。あたふたと準備を終えた俊が出ていくなり、眉を上げて言う。

「帽子を持ってこい。今日は日差しが強いぞ」

「……りょーかい」

言われた通り帽子を手に部屋を出た、その五分後には俊は渡辺が運転する車の後部座席にいた。隣でチャイルドシートに収まって、孝太は大いにはしゃいでいる。

開園五分前に、目的地に着いた。車を降りてゲートに近づいたところで、門が開いていくのが見てとれる。

聞くところによると、この遊園地に父子はたびたび遊びに来ているのだそうだ。入り口ゲートにあった園内マップを手に取ったものの、ろくに見もせずに歩いていく。

俊はこの場所が初めてで、おまけに遊園地というものに馴染みがない。物珍しく眺めていたら、気がついたらしい孝太が幼い言葉であれこれと説明してくれた。

子ども向けのアトラクションをいくつか回った後で、孝太がやや遠目に見える建物に行きたいと言い出した。慣れたように歩きだした渡辺について行って、俊は意外さに目を瞠る。

いわゆる「占いの館」というやつだ。ベンチか椅子に座り、目の前の画面を眺めながらヘッドホンから聞こえる声に従って諸々の選択をする。ゲームオーバーの後に結果用紙を受け取るという形式のゲームのようだった。

孝太を真ん中に渡辺に促されて座ったブースは、どうやらふたり連れ用に作ってあるものらしい。座る場所が並びのベンチで画面が別々になっているのが妙な気はするが、これはおそらく「そういうもの」なのだろう。

ちなみに言い出しっぺの孝太は父親の傍にくっついて座り、その前の画面を興味津々に眺めている。どうして渡辺がヘッドホンをしているのかと言えば、孝太はゲームの内容というよりはその途中で出てくる画面を見るの「だけ」が楽しみなのだそうだ。

考えてみれば、現実主義そのものの渡辺が進んでこういうゲームに興じるとも思えない。今さらに納得しながらちらりと隣の画面に目をやって、俊は目許を険しくした。

ゲームが終わるまでが、やけに長く感じられた。終了の画面を確かめるなりヘッドホンをむしり取って、俊は隣の男に詰め寄ってしまう。

「何！　あんたおれよりふたつも年下じゃん。なのに何でそう偉そうなんだよ」

「年下？」

軽く目を見開いた男が、終了画面を眺めて合点したように笑う。その、どうでもよさそうな動作と物言いにむっとした。

「すーちゃんは結構細かいな。体育会系だったのか？　そうは見えないんだが」

「う」

お察しの通り、俊は子どもの頃から立派なインドア系だ。散歩と称して歩くのは好きだが、スポーツはからっきし駄目だった。

「別に体育会系じゃなくても、年上は敬えってどっかの偉い人が昔っから言ってるだろ」

「へえ。どう敬えばいいんだ？」

「せめて、『すーちゃん』扱いすんのはやめろ」

ぽろりとこぼれた言葉は、本気の本音だ。

孝太に呼ばれることは、もう諦めた。渡辺までそう呼ぶことに関しては、一応は雇用主で年上だから仕方がないと割り切ろうとしていたのだ。それが実は年下だったとなると、馬鹿にされているようで非常に嬉しくない。

「駄目なのか。孝太も？」

「孝太はいいんだよ。駄目なのはあんただ」

「どうして」

真正面からの問いにぐっと息を飲み込んで、俊はどうにか言葉を探す。

「……だから、そのどうして攻撃もやめろ。孝太がしたら可愛いけど、いい年齢の野郎がやっても可愛くない」

「ずいぶんな言い草だな。それなら、どう呼べばいいんだ？」

真面目な顔で問い返されて、俊は思わず顔を顰める。

「あのなあ……何のために名前があるのか、少しは考えろよ」

「だったらそっちも考えろ。どうして俺は毎回『あんた』扱いなんだ」

「だ、……わかった。じゃあ今日から『あんた』じゃなくて『おまえ』にする」

気圧されてそう返すと、とたんに渡辺が呆れ顔になる。

「どういう論理なんだ、それは」

「だって年下だろ。一応上だと思ってたから『あんた』にしてただけだし」

「あーのねー」

非常に不毛になってきた会話を断ち切ったのは、それまで首振り人形よろしく両隣の大人の話を聞いていた孝太だ。唇を尖《とが》らせ、不満げに言う。

「すーちゃんもおとーさんもがめんおしまいになっちゃったよ、どうするのー」

それでようやく、プレイ席で言い合っていたことに気がついた。慌てて席を立ちブースを出て、待ち人がいなかったことに安堵する。

占いの結果は、それぞれ紙にプリントしてくれるらしい。機械から吐き出されたそれを順番に手に取ったものの、渡辺の方はすぐさま丸めてゴミ箱に放り込んでしまった。

「え、あれ？　見ないでいいのか？」

「孝太の遊びだからな。これで四回目だ」

「あ、……なるほど」

たびたび来てやっているから結果はどうでもいい、ということらしい。そんなものかと納得しながら、俊は自分の結果の紙を折り畳んでジーンズのポケットに突っ込んだ。

建物を出たすぐ目の前が、ジェットコースターだった。呼び物のアトラクションのはずだが、今はさほど列が長くない。

「こーた、こんどあれいく！　ねえ、すーちゃんいこ！」

とたんに孝太がそんな声を上げたのだった。俊の手をぎゅっと摑んだかと思うと、先に先にと駆け出していく。入り口前にあったスケールの前に立つと、俊を見上げてきた。

「だいじょぶかな、せーたりてるー？」

言われて、やっとこのアトラクションに身長制限があることに気がついた。

そういえば、遊園地の乗り物アトラクションには身体的な制限がある場合が多くて、幼すぎる子どもはかえって選択肢が少なくなってしまうと聞いたことがある。

そして、孝太は同年代の中でも小柄な方なのだ。いくら何でもまだ無理だろうと思いながらスケールに目を向けると、その横に短く「幼児対象のアトラクションです。必ず保護者が同伴してください」との注意書きが入っている。

真剣な顔で見上げる孝太に倣って、俊も慎重にスケールと孝太の身長を比較してみせた。

「ん、大丈夫。ギリＯＫ」

とたんに歓声を上げたかと思うと、孝太は振り返って言う。

「おとーさん、ぼくせーたりたよ！　いっしょにのろうよー」

つられて振り返ってみると、渡辺はやや離れたベンチに腰を下ろすところだった。手招きする孝太に手を振り返しながら言う。

「いや、俺はいい。一緒に行ってくるといい」

「え、何で？　いいじゃん、三人一緒でさ。これなら孝太も乗れるんだし」

思わず、俊は声をかける。とたん、くいくいと下からシャツの裾を引っ張られた。

孝太がそうしていたのだ。見上げる仕草に察して屈み込むと、耳許でこっそりと言う。

「おもいだした。あーのねー。おとーさん、じぇっとこーすたーきらいなんだよ」

「へ？」

「おなかのあたりがすーっとするのがいやなんだって。あと、さかさになってしたにおっこちたらどうするんだって、だれもひろってくれないんだぞって」

当初にあった思いがけなさは、あっという間に呆れに変わった。何とも言いがたい顔つきでこちらを見ていた渡辺に、俊はぼそりと言う。

「……子どもに何吹き込んでんだよ、あんた……」

「ねえ、すーちゃんはのったことある？　ほんとうにそうなる？　みつぐくんのままは、そんなことないって」

「いや、おれも初めてだから。って、孝太も初めてか？」

「うん！　えーとね、このまえはせーたりなくてだめだったの！」

俊が答えるより先に、係員から声がかかった。

結局、俊と孝太だけで乗り込んだジェットコースターだったが、さすがに幼児対象を銘打つだけあってスピードも緩く、スピンの類はまったくなかった。せいぜい二か所ほど、車体がやや斜めになる場所があった程度だ。

どうやら孝太はこの点では父親に似なかったようで、乗り物が動き出してから止まるまでの間、隣からはひっきりなしに嬉しそうな歓声が聞こえていた。俊はといえばこれがまったく平気で、それなりに楽しんでしまった。

乗り物から降りてベンチにいる渡辺のところに戻る間にも、孝太は興奮が冷めない様子だった。しまいには、微妙な顔で待っていた父親に嬉しそうに言う。

「すごいよおもしろかったよー。ねえねえ、こんどはおとうさんもいっしょにのろうよ！」

「いや、お父さんはいい。孝太が行きたかったらすーちゃんと一緒に行ってきなさい」

「え、なんでなんで？　だいじょぶだよ、おもしろいよー？」

ねえねえねえ、と腕を引っ張られる渡辺が、心底弱った顔をしている。初めて目にした表情に目を瞠りながら、俊は興奮して跳ね回る子どもを捕まえた。

「孝太さ。お父さんが困ってるから、そのへんでやめときな」

「えーなんで？　どうして？」

心底不思議そうに見上げてくる孝太に、俊はゆっくりと言う。

「人間、誰にでも苦手なものがあるんだ。それを無理強いすんのは可哀想だろ？」

「かわいそ……？」

「人がいやがることはしてはいけません。基本だよな？　ジェットコースターに乗りたい時はおれに言いな。いくらでもつきあってやるからさ」

言い換えると、すぐに理解したらしい。こくんと大きく頷いて、孝太は父親を見上げる。

「おとーさん、ごめんなさい」

ぺこりと頭を下げるあたり、つくづく躾《しつけ》のいい子どもだと感心した。よし、とその頭を撫でてから、俊はもう一度孝太の顔を覗き込む。

「んじゃもう一回行くか？　おれでよかったらつきあうぞ」

「ん。あとにするー」

少し考える素振りをして、孝太が言う。怪訝に思った俊に、こっそりと教えてくれた。

「こーたとすーちゃんがじぇっとこーすたーいったら、おとーさんまたここでおるすばんだよね？　だから」

間に昼食を挟み、舞台仕立ての人形劇や映像系のアトラクションを回った後で、今度は子ども用の広場の傍を通りかかった。

デパートや大型のスーパーで見かける、ビニール風船作りの建物の中に小さなゴムボールを山ほど放り込んだ遊び場だ。

勇んで飛び込んでいった孝太が見える位置にあるベンチに、大人ふたりは腰を下ろす。歩きながら買った飲み物のストローに口をつけていると、ふいに横合いから声がした。

「ありがとう。さっきは助かった」

「は？」

唐突さにきょとんとした後で、例のジェットコースターのことだと気がついた。ずいぶんなタイムラグだと思いながら、俊は苦笑する。

「いいけど。あんた、本気でジェットコースターが駄目なんだな」

「ジェットコースターがというより、重力の感覚が狂うのが苦手なんだ。エレベーターの上り降りの瞬間とか、車で急な坂を降り始める時とか。なので、なるべく階段を使うし下り坂は制限速度内でゆっくり降りるようにしている」

「ああ。そういう人っているよな」

さらりと流した横顔に、視線を感じた。わざと前を見たままで、俊は言う。

「別に、いいんじゃない？　誰だって、苦手なもんのひとつやふたつはあるもんだしさ」

「すーちゃんにもあるのか？　苦手なもの」

「一山いくらで投げ売りするくらいはあるなあ。って、やっぱりすーちゃんなのかよ」

じろりと目をやると、渡辺は自身の膝に頬杖《ほおづえ》をついた格好で俊を見ていた。

「子どもの扱いに慣れてるんだな。身近にいるのか？」

「甥姪《おいめい》はいるけど、もう何年も会ってないからなあ……ついでにおれ、子どもはどっちかっていうと苦手。下手につつくと泣きそうだし、いじくると壊しそうだし」

とたんに、渡辺は意外そうに眉を上げた。

「そうは見えないな」

「案外、精神年齢が近いとかじゃねえの？　おれと孝太と」

「精神年齢？」

「そ。年齢制限なかったら、おれも入ってみたい。アレ」

孝太が遊んでいる遊具を指して言うと、渡辺はまたしても微妙な顔つきになる。それへ、俊はにっと笑ってみせた。

「童心に返って、ってヤツ。面白そうじゃん？」

「……そうか？」

「だよ。せっかく来たんだからあんたも楽しんだら？　孝太もその方が嬉しいだろ」

「嬉しい？」

怪訝そうに言われて、俊はあっさりと頷く。

「孝太、ずっとあんたのこと気にしてんじゃん。さっきのジェットコースターだって、自分が面白かったからあんたも乗せたかったんだよ」

「俺も？」

「そ。楽しみのお裾分けだったんじゃないか？　いい子だよなあ、素直だし聞き分けいいし。ちょっと我慢しすぎてる気もするけどさ」

「仕事仕事で、なかなか構ってやれないからな。本当にこれでいいのかと思う時もある」

ふっと、渡辺の声が重くなった。それを知った上で、俊はわざと軽く言う。

「いいんじゃねえの？　孝太、あんたのこと大好きだし。いろいろ聞いたよ？　オシゴトしながら孝太のメンドウ見てくれる、すごい自慢で大好きなオトーサンって」

「我慢強いからな。いろいろ大目に見てもらってるんだろう。……実際のところ、母親さえいればもっと好きにさせてやれるんだろうが」

「だけど、孝太は厭だってさ」

反射的に、そう言い返していた。頬に当たる視線を感じながら、俊は前を見て続ける。

「あの時さ。孝太、あんたのことばっかり呼んでたよ。あの人には『いや』しか言わなかった。あれってさ、あんたの前の奥さんが孝太に『そう言わせた』んじゃないかな」

「言わせた？」

怪訝な声に、前を見たままで頷いた。

「ガキの頃って、ガキなりに親に気を遣うもんだよ？　特に親なんか、孝太くらいの年だったら全世界みたいなもんだ。なのに孝太にあそこまで『言わせた』んだったら、それは『言わせた』側の責任だろ。結果、孝太はあんたを選んだんだ。それでいいんじゃないの」

「――」

「うまく言葉にできなくても、ガキってのは自分がどう扱われてるかくらいはよく知ってるよ。不安に思うのは、これから先でいいんじゃないの」

「これから先、ね」

複雑そうなおうむ返しに、俊はわざと意地悪く笑ってやった。

「今はまだいいとして、小学校高学年とか中学高校になると思春期とかでいろいろ難しくなるだろ？　今から泣き言言ってると続かねーよ、オトーサン？」

「なるほど」と返った声が、笑いを含んでいるのがわかった。ちらりと目を向けて、俊はどきりとする。

渡辺が、やけに穏やかな優しい表情でこちらを見ていたのだ。

こんな風に笑う男だったのかと、今さらに思った。

端整な容貌だとは知っていても、ふだんが強面《こわもて》だということもあってほとんど意識していなかったのだ。

「ところですーちゃんは、いつから禁煙を始めたんだ？」

唐突に言われて、俊はきょとんとする。それへ、渡辺はさらりと言った。

「初日以降、あんたが煙草を吸うのを見ていない。孝太の前で吸っているとも聞かない。先日打ち合わせで加藤さんに会ったが、その時にどうやら禁煙したらしいと聞いた」

「え……」

どこで何の話をしているんだと思ったが、うまく言葉にならなかった。ぱくぱくと口を開閉させていると、渡辺はさらに続ける。

「今日も煙草の『た』の字も聞かないし、吸いたがる素振りもない。――それ以前に、そもそもあんた自身から煙草の臭いがしなくなったようだが？」

「……別に。いろいろ……」

「いろいろ？」

曖昧に濁すつもりが、かえって面白そうに追及される。予想外のことに狼狽《うろた》えて、俊は必死に言葉を探す。

「だから、いろいろだよ。テレビとかでやってたろ。その、副流煙がどうとか。あと、発癌《はつがん》性があるっていうからおっかなくなっただけで」

「へえ？　そうなのか」

まっすぐに俊を見る渡辺は、はっきり笑っているようだ。初めてまともに見た笑顔に見とれそうになったものの、俊はどうにかそっぽを向いた。

「そう。おれだって生命《いのち》は惜しいってこと。……あ、おれ孝太の様子見てくるから」

そう言って、そそくさと腰を上げた。急ぎ足で遊具に近づきながら、俊は背後からの視線をはっきりと感じていた。


三人が乗った車がアパートに帰りついた時には、周囲はすっかり夜に取り囲まれていた。

駐車場に車が停まるなり、俊は用意しておいた封筒を運転席に差し出した。

「あのさ、これ高速代と入園料と食事代。ガソリン代は、どのくらい出せばいい？」

「いい。いらない」

「そういうわけにいくかよ。それだとあんたの丸抱えだろ」

行き帰りの運転はもちろん、すべての費用を渡辺が出したのだ。俊が財布を出そうとするたびに「まとめて払う」と却下されて、結局まだ一円も払っていない。

「孝太と遊んでもらった礼だ」

「だから、おれはおれで勝手に遊んだんで！　むしろ孝太に遊んでもらったっていうか」

「それなら言い換えよう。ジェットコースターに孝太を乗せてくれた礼だ」

「へ？」

「あのスケールにいつ身長が届くかと、戦々恐々としていたんだ。何しろ保護者なしでは乗せてくれないからな。あんたがいなかったら、泣かれても諦めさせるしかなかった」

妙に切実な声音で言われて、俊はあんぐりと口を開ける。

「あれ、幼児対象だよ？　いくら苦手でも、あのくらいだったら乗れるだろ」

「赤ん坊対象でも却下だな。個人的には、あれを面白いと思える神経の方が謎だ」

「そうかな、面白かったけど。世界が裏返しになる感じで」

完全に寝入ってしまった孝太を、渡辺がチャイルドシートから抱き上げる。そのまま歩き出した背中を荷物を手に追いかけながら、俊は話の焦点がずれてしまったことに気づく。

「すまないが、ドアを開けてもらえるか？　鍵は上着のポケットに入ってる」

「了解。ちょっとごめん」

断って、渡辺の上着から鍵を取り出した。キーホルダーなしのそれで渡辺の部屋の施錠を外し、ドアを開けて家主を先に入れる。気がついて、孝太の靴を脱がせた。先に立って奥の子ども部屋に行き、家主の許可を取ってから押し入れから布団を出して敷く。

「そういや、ベッドとか使わないのか？」

二度めにこの部屋に来てから知ったことだが、渡辺の部屋と俊の部屋とはがらりと間取りが違うのだ。俊のところは2DKだが、ここはリビングダイニングが八畳近い広さの2LDKで、子ども部屋と渡辺の書斎にそれぞれ一室を取っている。

子ども部屋には小さな本棚とオモチャ箱があるきりだから、ベッドを置くスペースは十分にある。そうすれば、布団の上げ下げもしなくていい。好都合に思えて言ったことだが、渡辺からは苦笑まじりの答えがあった。

「ベッドだと孝太が落ちるんだ。それに、そう長くここに住むわけでもないからな」

「あ、そうなんだ」

横たえた孝太は、完全に熟睡状態だ。着替えと風呂をどうしようと思っていると、家主にあっさりと言われる。

「今夜はこのまま寝かせよう。明日の朝、早めに起こしてシャワーをさせる」

「了解」

囁きあって、孝太を起こさないようそろりと子ども部屋を出た。玄関まで戻ったところで、俊はもう一度封筒を差し出す。

「とにかく受け取るものは受け取ってくれよ」

「いらない。あんたが一緒だろうがいなかろうが、どのみち使う金だ」

「入園料と昼食代と夕食代は違うだろ！」

「それは日当代わりだと言ったはずだ」

どう言ったところでたぶん無駄だ。察して、俊はこの場を退くことにする。

この男がどうしても受け取らないなら、その分を孝太に返せばいいのだ。おやつを豪華版にし夕飯も贅沢《ぜいたく》にし、パジャマや着替えもこちらで用意すればいい。

「……んじゃ、また明日。帰り遅くなりそうだったら連絡よろしく」

挨拶し自宅に戻ろうとして、鍵を持ったままだと思い出した。慌てて、俊は手の中の鍵を家主に差し出す。

「鍵、返すよ。余計な世話だろうけど、キーホルダーつけないと失《な》くすんじゃないのか？」

「ああ。それはそっちで持っていてくれ」

当然のように言われてぎょっとした。その場で棒立ちになった俊に、渡辺は言う。

「孝太の着替えが入り用な時は、適当に入って探せばいい。場所は孝太が知っている」

「ちょっと待てよ！　こんなもん、おれに預けてどうすんだっ」

「そうは言っても、不慮のことで何が必要になるかわからないだろう。そのたびそっちを振り回すよりはましだと思うんだが？」

「そりゃそうだけど、だからっていきなり鍵預けるか？　あんた何考えてんだっ」

　噛みつく勢いで言った俊を見返して、渡辺は心外そうに眉を上げる。

「必要だと思うから預けると言ってるんだが。何か問題でも？」

「問題も何も、あんたとおれは赤の他人だろ！　勝手に入って家捜しして金目のもの盗んで逃げるかもとか、少しは考えてみろよ！」

「安心しろ。おかしいと思った時は即警察に通報する。それ以前に、取引先の相手にそんな真似をするほどあんたは馬鹿なのか？」

「勝手に人を馬鹿にするな！　他人にほいほい合い鍵を渡す方がよっぽど馬鹿だろっ」

「誰がほいほい渡すか。相手くらい見てるぞ」

　さらりと言われて、本気で目眩がした。

　ここ何日かで思い知ったが、渡辺という男はかなり頑固で言い出したら聞かないのだ。このままでは先ほどのガソリン代と同じことになると察しがついて、俊は正直げんなりする。

「だったら、ひとつ条件がある。貴重品類はどっか別の場所に移せ」

　どうにか絞り出した譲歩案に、渡辺は怪訝そうに眉を顰める。

「どこに？」

「どこでもいい。とにかく、絶対おれには手出しできない場所にしろ」

「それならもうやってある。シッターを入れる時の注意事項だったからな」

反論の代わりの即答に、ようやく少しだけほっとした。同時に、ひどく理不尽な気がして俊は渡辺を睨《にら》み上げる。

「……あんたさあ、そういうことは先に言えって言っ……」

「ああ……悪かった。面白かったから、つい」

「何が！　面白いんだよ！」

「今の、そっちの反応が」

意味ありげな笑顔でしれっと言われて、頭のてっぺんが噴火するかと思った。同時に自分でも無意味に笑いそうになって、俊は意図的に険のある顔を作る。

「じゃあまた明日！　あんたが帰るまで孝太はうちにいるからそのつもりでよろしく！」

一息に言い切って、とっとと玄関ドアを押した。

「よろしく頼む。また明日な」

背後から聞こえた声が笑っているのが、やけにくっきりと耳に残った。

11

子どもの声独特の高い響きは、束になると一種の凶器だ。

つくづく実感しながら、俊は被っていた帽子で自分の顔を扇《あお》いだ。

十月半ばとはいえ、よく晴れた昼間の屋上はそこだけ見事に真夏の様相だ。そこで子どもの集団が歓声を上げているのだから、熱気は推して知るべしというものだった。

「ねーねーすーちゃん、みてみてかっこいいねええ！」

多分に漏れず、孝太は俊と渡辺の間で興奮し、両手をぶんぶんと振り回している。

孝太が大好きな、特撮ヒーローのショーがあったのだ。どうしても行きたいとの希望を父親に伝えて終わったつもりでいたのに、三日前になって同行要請が出た。

孝太曰《いわ》く、「すーちゃんといっしょにいきたい！」なのだそうだ。加えてその保護者からは、「本人の希望なら叶えてやりたい」と言われてしまった。

（すーちゃんにも都合があるだろう。どうしても無理なら諦めるよう説得するが？）

そして、結局現状がこれだ。それでいいのか本当に、と今朝も渡辺に詰め寄ってみたら、「誘う相手くらいは選ぶ」の一言が返ってきてしまった。

例によって例のごとく、「日当は出す」と言い張る様子にもしや俊に気を遣っているのかとも思ったが、どうやらそういうわけでもなさそうだ。

というのも、あの遊園地以来、渡辺とは雇用主とバイトというより友人に近いつきあいになっているのだ。

事の起こりは俊が貰ったバイト料だった。入園料と食事代ガソリン代高速代を日当にと言ったくせに、案の定この男はあの日の日当分までバイト料に加算してきた。さらには孝太の食費だのシャワー代だのと項目が加わって、なかなか愉快な額面になっていた。

もちろんその場で返そうとしたが、当然のように男は受け取らなかった。

(助かったからな。ボーナス分も含めだ)

だったらとばかりに、バイト代を貰ったその翌日に押し掛けデリバリーをしてやったのだ。味噌汁ごはんに焼き鮭焼き海苔《のり》という純和風の朝食に、おまけで渡辺用の弁当まで問答無用に押しつけた。その中には「夕食準備あり食わずに帰れ」のメモを封入してやった。

これが金曜日のことで、ちょうどいいのか間が悪いのか、その週末の渡辺はきちんと二連休が取れたのだ。結果、俊の自宅で孝太の寝顔を肴《さかな》に酒盛りと相成った。それだけならまだしも、見た目を裏切って渡辺は滅法酒に弱く、ビール一杯で見事に撃沈し——翌土曜日の朝食は三人揃って、俊の部屋で食べることになった。

本人には言えないし今後言う気もないが、俊の部屋で朝を迎えた時の渡辺の複雑怪奇に狼狽えた顔は、非常に面白い見物だった。

目を覚ますなり、この男は飛び起きて周囲を見回したのだ。横で寝入ったままの孝太を確かめ視線を彷徨《さまよ》わせて、ようやくベッド横の床で毛布にくるまって転がっていた俊に気がついた。恐縮もあらわに掠れた声で、ぼそりと言った。

(……もしかして、あんたがそこで寝たのか?)

(そうだけど? ベッドの上はあんたと孝太で満員御礼だったからさ)

きょとんと返した俊の言葉に、この男が額を押さえて低く唸った。

(申し訳ない。みっともないところを見せた上に、面倒をかけた)

(いいんじゃねえの? 酒なんか、それこそ体質があるだろ。いくら飲めても酒癖悪いとどうしようもないしな)

まだいくらか青い顔で言う渡辺に、俊はわざと笑い飛ばしてみせた。

(その点、あんたは合格。一緒に飲んでて面白かった)

(……面白かった?)

(うん。あんた、墜落するように寝るんだな。こう、たった今までふつうに話してんのにつまみ食って見たらもう寝てんの)

さらに面目なさそうにしたのへ、とどめのように言ったのだ。

(頼んだらちゃんと自分でベッドに上がってくれたし、面倒ってほどの面倒はなかったよ。仕事で疲れてたんだろ? よく寝られたんだったらそれでいいんじゃないか)

管を巻くことも騒ぐことも嘔吐することもなく、するりと寝てくれたのだ。さすがの渡辺も寝顔ばかりは年相応だということも発見して、個人的にはとても楽しい夜だった。

奇妙な顔つきでじっと俊を見ていた男は、どうやらそれで何か意識を変えたらしい。滅多には上がろうとしなかった俊の部屋に、あっさりと入ってくるようになった。そうやって、気がついてみれば週の半分以上は朝食と夕食をともにしている。おまけに、渡辺の休日には三人で出かけるスタイルが定例になりつつあった。

ヒーローショーの締めくくりは握手会だ。渡辺に付き添われた孝太が期待満々の顔で列に並ぶのを眺めて、俊は腰を上げる。屋上フェンス沿いに置かれたベンチに移動し、高くなっていく空を見上げながら、ここ最近の健康的な毎日を思い出して苦笑した。

在宅勤務に入ってからは、引きこもりなのが俊の日常だったのだ。それが、孝太に会ってからというもの早寝早起きアウトドアな生活が当たり前になっている。

それ以上に予想外だったのは、そんな毎日を意外にも楽しんでいる自分自身だ。

太陽の光は有効だ。今さらのように、俊はいつか何かで読んだ言葉を思い出す。

こうして楽しく過ごしていくのが一番いい。胸の奥に残る鬱陶しい重みも、きっといずれ薄れて消えていってくれるはずだ——。

そう思った、その時だ。いきなり、背後から抱きつかれた。

何が起きたのかと、頭の中が真っ白になった。

渡辺と孝太は、たった今、ヒーローとの握手を終えたばかりなのだ。孝太はすぐ傍にあるバルーン型の遊具に飛び込んでいき、渡辺はこちらに向き直ったところだった。

誰が、と思う前に抵抗していた。とたん、聞き覚えのある声が耳に届く。

「やっといた……！　見つけたよ、俊！」

その瞬間、ぞっとするような錯覚が背すじを走った。

「…………伸也《しんや》……？」

「そう。今、どこにいるんだ？　ずっと探してたんだよ」

半分拗《す》ねたような声は、よく知っている。それでも信じたくなくて、俊は小さく息を飲む。

ぎくしゃくと振り返り、背後から抱きついている相手の顔を見た。

もう二度と会うつもりのなかった相手が、やけに嬉しそうな笑顔でこちらを見つめていた。

振り返ったまま動けない俊の唇を指で撫でて、責めるように言う。

「酷《ひど》いよね、俊も。いきなり引っ越してるし電話にも出ないしメールも返ってこない。こっちに連絡するの、忘れてたのかな。僕はずっと待ってたんだよ？」

「そ、……」

「だいたい、どうして僕に何の断りもなく引っ越しなんかするのかな。って、まあいつものことだし慣れてるけどさ」

「――」

「携帯電話。まだ解約してないよね？　ああ、でも電源切りっぱなしってことは新しく買ったのか。そっちの番号とアドレス教えてよ」

うまく、言葉が出てこなかった。瞬《まばた》きも忘れて、俊は何年も前から見慣れた、それでも色《いろ》褪《あ》せることのないきれいな笑顔に見入ってしまう。

その様子をどう思ったのか、相手はすり寄るように俊のこめかみに頬を押しつけてきた。からかうような声音で続ける。

「どうしたの。久しぶりで懐かしくて声も出ないってやつ？　なあ、俊の携帯貸しなよ、そしたらこっちでやるからさ。それとも家に忘れてきた？　だったらこれから俊の家に行こうよ。僕さ、今日は鍋が食べたいんだよね」

当然作ってくれるだろうと言いたげな声に、かくんと全身の体温が下がった気がした。言葉を探して息を飲んだ時、よく知った声が割って入る。

「どうした。知り合いなのか？」

渡辺だと、思った瞬間に魅入られていたような呪縛《じゅばく》が解けた。のろのろと顔を向けた先に見知った隣人の愛想のない怪訝な顔を認めて、俊は心底ほっとする。

「あ、……うんごめん――」

「誰、そいつ」

俊の答えは、背後からの険のある声音に遮られる。はっとして目をやると、あいかわらず俊に抱きついたままで、伸也がきれいな顔を露骨に顰めて渡辺を見ていた。

「ちょ、伸也、待っ……」

「あんた、何。俊の知り合い？　あいにくこいつはこれから僕と帰るんで、用があるなら今度にしてくれる？」

「何なんだ、それは」

心底不審げな渡辺の様子は、無理もないことだ。三人のうち誰かが女性であればわかりやすい修羅場だが、何しろ揃って立派な成人男子だ。しかも、そもそも俊は今日、渡辺と孝太につきあってここに来ている。

「何なんだも何も、俊は僕のなんだよ！　人が必死で探し回ってやっと見つけたのに、何であんたがくっついてんだよ⁉　おかしいだろ！」

「……伸也！　やめろって！」

客観的に、「おかしい」のは伸也の方だ。それは渡辺には明らかなはずで、それを思うと背すじがぞっとした。

「だけど俊！」

「その人は関係ないって言ってるだろ！　だいたい、どうしておまえがこんなところにいるんだよ！」

「ナオミの実家がこの近くなんだよ。式の打ち合わせで顔を出して、帰るところなんだ」

けろりと返った言葉に、頭のてっぺんから冷水を浴びせられたような気がした。

「……だったら行けよ。彼女も一緒なんだろ」

自分でも、唸るように低い声だと思った。それに気づかないはずはないのに、伸也の返事はあくまで軽い。

「冗談。せっかく俊に会ったのに、ここで逃がすかよ。気にすんなよ、ナオミなら先に帰すからさ。——あ、それとも俊、まだ拗ねてんの？」

言葉の最後に、独特の響きが混じる。瞬間的に意図を悟って、ぎょっと顔を上げると、思わせぶりな指に頬を撫でられた。

「馬鹿だなあ、何度も言ったろ？　俊は特別なんだよ。ナオミと結婚したからって、別に別れなきゃいけないなんて僕はこれっぽっちも思ってない——」

「伸也！」

自分のものとは思えないほど、強い声になった。こんな話を渡辺に聞かれたくなくて、俊は急いで伸也の腕を摑む。

「ここで騒ぐと迷惑だから、向こうで話そう。——ごめん、おれちょっと外すから。戻るのが遅かったら、気にしないで孝太と先に帰って」

後半の台詞は眉を顰めたままの渡辺に言って、俊は早足に屋内出入り口へと向かった。

長年のつきあいだからこそわかるが、いくら明け透けな伸也であってもふだんならもう少し話す内容に配慮する。

裏返して言うなら、渡辺の前であの台詞を口にしたのは完全にわざとなのだ。同性にしか恋愛感情を抱《いだ》けない自分を知ってはいるが、披瀝《ひれき》して歩く趣味はない。これ以上人目につくのも、誰かに話を聞かれるのも願い下げだ。

極力人の来ない場所を見繕い、屋上から屋内へ降りる階段の外れで足を止める。従業員以外立ち入り禁止とある扉の前で、俊は伸也に向き直った。

伸也は、既にいつもの笑顔に戻っていた。俊が離した手首を軽く握るようにして言う。

「無理に引っ張るなよ。手が痛いじゃないか」

「ナオミさんは？　今どこにいる？」

「一階の美容室。カットだけしておきたいんだってさ。僕は暇つぶしにうろうろしてた」

それで見つかってしまったのかと、タイミングの悪さに臍《ほぞ》を噬《か》む気分になった。

このデパートの辺りは本来、伸也の行動範囲から外れているのだ。だからこそ、渡辺の誘いに乗ったのだった。

「あ、そうだ。これ、宛先《あてさき》不明で戻ってきたんだ。やっと会えたんだから渡しておくよ」

笑顔で差し出された分厚い封筒を前に、俊は息を飲む。

織り模様のある白地に黒々と書かれた宛名は、確かに俊自身のものだ。住所は以前に住んでいたアパートになっている。差出人は目の前の相手の名字と知らない名字の連名で、つまりは結婚式の招待状なのだ。

即座に、俊はその封筒を突き返した。

「……結納と、結婚おめでとう。けど、おれはもう伸也とは会わないって言ったよな。これもいらないから持って帰れよ」

「どうして。一生に一度のことなんだよ？　俊が来てくれないと話にならないじゃないか」

「何のために」

「式のスピーチも頼もうと思ってたからさ。友人代表っていうか、親友ってことで」

目の前の相手が、日本語以外の言語を喋《しゃべ》っているように聞こえた。絶句した俊を真正面から見下ろして、伸也は——かつて俊の恋人だったはずの男は少し困ったように笑う。

「式の進行とかで、俊の意見を聞きたいんだよ。専門なんだし、パソコンの画像映像の扱いとか得意だよな？　式の時に写真とムービーを観せることになったからさ」

「前にも言ったように、おれは伸也を親友とは思ってないから。ちゃんと聞いてたよな？」

「聞いてたよ。俊は僕のことが大好きなんだろ？　だったら協力してくれるよね？」

当然のように言われて、くらくらと目眩がした。それでも、俊は必死に頭の中を整理する。

「もう一回、訊く。伸也はナオミさんと結婚するんだよな？」

「するよ？　だから今、俊に手伝ってくれって言ってるんじゃないか」

即答にさらに脳味噌をひっかき回されたような気分になった。大きく息を吐いて、俊は改めて伸也を見上げる。

「……伸也。話がおかしくないか？　何でおれが、おまえの結婚式の手伝いだとか、スピーチをしなきゃならない？」

「おかしくないよ。前にも言ったろ？　俊は僕の大事な友達だし、ナオミとも仲良くなってくれたら嬉しい。だから是非、結婚式に出てほしいんだよ」

呆れ顔で言ったかと思うと、ふいに伸也が表情を変えた。にんまりと笑っていう。

「あ。それとも俊、焼き餅《もち》焼いてる？　馬鹿だなあ、何度も言ったじゃない。ナオミと俊は全然別なんだよ。比べ物になるわけないだろ」

「――」

返事をする気にもなれず、俊は目の前の相手を見返す。

三か月前と同じだ。あの時も、こうやって堂々巡りの口論になった。あげくキスされてベッドの中に連れ込まれて、朝になると曖昧に流された。

そうしてこの男は言うのだ。親友だから、特別だから、大好きだから俊とは離れたくない。けれど、彼女のことは女性として愛しているから結婚する、と。

どう考えてもあり得ないだろうという関係性も、この男の中ではきちんと整合性がついているのだ。それを、俊はいやというほど知っている。

これが初めてではないからだ。俊と「つきあい」始めて以来ずっと、伸也はこうだった。

俊を親友と呼びながらベッドの相手をさせて、同時に女性の恋人を作る。それが厭でどうにも我慢できずにたびたび喧嘩をし、話し合いもしたけれど、伸也の態度は変わらなかった。

(だって俊は男だよね？　それに、俊は親友だよ、だって恋人同士っていうのは異性の組み合わせのことなんだよ？　それに、男同士じゃ結婚もできないし、子どもも作れないじゃないか)

そんな持論を堂々と振りかざす伸也は、女性の存在を俊に隠そうとはしなかった。それどころかふたりでいる時に堂々と電話をしメールのやりとりもし、時には「親友の俊」として紹介されることすらあった。ベッドの中で俊を追い上げながら、電話の向こうの「彼女」に「好きだよ」と囁くことまでする。そんな状態に耐えられなくなって、俊は何度となく伸也に黙って居を移し、携帯電話を買い換えた。

そのくせ、毎度のように伸也と繋がる携帯電話を解約できずにいたのだ。今回は電源を落として放置しているが、前回まではそれすらできず、日常的に持ち歩きさえしていた。そうして、最終的には俊が電話に応じて居場所と連絡先を教える。その繰り返しだった。

それでも傍に戻ることを選んだのは、どうしようもなく伸也が好きだったからだ。

そして二か月前、今度こそ離れると決めて引っ越したのは、この男と件の女性との結納の日取りが定まったと知らされたからだった。

「ねえ俊、さっきのあれ、誰？　初めて見る顔だけど、知り合い？」

「……バイトの相手だよ。ちょっとした成り行きで、あの人の子どもの面倒を見てる。今日はその子の希望でヒーローショーに来ただけ」

自分は好き勝手するくせ、俊の交友関係に口を挟みたがるのもいつものことだ。ぐったりと疲れた気分で、俊は顔を上げる。

「悪いけど、おれ今バイトの子守り中だから。今日はつきあえないよ」

ふうん、と鼻を鳴らした伸也は、わかりやすく不機嫌だ。当然のように、俊の上着のポケットから携帯電話を取り出す。逆らうのも面倒で見ていると、勝手に開いてボタンを押した。電話とメールを、伸也の携帯に着信させているのだ。操作を終えると、満足げに携帯電話を返してきた。黙って受け取った俊を見て、思いついたように笑う。

「なあ、キスしようか」

「冗談だろ。ここ、何処《どこ》だと思ってんだよ」

昼日中のデパートなのだ。いつ、誰がやって来ないとも限らない。

その程度の理屈はわかる相手だと思っていたが、どうやら俊が言い返したのが気に入らなかったらしい。追いつめるように、身体で距離を詰めてきた。

「少しくらい、いいだろ。それともやっぱりあの男が気になってるわけ？」

「ナオミさんの実家が近いんだったら、おれよりおまえの方がまずいだろ。それに、階下に彼女もいるんだし」

「何、それ。俊、可愛くないなあ……あのね、僕は怒ってるんだけど？　キスしたら許してやるって言ってんだよ」

しつこく寄ってくる伸也を見返しながら、何とも言えない気分になった。

長いつきあいだから、わかる。こういう時の伸也は、絶対に後には退かない。拒否すればその足で渡辺のところに行くだろうし、そうなれば何を言い出すかわかったものじゃない。

やけに嬉しそうに寄ってくる顔を、瞬きもせずに見返していた。

伸也のキスは、しつこかった。唇の合間をなぞり歯列を割って、舌先に歯を立ててくる。

「じゃあ、今日はこのくらいでね。また連絡するよ」

笑顔で言うと、伸也はあっさりと踵《きびす》を返した。早い足取りで階段の方へと消えていく。

見送りながら、ひどい吐き気を覚えた。拳《こぶし》で唇を拭《ぬぐ》いながら、俊はその場にしゃがみ込む。

その時、聞き慣れた少し舌ったらずな声がした。

「すーちゃん、どこー？」

孝太の声だった。慌てて腰を上げて、俊は自身の姿を見下ろす。どこも乱れていないことを確かめ、もう一度唇を袖で拭ってから、急ぎ足で階段へと向かった。

「すーちゃんだ！　いたー」

陰から出るなり、待っていたように孝太に抱きつかれた。笑顔で見上げてくる子どもに気後れしながら、俊はどうにか声を絞る。

「ごめんな、ずっと探してたのか？」

「ちょっとだけー。あのね、あくしゅしてもらったよ！　てーがおっきくてかっこよかったー！　そんで、ぼーるであそんできた！」

「そっか」

どうにか笑って返しながら、俊は目眩を覚えて額を押さえてしまう。

ほんの数分前までいた従業員専用扉の前と、今いる場所。ほんの数メートルしか離れていないのに、別世界に放り出されたような気がしたのだ。

「すーちゃん、どーかした？　あたまいたい？」

「ん、平気。何ともない。お父さんは？」

どうにか作った笑顔がひきつっているのが、自分でもよくわかった。そのせいか、孝太が不安げに唇を尖らせる。振り返って声をあげた。

「おとーさーん、すーちゃんがきもちわるいってー。ねえ、はやくかえろー！」

「いや平気だって。まだ時間あるだろ？　せっかくだからもう少し遊んで」

言いかけた声が、喉の奥で半端に凝《こご》るのがわかった。

「帰ろうはいいが、まだ目当てがあるだろう。また来るは聞かないぞ？」

呆れたように近づいてきた渡辺の一瞥が、ひどく冷ややかに見えたのだ。ほんの一瞬、射《い》貫《ぬ》くように俊を見たかと思うと、いつも通りの顔つきで孝太に言い聞かせている。

背すじを、ひんやりとしたものが流れ落ちていく気がした。

――渡辺には、十分にとんでもないことを聞かれてしまっているのだ。あの時の伸也の言い方では、思わせぶりどころか何もかも暴露してしまったに近い。

離婚歴ありとはいえ、渡辺は元妻帯者だ。孝太という子どももいる。

そういう「ふつう」の人にとって、自分と伸也のような関係がどう見えるのかを、俊は厭というほどよく知っていた。

「ねえ、でもすーちゃんが」

「おれは平気だから。誕生日プレゼント、買ってもらうんだろ？」

見上げてくる孝太にそう言いながら――頭の中を、過去にないほどの動揺が渦巻いていた。

12

俊が自身の性的指向に気づいたのは、高校二年の秋のことだった。

二年に進級した春に、隣の席になった同級生と親しくなった。きっかけはごく些細《ささい》なことで、始業式から十日が過ぎた頃に相手が数学の教科書を忘れた。それも、授業開始ぎりぎりに気がついて、隣の俊に一緒に見せてほしいと頼んできた。

もちろん即座に了解し、机をつけて同じ教科書を使って授業を受けた。

そして、隣席の相手――持田《もちだ》との関係はそれだけで終わらなかった。

授業が終わった後で、俊に笑顔で礼を言ってきたのだ。同時に、興味津々に俊が手許に広げた本を覗き込んだ。

（サンキュー。助かったよ。……ところで、それって何の本？）

（ああ、うん。パソコンの――）

その時、俊は数日前に買ったプログラミングの専門書を、時間を惜しんで読み込んでいたところだった。

見慣れないタイトルが気になったのか、持田は通りいっぺんの「へえ」だとか「そうなんだ」では話を終わらせなかった。首を伸ばして開いたページを覗き込み、興味津々に言った。

（なあ、それって何？　パソコンで何をどうやるもの？）

正直言って、俊は困惑した。

持田は見るからにスポーツマンらしい長身で、均整の取れた体躯《たいく》をしていた。日焼けした肌は運動部に特有のもので、毎日学生鞄以外のスポーツバッグを下げて登校してくる。

対して俊は親しい友人が数人いたものの、部活動には入っておらず学校帰りに遊んだり書店に行ったりする程度で、交際範囲はごく狭い。自分の趣味であるパソコンいじりを理解してくれる人が、周囲には少数しかいないことも知っていた。

実の両親や弟妹にすら、「何だか地味ねえ」だの「根暗なことばっかりやってる」だのと言われるのが常だったのだ。持田のような相手にはなおさらだろうと思うと、口から出る言葉がどうにもたどたどしくなっていた。

持田は、俊の説明を一度も遮らなかった。最後まで聞き終えてからひとつふたつの問いを口にし、最後に感心したように笑ったのだ。

（へえ。すげえな、おまえ、そんなことができるんだ？）

何を言われたのか、すぐには理解できなかった。返答に困っている間に、持田はまたしても俊の手許の本を覗き込んでいた。

（すごい、って……そっちほどじゃないと思うけど……）

噂に疎い俊でも、持田が陸上部のエースであり人望のあるキャプテンでもあり、さらには学力テストでも県内トップレベルにいると聞いたことがあったのだ。

だからこその返事に、しかし持田はさらりと笑った。

（俺ができるのは走ることだけだからさ）

（けど、部活のキャプテンとかさ。あと、生徒会に立候補したりとか）

（キャプテンの仕事は、代替わりしても同じだよ。生徒会にしても、基本的に何をどうするかははっきりしてるから、あとはそれをどう転がしていくかってだけの話。けど、イチから自分で何もかも作るのは、それとは全然違うだろ？）

返事に詰まった俊を見たままで、少し考えるように続けた。

（あいにく、俺にはそういう適性はないんだよなー。だから、それがやれるのは凄《すご》いと思うよ。人が作ったものにケチをつけたり直したりするのは簡単だけど、イチから何もかも自分で作るのは、言うほど楽じゃないはずだからさ）

ぽかんとしたままの俊に太陽のような笑顔を見せて、持田は言ったのだ。

（よかったら、また今度話聞かせてくれよ。それ、面白そうだ）

わけがわからないままで、俊は引き込まれるように頷いていた。

今にして思えば、おそらく互いの共通点のなさが、かえって持田には面白かったのだろう。万事に好奇心旺盛《おうせい》だった持田は、俊が話に熱中しても最後まで黙って聞き届けて、きちんと理解していた証拠のような問いを口にした。そのうち持田が俊にキャプテンとしての悩みや愚痴を聞かせるようになったが、それには俊も自分なりに必死で考えて、アドバイスにもならないがと断って口にしてみた。そうして一学期が終わる頃には、いつの間にか持田は俊を名前で呼び捨てにし、当然のように「連れ」扱いするようになっていた。

いい友人ができたと、思っていたのだ。部活に塾にと忙しい持田と一緒に出かけることは滅多になかったが、休憩時間や昼休みにつるんで雑談するのはこの上なく楽しいことだった。

その関係に変化が起きたきっかけは、持田に彼女ができたことだ。清楚《せいそ》な雰囲気の上級生と陸上部キャプテンの交際はあっという間に周囲の知れるところとなった。

もちろん、俊も祝福した。けれど、その時に自分の気持ちの底に疼《うず》くものがあることを、はっきり自覚することになった。

彼女と持田が仲良く話をしている光景を、見ているのが苦しかった。そんな自分に困惑し必死に理由を探して、ようやく俊は自分が彼女に嫉妬《しっと》していることを悟ったのだ。

あり得ないと、思った。ふつうは逆だろうと動揺し、きっとそうに違いないと考え悩んだあげく、決死の覚悟で確かめようとわざと恋人同士が話している間に割り込んでもみた。

結果は、変わらなかった。彼女をどうこうではなく、俊は確かに持田に対して独占欲と、――通常ならあり得ない執着めいた感情を抱いていた。そうして、眠れずに夜を明かした朝に、自分の気持ちを押し隠すことを決めた。

告白することなど、最初から考えもしなかった。

男同士なのだ。もし持田に彼女がいなかったとしても、まず受け入れてもらえるはずがない。どころか、下手をすれば友人としてすら、持田の傍にはいられなくなってしまう。

学年末まで、残り半年を切っている。また同じクラスになるとは限らないし、持田とのつきあいが続くかどうかもわからない。それなら、せめて年度いっぱいは友人でいたかった。

それなのに――どういうわけか、どこからか俊の本心は漏れてしまっていたらしい。ある時にふと気づくと、持田から俊に話しかけてくる頻度がぐっと減っていた。

気づいてしまえば、ひどく不安になった。同時に、これまでうっすら察していたその変化に、彼女ができたからだろうと理由づけて目を逸《そ》らそうとしていた自分を、思い知った。

それでも、まだ大丈夫だと思っていたのだ。

俊なりに必死に装ってきた「いつも通り」のその関係は、二学期の期末試験日程が発表になった日に一気に結末を迎えた。

部活禁止期間に入ったその日の放課後に、俊は持田に呼び出されたのだ。

久しぶりに話せると喜んで出向いた別棟の非常階段で、持田は初めて目にした強ばった表情で、俊を見るなり一息に言った。

(おまえさ。俺のこと、好きなんだ?)

即答で否定すればよかったのに、俊にはそれができなかった。むしろ、どうしてバレたのかと動揺した。

そして、持田はそれを見逃すほど甘くはなかった。

(まじかよ。何考えてんだ、気色悪い)

言い捨てて去っていった持田の表情と声の調子は、自分でも笑えるほど鮮明に覚えている。短い冬休みを終えた新学期には、持田はそれまでのつきあいなど最初からなかったかのように、俊の傍には寄りつかなくなっていた。

傍目にも露骨に無視されても、俊には仕方がないと諦める以外にどうしようもなかった。

せめてもの救いは、持田が俊の本心を周りに言い触らすことなく離れていったことだ。あからさまな変化をクラスメイトに詮索《せんさく》されるたび、俊は「自分が持田を怒らせるようなろくでもないことをした」の一言で押し通した。

三年でクラスが分かれたこともあって、持田とは本当にそれっきりになった。進学先の大学名は耳にしたが、以降どこでどうしているかも知らない。

いずれにしても、その時点で俊は自分の「そういう気持ち」が一般には受け入れられないものだということを思い知らされたのだ。

それからは、この性的指向は直らないのかと食欲が失《う》せるほど悩んだ。大学に入ってからは、ごく稀に声をかけてくれる女の子もいたから、祈るような気持ちでつきあってもみた。そのたびに、俊は自分の性的指向を思い知らされる羽目になったのだ。

女の子は可愛いと思うけれど、だから何かしたいとはどうしても思えなかった。例えばきれいな花やぬいぐるみを見た時に近い、そんな感情しか持てなかった。

だから、ある時点で諦めた。自分は「こう」なのだから仕方がない。だからといって、同性に告白するほどの度胸も持てない。そもそも口下手で社交的でもない自分のような人間は恋愛には不向きだと決め込んでいた。

ちょうどそんな頃に、俊は金森《かなもり》伸也に出会った。

大学生になって二度めの春に、俊は同じ学部の友人から、頭合わせにと合コンに引っ張り出された。

そこそこに周囲に合わせて飲みはしたが、彼女を見つけようなどという気は欠片もない。

二次会への参加を断り徒歩で駅へと向かいかけた時、いきなり背後から肩を摑まれたのだ。

(二次会、行かないんだ？　せっかく来たのに)

ぎょっとして振り返って、俊は別の意味で驚いた。

退屈極まりなかった合コンで一緒だった相手——金森伸也が、そこにいたのだ。

飲み屋特有のややうす暗い照明の中でも、一番に目立っていた人物だった。ハンサムというよりきれいという表現が似合う容貌を裏切らない笑顔で周囲に話題を振りまき、上手に盛り上げては女の子たちの笑いを誘っている。そのくせ自分だけ目立とうとする態度を見せず、かえってメンバーの男の武勇伝や笑い話を提供していく。

場が、そこだけ特別に明るく見える。そう思えるような華やかさだった。

誰だろうとぼんやり思ったから、隣にいた女の子にこそりと訊いてみた。すると、不思議そうに「知らないの？」と訊き返されてしまったのだ。

後になって知ったことだが伸也は俊とは別学部の同期生で、学内では名の知られた秀才だった。器量よし愛想よしに加えて成績もいい。上級生下級生を問わずで友人も多く、学部二年生にもかかわらず一部教授や講師から顔と名前を覚えられ、可愛がられているのだという。

(だけど、すごく気さくなのよね。気取ってなくて、話しかけたらにこにこ話してくれて)

そんな人間もいるのかと、思ったのだ。その時の俊には、伸也はひどく眩《まぶ》しく見えていた。

人を分類するにはいくつかのやり方があるが、中でも非常に大雑把《おおざっぱ》な分類の中には「ポジティブかネガティブか」というものがある。

伸也はどう見ても前者であり、俊は間違いなく後者だ。話術も人づきあいもそこそこなすがけして得意とは言えないし、何より根本的な思考回路が閉鎖しやすい傾向にある。

要するに、俊とは縁のない人種だということだ。納得しながら、俊はその後にも何となく伸也の様子を目で追っていた。

他意や下心があったわけではなく、テレビで観たことのあるタレントが近くにいたから眺めてみた、くらいの気分だったのだ。そうしているうち何度か目が合って、さすがにじろじろ見すぎたかと反省し、その後は同じテーブルの女の子と適当な世間話をして時間を潰した。

それで、終わるはずだったのだ。なのに、どうして伸也がここにいるのか。

(槙原だよね。名前、俊だっけ。そっちで呼んでいい?)

混乱する俊をきれいな笑顔で見つめてて、伸也はそう言った。

何で、とかどうして、だとか、たぶん問い返したのだろう。さらに笑みを深くして、伸也は俊の肩を抱くように押して歩き出す。

(あんまり気が向かなくて、二次会はパスしたんだ。けど、少し飲み足りなくない? ふたりでちょっとだけ飲みに行こうよ。お近づきのしるしにさ)

(……お近づき?)

そう、と返して伸也は艶然《えんぜん》と笑った。

(俊さ、ずっと見てたよね？　僕のこと)

真正面から問われて、息が止まったかと思った。

自分の性的指向を完全に割り切れずにいた俊にとって、その一言は致命傷に近かった。ひどい恐怖に襲われながらも相手の手を振り払って逃げるだけの度胸もなく、俊は伸也に促されるまま近くの居酒屋に入った。そこから伸也の行きつけだというショットバーを経由して、――気がついた時にはホテルのベッドの上で、伸也に抱き込まれていた。

(実は一次会の時から、俊のこと狙《ねら》ってたんだよね。二次会に出ないって聞いて、慌てて抜けて追いかけたんだよ)

伸也が「男女どちらでもいける」人種だということは、ふたりで入った最初の飲み屋で知らされていた。誘導めいた話術に引き込まれ、俊もまた自身の性的指向と、これまで誰ともつきあったことがないことを――キスすらしたことがないことまで、白状させられた。

翌朝、目を覚まして最初に見たのは、額がぶつかるほど近くで見ていた伸也の顔だった。

軽い挨拶の後に朝するには濃すぎるキスをされて、ようやく前夜の出来事を思い出した。

(本当に初めてだったんだ？　俊って可愛いし、もっと慣れてると思ってたよ)

その先はもう前夜と同じく伸也のペースで、互いの連絡先を交換した。

初めて朝帰りをした女の子のように自宅アパートまで送られて、朝一番にあった講義の予定も、バイトのシフトもすっかり頭から消えていた。丸一日を床に座り込み呆然と過ごしたその夕方に、伸也から電話が入った。

(俊どこ？　部屋？　じゃあこれから行っていい？)

断るような気持ちの余裕は、どこにもなかった。小一時間ほどでやってきた伸也が持参したファストフードで腹を満たして、その後は朝まで抱き合った。翌日に出向いた大学での昼休みは連絡してきた伸也と同じテーブルで過ごし、夜にまた会おうと約束した。

周囲が驚くほど、そして俊が戸惑うほど露骨に、伸也は俊にべったり構ってきたのだ。離れるのは互いの講義やバイトの時だけで、それ以外はずっと一緒だった。そうして三日と経たないうちに、俊は伸也とセット扱いされるようになっていた。

もっとも、その蜜月は十日ほどで呆気なく終わった。十一日目に伸也は自身が所属するサークル主催の飲み会に俊を誘い、お開きになった時にはその中で一番可愛いともてはやされた女の子の肩を抱いていた。戸惑っていた俊に、あっさりと笑って言ったのだ。

(じゃあ俊、また明日ね)

伸也の背中がネオン街に消えるのを見送りながら、何が起きたのか理解できなかった。ぎこちなくひきつった顔で、それでも体裁を取り繕ってアパートに帰り――一晩中、まんじりともせずに伸也からの連絡を待った。

夜が明けて周囲が明るくなっても、伸也からは電話もメールも来なかった。それなのに、昼休みの学生食堂で顔を合わせた時には何事もなかったような笑顔で声をかけてきた。

昨夜はどうしていたのかと思い切って訊くと、「野暮だなあ」と笑われた。黙り込んだ俊の頬を撫でて、面白がるように言ったのだ。

(妬《や》いてるんだ？　可愛いなあ。でも大丈夫だよ？　俊は別だからね)

(別、って、どういう、意味……)

(俊は僕の「特別」だよ。昨日の子みたいに、その時々で遊ぶ相手じゃない。他の子とは長く続ける気はないけど、俊だけは別。初めて会った時に、そう決めたんだ)

そう言った伸也は、その夜にまたしても俊のアパートを訪れた。前夜には他の女の子を抱きしめた腕で俊を囲い込み、深く捉《とら》えたままで囁いた。

(だから、俊はずっと僕の傍にいてくれるよね？)

その時の伸也の表情と言葉に、きっと俊は魅入られてしまったのだ。

それからは、ずっと同じことの繰り返しだった。大学を卒業した俊が就職してからも、現在の在宅勤務になってからも、伸也は変わらない。気に入った相手を見つけては「恋人」としてつきあい、それと並行して俊のアパートにやってくる。「恋人」への不満を言った唇で俊にキスをし、ベッドの中で翻弄《ほんろう》しては帰っていく。

(俊は僕のだからね。わかってるよね？)

虫のいいことを言われていると知っていて、それでも離れたいとは思わなかった。

伸也のことが、好きだったから。そして、たとえどれだけの数の「恋人」を作ろうと、最後に伸也が戻るのは自分のところだということも、長いつきあいの中で知っていたから。

それなら待とうと、伸也の「特別」でいようと思っていたのだ。

――伸也が、つきあっている「恋人」との結婚を決めたと聞くまでは。

13

アパートに帰りついたのは、午後九時を回る頃だった。

いつかの病院帰りの時のように、ぐっすり寝入った孝太を渡辺が抱えて歩く。荷物を手にその背中を追って歩きながら、俊は必死に言葉を探していた。

……あの後は、予定通り郊外にある巨大なオモチャ屋に行った。

二日後に誕生日を迎える孝太へのプレゼントを買うためだ。何でも、例年父子一緒に出かけて選んでいるのだという。

大はしゃぎする孝太の後を保父さんよろしく追いかけながら、しかし俊はずっと渡辺の様子を気にしていた。

渡辺の態度は、いつも通りだった。少なくとも、俊はそう思った。

けれど、それが本心かどうかとなると話は別だ。

同性愛者など、昨今ではそう珍しくはない。それは事実だが、「珍しくない」ことと「身近にいる」ことはまったくの別問題だ。他人事《ひとごと》なら「個人の自由」と言えても、実際に目《ま》の当たりにしたなら「気持ち悪い」と思うのが人情というものだった。

「鍵を頼んでいいか」

「あ、うん。すぐ」

慌てて先に立って、俊は渡辺の自宅のドアを開ける。

誕生日プレゼントを選んだ後、アスレチックつきの児童公園でひと暴れしてから出向いたレストランでの夕食時には瞼《まぶた》がくっつき始めていた孝太は、完全に熟睡しているようだ。渡辺が軽く揺すり上げても、目覚める様子がない。

子ども部屋の布団に孝太を寝かせてから、車に残った荷物を回収する。揃って玄関ドアの前に戻るなり、渡辺がふいとこちらを見た。

「ありがとう。今日は助かった。すまないが、明日もよろしく頼む」

いつもの口調で言うなり玄関へ入ろうとする、その背中を思わず呼び止めていた。

「あ、のさ」

「……？」

怪訝そうに振り返った相手とまともに目が合って、とたんに何を言えばいいかがわからなくなった。それでもこのまま別れる気になれずに、俊はどうにか声を絞る。

「ごめん、今日は、あの——変なとこ、見せて」

「何の話だ」

「いやあの、昼間に、さ。その、知り合いが——」

言いかけたとたん、渡辺が表情を変える。胡乱そうな視線を向けられて言葉に詰まっているると、顎でドアを示される。

「……中で話すか。ここでは近所迷惑になる」

「あ、うん。じゃあおれのとこで。孝太、起こすの可哀想だし」

言いながら、慌てて玄関の鍵を開けた。客用のスリッパを揃えて置いたのに、渡辺はその場に突っ立ったままだ。

「中、入れば。お茶くらい淹《い》れるから」

「そっちも明日は仕事だろう。上がり込んで長話という時間でもない。……それで？　知り合いというのは、あの男か。伸也とかいう」

「そう、なんだけど……その」

躊躇ったものの、あそこまで聞かれてしまえば今さらだ。思い切って、俊は口を開く。

「おれ、ゲイなんだ」

渡辺の返答はなかった。軽く眉を上げただけで、まっすぐに俊を見返している。

「隠してたとか、騙《だま》そうってつもりじゃなくて、タイミング的に言いそびれてた。でも、あんたに何かしようってつもりはないよ？　あんたがそういう人じゃないのはちゃんとわかってるし、いきなり何かするような根性はおれにはないし。だから、大丈夫なんで」

言い募る声を、手振りで制された。短く息を吐いて、渡辺は言う。

「あの男は、あんたの恋人なのか」

「前に、つきあってた奴だよ。大学ん時に知り合って、そこからの腐れ縁っていうか」

「今は？　違うのか」

突きつけるような問いに、瞬間俊は返答に詰まった。ややあって、どうにか言う。

「違うよ。もう会わないつもりで引っ越してきて、携帯電話も変えた。住所も電話番号も、教えてなかった」

「それだけか」

返答の奇妙な鋭さに、「え」と顔を上げていた。その俊を見据えて、渡辺は言う。

「相手ときちんと話をしたのか。自分の口で、別れると言ったのか？」

「それ、は――」

言ったところで、伸也がまともに聞くはずがない。喉の奥からこみ上げてきたその言葉を、寸前で飲み込んだ。

自分でも、それが都合のいい言い訳にしか聞こえなかったからだ。

「恋人としてのつきあいはいつからだ。大学の時か、ここ最近か。どっちになる」

「え、あ……大学の時から、だけど」

奇妙に踏み込んだ問いに、意味がわからないまま返事をする。そのたび、渡辺の機嫌が悪くなっていく気がした。

「ごめん、あの……気持ち悪かったら、バイトは辞めようか？」

ぽそりと言うなり、渡辺がきつく眉を顰める。

「勝手なことを言われては困るんだが？」

「でも、あんたも気分よくないだろ？　おれみたいのが、孝太の傍にいんの」

人の気持ちは、理屈通りにはいかないものだ。それを、俊は厭というほど知っていた。

理屈では割り切れても、感情が許さない。納得できない。そんな気持ちを無理に押さえ込んだところで、かえって余分な軋《きし》みを作るだけだ。

「孝太がどうした。危害でも加える気なのか？」

「そ、ういうんじゃなくて……ただ、おれは」

「何か誤解しているようだから、言っておく」

いったん言葉を切って、渡辺はまっすぐにこちらを見た。はっきりとした言葉で続ける。

「プライベートで何をどうしようが、それはそっちの勝手だ。誰とつきあおうが、それが男だろうが女だろうが俺には関係ない」

即答に、背中から切り捨てられたような気がした。なのに、気がついたら顔が曖昧な笑みを作り、声が勝手に言葉を紡いでいる。

「そっか。わかった、それならいいんだ。遅くにごめん、ありがとう」

憮然《ぶぜん》とした様子の渡辺が、ドアの外に出ていく。閉じたドアの向こうで隣室のドアが開閉する音を聞き届けてから、俊はのろのろと自室の奥に引き返す。

(俺には関係ない)

たった今、告げられた言葉がひどく胸に痛かった。

これまで自由に出入りが許されていたドアを、目の前で閉じられたような気がしたのだ。

この感覚は、よく知っている。大学の頃から就職後にも、何度か同じ経験をした。

……最初は大学時代、同じ学部で選択科目が同じで、それをきっかけに親しくなった友人だった。わざわざ誘い合うこともなく、当然のように一緒に昼食を摂る間柄だったのが、大学二度めの夏休みを終えて後期を迎えるのを境に、露骨に避けられるようになった。

夏休み前に、DVDの貸し借りをしたばかりだったのだ。互いの都合がつかないうちに突入した夏休み、俊はアパートに残ったが友人は帰省してのアルバイトが決まっていて、よほど忙しいのかメールを送っても返事が来なかった。

互いにまめな方だとは言わないが、長期に返事がないのは初めてで、何となく気になった。休み明け、キャンパスで顔を見た時には、だから慌てて駆け寄ったのだ。

(よ、久しぶり。元気だった？　バイトは——)

いつものように声をかけた俊を、友人はまともに見ようともしなかった。口の中でもごもごと「急ぐから」と言って、そそくさと背を向けてしまった。

呆気に取られて、突っ立ったままでそれを見送った。何がまずかったのか、無神経なことでも言っただろうかと考えて、俊は友人にメールを送った。

返信は、やはり来なかった。その後の大学でも、友人はあからさまに俊を避け続けた。

気のいい友人だったはずだ。ひとりになりがちな俊が周囲の輪に入れるよう、さりげなくフォローしてくれる。たまに呆れたような突っ込みを入れてくることはあっても、恩に着せることはしない。

どうにも気になって、俊は周囲から友人のスケジュールを教えてもらった。躊躇ったあげく、アパートの前で待ち伏せを仕掛けた。

遅い時刻にバイトから帰ってきた友人は、俊を認めて気まずそうな顔になった。

(悪いけど、疲れてるから。話は明日な)

視線も合わさないその態度に、俊は退くのをやめた。

(そんなに時間がかかることじゃない、どうしておれを避けてるのか、訊きたいだけだ)

自分の言葉を耳にした瞬間に、どうしてもっとうまく言えないのかと後悔した。それでもほかに言い方が見つからなくて、俊は必死に友人を見返した。

友人は、しばらく無言だった。ややあって、長いため息を吐き、ぼそりと言った。

（……おまえさ。男が好きって本当？）

聞いた瞬間に、頭の芯が凍った気がした。

当時の俊は、伸也との「つきあい」を慎重に内密にしていた。他の相手を探す気もなかったから、傍目には堅物のひとりものに見えていたはずだ。事実、周囲からはもちろん、目の前の友人からも「彼女でも探したらどうか」と心配されていた。

それなのに——どうして知られてしまったのか。

動けない俊に複雑そうな視線を向けたきり、友人はアパートに入っていった。夜の中、突っ立ったままそれを見届けて、俊は最後の友人の言葉を思い出している。

（あいにく、オレはそういうの無理だから。おまえも、誰彼構わず誘うのはやめろよな。みっともないとか思わねえの？）

どのくらい、その場で呆然としていただろう。我に返った時には俊は自宅アパートにいて、携帯電話を耳に当て、機械音声のアナウンスを聞いていた。

コノ　デンワハ　ゲンザイ　デンゲンガ　キラレテルカ　デンパノ　トドカナイ——

何度めかの繰り返しを聞いてから通話を切って、初めて俊は自分が伸也に電話をかけていたのだと知った。どうして出てくれないのかと絶望的に思いながら——高校の時の持田の、嫌悪も露《あら》わだった顔が脳裏によみがえった。

あの時と、同じだ。必死に隠していたはずが、いつの間にか悟られてしまっている。

まんじりともせずに朝を迎えて、俊はようやく自分なりの推論を出した。

気づかれるには、それなりの理由があるはずだ。つまり、俊自身の雰囲気や態度の奥に、それらしい何かが滲んでいたということではないか。

どこか物欲しげになっていたり、期待するような素振りがあって、それで悟られてしまったのではないだろうか？

（どうだろう。僕は、そうじゃないと思うけどね）

講義を終えてやってきた伸也はそう言ってくれたが、表情の曖昧さは言いづらいことを肯定する時のそれとよく似ていた。悄然《しょうぜん》とした俊を慰めるように、伸也は言ったのだ。

（友達はあいつだけじゃないから、もう気にしない方がいい。――大丈夫だよ、僕はちゃんと俊の傍にいるから）

慰めの言葉が、かえって胸に重かった。

以降、俊は意図的に友人たちとの間に距離を取った。学内での関わりはそこそこにし、学外では可能な限り接点を持たない。大学生活はそれなりに平穏だったが、件の友人とは結局それきりになったし、彼ほど親しい友人もできなかった。

それでも、また同じ思いをするよりましだと思ったのだ。それだから就職先でも、人との関わりは最小限に留めるよう意識した。

仕事や周囲の環境に慣れるまでは落ち着かなかったが、いったん定着すれば日々はルーチンワークの繰り返しだ。もともと好きだったＩＴ関連の仕事だということもあって、二年目には俊にも仕事にそれなりの自信がついてきた。

そんな折に、俊は職場の先輩で営業にいる、生島と一緒に仕事をすることになった。


事の起こりは、新しいプロジェクトを受注するための商談だった。

そちらに出向く予定だった先輩エンジニアの都合がつかなくなったのだ。とはいえ今回の商談にはどうしてもエンジニアの同行が必要だとかで、ちょうど仕事の合間に入っていた俊に白羽の矢が立った形だった。

指名された瞬間に、俊は「無理です！」と口にしていた。

受注の商談は、金銭的な相談も内容に含まれることが多いのだ。そんな判断を、二年目のぺーぺーに任せられても困ると思った。

いつまでにいくらいくらで、という期間金額の提示をするには、受けた仕事の内容を把握・分析して、どの程度の工程と期間と人数が必要かを明確にしなければならないのだ。加えていったん提示した金額を、こちらの都合で下げることは不可能に近い。

動揺する俊に、当時の上司だった西田《にしだ》はさらりと言った。

（大丈夫だ。今回は営業が生島さんだから）

そう言われても、すぐには頷けなかった。とはいえ断れる立場ではなく、俊は入社以来用意しておくことを義務づけられていた個人ロッカーの中のスーツにネクタイを締めて、裁判に引き立てられる被告人のような気分で、待ち合わせ場所に指定されたロビーへ向かった。

生島は、まだ来ていなかった。安堵と同時に落胆しながら長椅子に座って、俊は出がけにエンジニアの先輩からかけられた言葉を思い出した。

(心配ないと思うぞ。生島さんはこっち寄りの人だから)

営業の中にはシステム開発という仕事をよく理解せず、困った意見を通す者もいるという。つまり、最低限必要と計算される金額の半額か、下手をすると数分の一の価格で受けてきてしまう場合があるのだそうだ。

先輩曰く、生島はある程度の知識があるため、けして安易な返答はしない。俊はただ自分の知識と経験をフル動員して、訊かれたことに返事をすればいいのだ、という。

(生粋の営業畑の人なんだけど、なーんか剛胆でいい人なんだよな。昔ラグビーやってたせいかもしれないけど、いい意味でノリが体育会系でさ。誰とでもすぐ和気藹々《わきあいあい》になるっていうか、嫌いな相手とかいなさそうな感じ。槙原も、去年の忘年会で助けてもらってたろ?)

え、と瞬いた俊に、先輩はけろりと言った。

(おまえ、部長に飲め飲めってしつっこくされてたじゃん。それを止めて丸く収めてくれた、背が高くてごつい人がいたろ?　あれが生島さんだよ)

そう言われても、入社以来企画室から一歩も出ずに仕事をしていた俊には、そもそも営業との接点そのものが殆どなかったのだ。言われてみれば思い当たるところはあっても、肝心の「生島さん」の顔などどろくに覚えてもいなかった。

どんな人だっただろうかと半年近く前の記憶を掘り返しているうちに、足音がした。

(ああ、悪い。ずいぶん待たせたかな)

闊達《かったつ》な声に顔を上げ、「生島」と対峙《たいじ》した瞬間に、俊はその場で頭を下げていた。

(槙原です。よろしくお願いします。あの、おれまだ全然ぺーぺーで、たぶんご迷惑をおかけすると思います。それと、年末には助けていただいて、ありがとうございました!)

一息に言うなり、上の方で笑う気配がした。おそるおそる顔を上げると、確かに記憶にある大柄な人が、笑いを堪《こら》えるように頬を奇妙に歪《ゆが》ませて俊を見ていた。

(こちらこそ、よろしく。営業の生島だ。ぺーぺーと言ってもおまえさんは専門家だからな。頼りにしているから、よろしく頼む)

言葉とともに、ぽんと肩を叩かれる。その瞬間に、俊は先輩エンジニアと上司の言葉の意味がわかった気がしたのだ。

予感はいい意味で的中した。商談の場で質問の集中攻撃に遭った俊を、生島はさりげなくフォローし答えを引き出してくれたのだ。おかげでひどいミスをすることも、相手に気分を害されることもなく無事に商談を終えることができた。

（定時過ぎたな。槙原は、社でまだ仕事があるのか？）

帰り道、訊かれるままに首を振った俊に、生島は夕食でも一緒にどうかと誘ってきた。

（俺は帰ってからまだ仕事なんでね。何か食っていかないと家まで保たない。よかったらつきあってくれ）

ふだんの俊ならやんわり断るはずの誘いに、その場で頷いてしまっていた。

連れて行かれた店は飲み屋ではなく、ふつうの定食屋だった。そうして席につくなり、生島は笑って俊に言ったのだ。

（お疲れさん。今日はありがとう。助かった）

（いえっ！　助けていただいたのはこっちの方です。すみません、おれ役に立たなくて）

（とんでもない。答えが明確で具体性があって、とてもわかりやすかったぞ。おかげで思ったほど手こずらずにすんだ。おまえさん、素人にわかるように教えるのがうまいんだな）

そんな、と否定しながら、まともに褒められたことが嬉しかった。

以来、生島は折を見ては俊に声をかけてくるようになった。社内で行き合った時はもちろん、食事や飲みにも誘いの声をかけてくれ、そのたびにいろいろな話をした。多い時は二桁が集まる飲みから、生島とふたりでの食事という時もあったが、仕事上参考になる話も多く、楽しいばかりだった。

それなのに——生島と親しくなって数か月が過ぎた年明けに、また「あれ」が起きたのだ。

新年早々に廊下ですれ違った時に、無視されたのが始まりだった。その翌日には俊が乗ったエレベーターの扉が開いた時に、明らかにそこで待っていたはずの生島が無言でその場を離れていった。数日後には生島幹事での軽い新年会があったと聞かされ、参加したという先輩エンジニアに怪訝そうに言われた。

(槙原、何で来なかったんだ？　用でもあったのか)

曖昧にやり過ごしながら、その時点ではもう、はっきりと自覚していた。

生島に、避けられている。それも、生島らしくないあからさまさで、だ。

何かやらかしただろうかと思い起こしても、心当たりが見つからなかった。眠れないままどうしてと考え朝を迎えて、出た結論は四年前の友人の時と同じだ。

またかと、絶望的な気持ちで思った。同時に、生島に近づきすぎていた自分に、ようやく気がついたのだ。

けして邪《よこしま》な気持ちではなく、純粋に先輩として尊敬していただけのつもりだった。けれど、どうやらそうとは受け取ってもらえなかったのだ。

悟ってしまえば、もう近づけなくなった。理由を問いただすなど思いもつかずに、俊は自分からも生島を避けるようになった。

双方の態度の変化は、傍目にもかなり露骨に映ったようだ。

(おまえどうしたよ？　生島さんと、何かあったのか？)

訊かれたところで答えられるはずもなく、曖昧に否定するしかなかった。生島は俊を避ける理由を明言しなかったらしく、それが最後の気遣いなのだろうと思えばなおさら、居たたまれなくなった。

できるだけ避けようとしても、どうにもならない時もある。間の悪いことに、当時俊が配属されていたチームが請け負っていたプロジェクトの営業担当が生島で、どうしても定期的に顔を合わせることになったのだ。

すみで小さくなってやり過ごそうにも、以前に生島と俊が親しくしていたことは周囲の誰もが知っている。仲裁するつもりなのか、俊は何かと生島の前に引っ張り出されることになり――そのたびに、精神的に磨耗していった。

仕事中の生島の俊への態度は、他のエンジニアへのそれと殆ど変わらなかった。それでも、仕事外では相変わらず、挨拶さえない関係が続いた。

悩みに悩んで、けれど誰にも相談できなかった。食欲が失せ眠れなくなって、日に日に顔つきが尖っていく。伸也に問いただされてすべてを打ち明けた時には、俊の体重は五キロ近く落ちてしまっていた。

(辞めなよ。そんなところに無理にいたら、俊が先に壊れるよ?)

伸也のその言葉を、否定する気力はもうなかった。

それでも、退職する決心はなかなかつかなかったのだ。

生島のことを、先輩として尊敬していた。仕事面で何度も助けてもらい、それ以上に多くのことを教えてもらった。

どうせ終わるのなら、具体的にどこがどういけなかったのかを教えてもらった方がいいのかもしれない。いつか、俊はそう思うようになっていたのだ。

俊がそう言った時、伸也は反対した。

(必要ないよ、そんなの。僕は今の俊が大好きだし、そのままでいいと思う)

思いとどまるように何度も言われて、それでも週明けに生島と話そうと決めた。その週末に、……今度は別の決定打があった。

通うには無理があるからと大学入学と同時に実家を出てアパート住まいをしていた俊は、就職先の関係でそのまま同じ部屋に住み続けていた。学生と単身者向けのワンルームを伸也は妙に気に入っていて、半同居に近い頻度で遊びに来たり、泊まったりしていた。

その土曜日にも、伸也は数枚のＤＶＤ持参で泊まりにやってきた。ふざけあいがいつかキスになり、互いの手足を絡め合って、どちらからともなくベッドに行こうと言い出した。

その時に、いきなり俊の両親がやってきたのだ。母親は買い物らしいビニール袋を下げ、父親は土産の紙袋を持っていた。預けていた合い鍵を手に目だけを大きく見開いて、俊を――俊と伸也とを、見つめていた。

誰も、言葉を発しなかった。

遮るもののない空間の中、半裸で絡み合っていたふたりが何をしていたかなど、一目瞭《りょう》然《ぜん》だったに違いない。

最初に動いたのは、伸也だった。さりげなく玄関先に背を向け、身繕いをしながら俊にもそれを促した。呆然としたまま見下ろした自分の衣類の前が、ほとんど完全にはだけていたあの光景は、今でも奇妙なほどはっきりと覚えている。

その後は、何もかもが泥沼と化した。母親は泣き続け、父親は表情を失くして俊を怒鳴りつけた。仕事を辞めてアパートも畳んで帰ってこい、地元でやり直せと言われて、それでなくとも磨耗していた俊の思考回路は完全にパンクした。

(すみません。でも、僕は俊が好きなんです)

その時に、伸也が両親にそう言ったのだ。俊の両親に、真剣な顔で頭を下げた。

(どう言われても、僕は俊くんが好きです。——後は、俊くんがどうしたいかです)

そうして、伸也は俊に判断を委《ゆだ》ねた。刺々《とげとげ》しい空気の中、俊の手を取って言ったのだ。

(俊は、俊の思うようにしていいよ。僕のことは気にしないで。……僕だけは、ずっと俊の味方だからね)

その言葉を聞いた瞬間に、驚くほどすんなりと気持ちは固まった。

きれいで陽気だけれど、我儘《わがまま》で移り気でもある恋人だ。俊以外の相手を絶えず作っては、聞きたくもない話を無理に聞かせてくる。

けれど、それでもずっと傍にいてくれたのだ。大学の時も生島の件が起きた時も——俊を気遣い、一緒に悩んでくれた。伸也がいたから、何とかやってこられたのだ。

結局、俊は実家から勘当という扱いになった。一応でも長男だから、冠婚葬祭だけは連絡をする。ただし、それ以外ではいっさい関わらない。近づかない。財産分与はないものとして、放棄の書類をあらかじめ書いておくように、と。

そうして、実家絡みのあれこれがようやく決着する頃に、俊は上司に退職願を提出した。

結局、生島と話はしなかった。そんな気力は、当時の俊には欠片も残っていなかったのだ。

俊にとってある意味幸運だったのは、届けを受け取った上司がそれをすんなり受理してくれなかったことだ。その日のうちに会議室に呼ばれ、一対一で真意を訊かれた。一身上の都合でと繰り返すだけの俊に、上司はゆっくりと言ったのだ。

体重はどのくらい落ちたのか、と。

疲れ果てて事実を口にした俊に、重ねて訊いてきた。

(理由の中に、生島さんの件も含まれてるんだよな?)

即座に否定するはずが、ほんの一拍反応が遅れた。それで何かを悟ったのか、上司はじきに沙汰をするから少しの間待つようにと告げた。

その三日後に、俊は出向扱いで他所《よそ》に出向くようにとの辞令を受けた。

上司の尽力に加えて、社内で問題になっていたエンジニア不足に助けられた形になったのだ。要は、勉強がてら社外を見て来いという話だった。

この機会にと引っ越して住まいを変え、出向先ではできるだけ目立たず他人と関わらないように過ごした。それなりのスキルを身につけた四年後に、社に戻るようにとの辞令が出た。同時に在宅勤務導入の話が持ち上がっているのを知って、俊は自らそれを希望した。

今にしてみれば、賢明な判断だったと思う。さもなければ、この秋から戻ってきた生島と、またしても日常的に顔を合わせる羽目になっていただろう。

親しくなった相手に、不意打ちで嫌われるのは辛《つら》い。それよりは最初から、そこにいてもいなくても同じ、道端に転がった石くらいのレベルに思われた方がましだ。

「――……」

自宅のベッドに転がったまま、俊は木目の天井を見上げる。

今回の件の直接の原因を作ったとはいえ、伸也を責められるはずもない。

伸也が追ってきたのは、俊が言わずに消えたからだ。あんなふうに渡辺に絡んでいったのも、俊と渡辺の距離が妙に近く思えたからなのだろう。

そう――今の俊は明らかに、渡辺に近付きすぎているのだ。意図的に引いていたはずのラインを、気づかないうちに踏み越えてしまっていた。

……伸也と別れるつもりでここに移って、自分はきっと寂しかったのだ。あるいは、ひとりきりで過ごすことに、耐えられなくなったのかもしれない。

今さらに、俊は自嘲《じちょう》気味にそう思う。

友人もいない、家族とも冠婚葬祭以外に関わらない。そんな生活を選んできたのは、他でもない自分自身だ。

だからこそ、懐いてきた孝太を無下《むげ》にできなかった。渡辺が少しずつ表情を見せてくれるのが楽しかったし、子どもを預けようというほど信用してくれたのが嬉しかった。

久しぶりにできた「友人」だったから、必要以上にのめり込んでしまったのだ。自分で決めたルールすら忘れて、その先起こるだろう結果から目を逸らしていた。

これから、どうしたらいいだろう。

天井を見上げながら思って、俊は失笑する。

どうするもこうするも、決めるのは渡辺だ。俊はその決断を、明日からのあの男の言動で知って、対処していくしかない。

渡辺は俊をどう思っただろうか。――これからも、「友人」でいてくれるだろうか？

14

天気がいいからといって、気分まで晴れるとは限らない。

そんな当たり前のことを実感しながら、俊《すぐる》は徒歩で幼稚園に向かっていた。

いつもの孝太《こうた》のお迎えなのだ。ここ最近はあまりに早く行くと、園庭で待ちかまえるスモックの群れに囲まれるようになったため、わざと少し遅めにアパートを出た。

もう少し元気な時なら多少まとわりつかれても対処できるが、気落ちしている時はスモック集団にエネルギーを吸い取られていく気分になる。

幸いにして、俊が園に着いた時には庭で待つスモックはかなり少なくなっていた。それでもやはりまとわりつかれて、数分ばかり相手をする。孝太と仲良しの親子二組と連れだって、いつもの児童公園に向かった。

「あのねーきょーはねーひこーきをとばしにいくの！」

「ひこうき？ってソレか。今日作ったんだ？」

「うんっ！あのねそんでね、とばしっこすんの！いちばんとおくまでとんだらかちなんだよ、こーたのとおくまでとぶんだよ！」

跳ねるような足取りの孝太の手には、青い紙飛行機がしっかりと握られている。見ればその友達の「みつぐくん」や「りかちゃん」も、それぞれ違う色の紙飛行機を持っていた。

どうやら園で作ったらしいが、飛ばしっことはまたレトロなことだ。つくづく感心していると、孝太が思いついたように見上げてきた。

「すーちゃんもかみひこーき、つくろーよ。そんで、いっしょにとばしっこしよ？」

「いいな。けど、それはうち帰ってからな？」

「えー、なんでえ？」

ぷくりと頬《ほお》を膨らませた孝太に、俊は苦笑する。

「折り紙がここにないから。いったんウチ帰ってからだと遊ぶ時間なくなるだろ？」

言い聞かせると、孝太は一応は納得したようだ。

児童公園は、幼稚園から歩いて数分の距離にある。もう馴染《なじ》みになった入り口を入ったところで、急に孝太が声を上げた。

「あ！　はあちゃんだっ」

え、と思った時には、孝太は俊の手から離れて駆けだしていた。同時に、入り口にほど近いベンチにあった人影が腰を上げる。

「久しぶり。孝太くん、いい子にしてた？」

確かに「はあちゃん」だった。いつもは束ねていた髪を今日はそのまま下ろして、柔らかい色のワンピースを身につけている。

どこかに、出かけた帰りなのだ。格好でそれと察したらしく、孝太も飛びつくことはせずにその前で足を止めた。嬉《うれ》しそうに言う。

「うん！　あのねあのね、これからすーちゃんといっしょにかみひこーきとばすの！　こーたのひこーきすごいんだよ、じぇっときみたいにとーくまでいくんだよ！」

「あら、すごいわねえ。わたしも見せてもらっていい？」

「いーよ！　ねえねえすーちゃん、はあちゃんがいっしょにかみひこうきみたいって！」

歓声を上げた孝太が、「はあちゃん」の手を摑《つか》んで駆け戻ってくる。俊と目が合うなり、彼女ははにかんだ笑みで会釈をしてきた。

そういえば、面識こそあったがまともに自己紹介をし合ったことは一度もないのだ。挨拶をした俊が慌てて名乗ると、「はあちゃん」は「存じてます」と笑った。

「渡辺《わたなべ》さんから、お聞きしました。わたし、瀬戸初音《せとはつね》といいます」

「あー……それではあちゃん、なんですか」

頷《うなず》いて返しながら、ふと渡辺が彼女を「初音さん」と呼んでいたのを思い出して、どうしてか胸の奥がかさつく気がした。

何とはなし言葉に詰まった俊の代わりのように、孝太が彼女の手を引いて言う。

「あのねこんどはね、すーちゃんもいっしょにひこーきすんの！　そんで、こーたとおーさまになるの！」

「あら。おうさまってなあに？」

「いちばんとーくまでひこーきがとんだら、おーさまなの。もっととーくまでとぶまで、ずーっとおーさまなんだって」

「そうなの？」

きょとんと首を傾《かし》げる様子に、俊はぼそりと口を挟む。

「最長距離を出した奴が『王様』ってことじゃないですか？　陸上の記録みたいに、誰かに破られるまではタイトル維持って感じの」

それで、彼女は納得したらしい。礼を言うように俊に目礼して、もう一度孝太を見た。

「それなら頑張らないとね！　そうそう、すーちゃんだけじゃなくってお父さんにも紙飛行機を作ってもらったら？」

「おとーさんはねえ、だめなのー」

あっさりと、孝太が一刀両断する。おやと思いながら聞いていると、不思議に思ったらしい「はあちゃん」が言った。

「どうして？　孝太くんのお父さんだったら、一緒にやってくれるのに」

「おとーさん、ぶきよーだもん。おりがみしわしわになっちゃうの、だからすーちゃんにおねがいしてるの！」

渡辺が気の毒になるような台詞《せりふ》を残して、孝太は「いってきまあす！」と駆け出した。植えられた木の傍《そば》で待っていた子どもたちに混じって、土の地面に靴で線を描き始める。

どうやら、あの木が目印になるらしい。ああいうルールは園で教わるのか、それとも自分たちで考えるのか。つくづく感心をしながら、俊は傍らの彼女にベンチに座るよう促した。

自分はその横に立って、孝太の様子を見ていることにする。

「……体調は、もういいんですか？」

「一昨日《おととい》退院したんです。今は、自宅療養中で」

おっとりと笑う「はあちゃん」は病み上がりらしく以前よりも色が白く、さらに線が細くなったようだ。

「まだしばらくは、仕事は無理みたいなんです。すみません、ご迷惑をおかけしています」

「ああ、いや。別におれは、そこまで支障があるわけじゃないから」

「孝太くんが、思っていたよりずっと元気でよかったです」

紙飛行機を追いかける孝太を眺めながら、安心したように「はあちゃん」は言う。

「あ、そうですね。うん」

そうだった。俊はあくまで代理であって、彼女が全快した時点でバイトは終わりなのだ。思った瞬間に、ひどく寂しいような心地になった。

「発表会も、すごくよかったみたいですね。孝太くん、狸《たぬき》さんをやったんでしょう？　渡辺さんから聞きました」

思いがけない言葉に、「え」と目を瞠《みは》っていた。

件《くだん》の発表会があったのは、つい先日のことだ。孝太にせがまれて、俊ももちろん見に行った。初めて会った時の孝太のお面が、そのために作ったものだと知ったのだ。

「……渡辺さん、病院に来たんですか？」

「そうなんです。気遣っていただいたみたいで。お忙しいのに、申し訳なくて」

はにかんだように笑う「はあちゃん」の顔を目にした瞬間に、わかってしまった。

彼女は、渡辺のことが好きなのだ。

それだからシッターの仕事を受けたのか、仕事を受けた後でそうなったのかはわからない。けれど、彼女が渡辺に特別な好意を抱《いだ》いているのは、おそらく間違いない。

定刻の帰宅放送が流れた後、「はあちゃん」と別れて孝太と手を繋《つな》ぎ買い物に向かいながら、思わずぽつんとつぶやきが漏れた。

「結構、お似合いかもな……」

前に聞いた事情を思う限り、渡辺が前の妻とよりを戻すことはまずない。けれど、客観的に見れば、あの男が相手を見つけて再婚するのが一番いいのだ。

強面《こわもて》でとっつきにくい印象とは裏腹に、渡辺は人が好《よ》くて情も深い。孝太を溺愛《できあい》していても無意味に甘やかすことはないし、再婚すれば可能な限り相手を大事にするだろう。

見た目だけではわかりづらい思いやりだとか気遣いを、きっと「はあちゃん」もよく知っている。おそらく、そういうところに惹《ひ》かれたのに違いない。

思うなり、どうしてか心臓の奥がずきりと痛んだ。

孝太がテレビアニメに熱中するのを横目に夕食の準備にかかった時、渡辺からのメールが届いた。仕事のつきあいで夕飯はすませてくる、できるだけ早く帰るとの文字を読み下して、胸の中にいがいがとする気分の悪いものがわだかまっている気がした。

ここ数日、ずっとこうだ。座りの悪い、落ち着かない気分で時間ばかりが過ぎていく。

――渡辺の態度が、以前とは明らかに違ってきているのだ。

例の幼稚園の発表会に、渡辺は俊を誘ってはこなかった。三人でいる時に孝太にねだられて、その流れで一緒に出かけていっただけだ。今日のような「夕飯はいらない」という連絡も、以前と比べて明らかに頻度が増えている。

話しかければいつも通り返事はするけれど、向こうから話を振ってくることがなくなった。何より、笑顔を見ることが減ったと思う。

誰かに相談するには些細《ささい》に過ぎる変化であり――だからこそ、ダメージは大きかった。

伸也《しんや》と出くわした日の夜に、そうなるかもしれないと覚悟したつもりだった。けれど、それはあくまで「つもり」に過ぎないのだ。本当の意味では、気持ちの整理などまるでできていない。気がつくと、くよくよと埒《らち》もないことを考えている……。

風呂と歯磨きを終えた孝太がクッションを枕に船を漕《こ》ぎ始めた頃に、インターホンが鳴った。

渡辺だった。顔を出した俊が「孝太寝てるよ」と告げると、足音を忍ばせて中に入ってくる。礼を言い、軽く子どもを抱き上げた。

先に立って、俊は渡辺の部屋のドアを押さえる。子ども部屋に先回りして、押し入れから引き出した布団を敷いた。眠る子どもに毛布をかけてから、揃《そろ》って足音を殺して部屋を出る。

「あの、さ。今日、はあちゃんが来たよ。孝太に会いに」

玄関先まで戻った時に、そんな言葉がこぼれた。

「今日？　まだ早いだろう。一昨日退院したばかりのはずだぞ」

とうに知っていたという口振りに奇妙な疎外感を覚えながら、俊は言う。

「気分がいいから、孝太の顔を見にきたんだってさ。公園で紙飛行機を飛ばしてるの、ずっと一緒に見てた。仕事に戻るまで、もう少しかかりそうだって言ってた」

「そうらしいな」

「……ちょっと、訊《き》いていいかな。彼女って」

思い切って切り出した、その時を狙《ねら》ったように電子音が鳴った。

携帯電話を、ジーンズのポケットに押し込んだままだったのだ。間の悪さに辟易《へきえき》しながら、俊は渡辺に断って携帯電話を開く。そうして、思わず息を詰めた。

自分でかけた覚えもないのに、発信履歴に残っていた番号だ。登録する気になれず放置して、なのに並びだけは覚えてしまっていた。

——伸也からの、電話なのだ。

(また連絡するよ)

あの時デパートでそう言っておきながら、伸也からのアクションはそれきり一度もなかった。その理由も、うすうす察しがついている。

俊の方から動くのが、当然だと思っているのだ。それが、何日経《た》っても音沙汰《おとさた》ないものだから痺《しび》れを切らした、というところなのだろう。

「出なくていいのか」

「……うん、後で折り返すから」

曖昧《あいまい》に返して、俊は携帯電話を閉じる。顔を上げたものの、その先が続かなくなった。

鳴り続ける電子音に、露骨に邪魔をされている気がした。同時に、これから訊こうとした言葉が、喉《のど》の奥で凝《しこ》ったように出ていかなくなる。

渡辺と「はあちゃん」とは、何か個人的な関係があるのか。

返事など、聞くまでもなくわかりきっているのだ。きっと、渡辺はいつかと同じ言葉を返してくるだろう。

そっちには関係ない、と。

「初音さんが、どうか？」

電子音が止《や》んでしばらく経ってから、渡辺が言う。それへ、俊はぎこちなく笑った。

「や、仕事復帰はいつ頃になるのかな。体調の兼ね合いとかもあるだろうし、必要ならおれも交替で手伝おうかと思って」

「医者の指示次第だろう。もともと、あまり丈夫な人ではないように聞いている」

「そうなんだ。でも、シッターの仕事ってかなりハードじゃないか？」

孝太はまだおとなしい方だと聞くが、実際に幼稚園には底なしのわんぱく坊主もいるのだ。仕事とはいえ、ついて回るのはかなりの体力仕事になりそうだった。

「それも配慮してあるらしい。彼女が受け持つのは女の子か、比較的おとなしい男の子に決まっているんだそうだ」

「え、そうなんだ？　っていうか、ずいぶん詳しいな」

「子どもを預ける相手だ。それなりのことは確認する」

素っ気ない返答に、それ以上は何も言えなくなった。挨拶をし渡辺と別れて、俊はそそくさと自宅に戻る。

いつもと同じ部屋を、やけに広く感じた。早く風呂をすませて寝てしまおうと思った時、またしてもポケットの中で電子音が鳴った。

電源を落とすか、少なくともマナーモードにしておくんだったと思いながら、俊はポケットから携帯電話を取り出す。画面に並ぶ番号を眺めて、ローテーブルの上に放り出した。

（相手ときちんと話をしたのか。自分の口で、別れると言ったのか？）

いつかの、渡辺の言葉を思い出す。

……いずれ決着をつけなければならないことは、よくわかっているのだ。それでも、今はどうにも無理だった。

今、電話に出てしまったら——伸也のあの声を聞いたなら、きっと俊はぐずぐずになってしまう。言われるままふらふらと出向くか、アパートの場所を教えてしまうに違いない。

どうしても、それだけは避けたいのだ。今度こそ、ちゃんと終わらせたかった。

その後、寝るまでの間に二度の着信があり、メールが三通届いた。

電話には出なかったし、メールも開かなかった。音を消した携帯電話を気にかけながら、俊は早々にベッドに入った。

15

伸也に、堪《こら》え性がないことは知っている。

何でも簡単に手に入るせいか、早々に思い通りになることに慣れているのだ。ふだん誰にでも愛想を振りまくくせに、思い通りにならないと静かに不機嫌になる。そのギャップを気にしてか、誰かがいつの間にか伸也の思うようにお膳《ぜん》立てをしているのが常だった。

そして、その「誰か」の筆頭が俊だった。

たぶん、それだから余計に苛立《いらだ》っているのだ。どうして言う通りにしないのかと、俊を追い立てようとしている。

もっとも伸也はプライドが高いから、傍目《はため》にわかるような行動に出ることはまずない。前回も前々回もそうだったように、今回もきっと俊が折れるのを待ちかまえている。

それだから、心配ないと思っていた。まさか、伸也が先に動くとは考えてもみなかった。十日後の孝太が幼稚園にいる平日の昼過ぎに、俊は子連れの徒歩では難しいかさばる日用品の買い出しに出かけた。

十月も末になった今、戸外は肌寒く日中でも上着が必要な日が増えている。アパートからスーパーまでは結構近く、さほどの不便を感じていなかったが、子守りのバイトが入り買い物の頻度や量が増えてからは、やや事情が変わってきた。いいかげん、自転車くらい買った方がいいのかもしれない。

重い気分でアパートの中庭に入って、俊はその場で心臓が止まった気がした。俊の部屋と渡辺の部屋の合間の通路に、伸也と渡辺が並んで立っていたのだ。

「な、にやっ――」

今日は平日で、今は真っ昼間だ。伸也はいいとしても、通常通り出勤していったはずの渡辺が、どうしてここにいるのかと思った。

「お帰り、俊。遅かったね。ずいぶん待ったよ」

俊を認めた伸也が、昨日の続きのような気安い仕草で手を挙げる。それを胡乱《うろん》そうに眺めていた渡辺が、踵《きびす》を返して隣家へ向かうのが見て取れた。

「ワタナベさん？　待ってよ、話はまだ終わってないんだけど」

笑いを含んだ声音で、伸也が言う。足を止めて振り返った渡辺に、軽い口調で続けた。

「妙に誤解されたままなのって、こっちが気分悪いんだよね。せっかく俊が帰ってきたんだし、一緒に話をしようよ」

「ちょ、……伸也？　何、言っ――」

思わず口を挟んだ俊に、伸也は当然のように言う。

「俊がお世話になったみたいだから、お礼しておきたいんだよね。どうかな？」

振り返った渡辺が、無言で伸也と俊とを見比べる。

うんざりしたようなため息が、やけに大きく耳に届いた。

「他に用がある。電話一本分、待てるなら行こう」


何がどうなっているのか、状況が読めなかった。

伸也が自分から動いてここを突き止めたまでは、いいとしよう。俊がいつになく長く反応しないことに痺れを切らして、様子を見にか「迎え」にかやってきた。そこで渡辺を見かけて、おそらくは伸也の方から声をかけた。

けれど、渡辺にとっての伸也とは知り合いですらなく、何を言われても応じる義理はないはずなのだ。

「俊、お茶淹《い》れてよ。いつもの奴、いつものカップでね」

「あ、うん――」

窓辺のダブルベッドに平然と腰を下ろしていた伸也に言いつけられて、考える前に腰を浮かせていた。とたん、傍にいた男に肘《ひじ》を掴まれ引き留められる。

「あいにくこっちは暇じゃないんだ。話があるなら早々にすませてもらいたい」

言い返す渡辺がいるのは俊の隣、ローテーブルを挟んで伸也と向かい合った位置だ。半ば強引に、俊を横に座らせる。その様子に、伸也が眉《まゆ》を上げるのが見て取れた。

「俊？　僕はお茶って言ったんだけど。何やってんの？　座るなら座るでいいけど、何でそこなんだよ。こっち来なって」

黙ったままで首を振って、俊はどうにか伸也を見返した。

言いなりにならず踏みとどまれたのは、きっと隣で渡辺が肘を掴んでいてくれたからだ。

露骨に顔を顰《しか》めた伸也が、渋々のように話を元に戻す。先ほどから滔々《とうとう》と続いている内容は、いつかデパートの屋上でした話の繰り返し――「いかに俊が伸也を好いているか」だ。

面白くもないという顔でそれでも最後まで聞き終えた渡辺が、ゆっくりと腕組みを解《ほど》く。

軽いため息を吐いて言った。

「こいつはあんたと別れるつもりだと言ってましたが？」

「ああ、それね。本気にしたんだ？　もしかして、俊に誘惑でもされた？」

茶化したような軽い物言いに、渡辺は露骨に眉を顰《ひそ》めた。

「本気にするも何も、本人はきちんと意思表示しているでしょう。何も言わず引っ越されて連絡手段を断たれれば、ふつうの人間なら逃げられたとわかりそうなものだと思いますがね」

「逃げられたって……まあ、知らないなら無理ないか。俊ってね、結構性悪なんだよ。こうやって逃げるのも、これが初めてじゃない」

意味ありげに、伸也は俊を見る。

からかうような、あるいは面白がっているような瞳の色に、ひどい既視感がした。厭《いや》な予感を覚えて口を開こうとした、それを制するように伸也は続ける。

「黙って引っ越すのも内緒で携帯電話を変えるのも、俊にとってはゲームの駆け引きみたいなものなんだよね。自分の思い通りにならないとか、気に入らないとそうやって人の気を引こうとするんだ。可愛いと思わない？」

「な、……伸也、そん――」

「本気で逃げたいなら、絶対に摑まらないようにやり方をもっと徹底するよ。けど、俊は常習だよね。これでかれこれ何度めになるんだっけ？　俊の雲隠れごっこ」

「……何度め？」

訝《いぶか》しげな声音とともに、渡辺がこちらに目を向けてくる。咄嗟《とっさ》に返事ができないでいるうちに、伸也が笑いながら言った。

「引っ越し先は言わないくせに、携帯はちゃんと通じるんだよ。番号もアドレスもそのままで、電源も落としてない。あとは根比べかなあ。俊が構ってもらうのに満足するのが早いか、僕の方が飽きるのが早いか」

「……っ、違う！　そんなこと、おれは」

「今回だってそうだよね。確かに対外的に使う携帯は変えてたけど、前のはまだ解約してない。そのくらい、かけてみればすぐわかるんだよ」

軽く肩を竦《すく》めて、伸也はもう一度渡辺を見た。

「本気で厭がられたり避けられてるんだったら、僕だって無理に追いかけたりしないよ。だけど、俊は違うよね？　追いかけてくれって、いつも手がかりを残していく。そうなったらやっぱり放っておけないだろ？　そういうことで、納得してくれる？」

「――」

無言のまま答えない渡辺をしばらく眺めてから、伸也は大仰なため息を吐《つ》く。改めて、今度は俊を見た。

「俊もねえ、いつまで拗《す》ねれば気がすむのかなあ……言ったよね？　僕もこれで結構忙しいんだよ。式の準備もあるし、新居の手配とか先方への挨拶とかいろいろね。それでもこうやってここまで来たんだよ？　だいたい僕と俊のプライベートなのに、関係ない人まで巻き込んだら迷惑だよ。――ねえ、ワタナベさん。あなたも困るよね？　こういう、わけのわからないことに巻き込まれたらさ」

「巻き込まれたとは、思っていないが」

即答に、伸也はわずかに眉を寄せる。呆《あき》れたように言った。

「だったらなおさら、口は挟まないでほしいんだけど。ただの痴話喧嘩だし、あなたには関係ないよね？」

「痴話喧嘩なのか？　本人は、そうは思っていないようだが」

「何それ。案外、物わかりの悪い人なんだな」

うんざりしたようなため息をついて、伸也は渡辺と俊とを見比べる。きれいな顔に、少し歪《ゆが》んだ笑いを浮かべた。

「さっきも言ったように、俊は僕のことが大好きなんだよ。それこそ大学にいた頃から、ずっとね。僕と一緒にいたいからって、友達全部切るくらいにさ」

気の毒そうに渡辺を見つめて、伸也はすっきりと言う。

「だから、あなたとのことはただの遊びか、よくても一時の気の迷いだ。要するに利用されたんだよ」

「ちょ、……待てよ、何勝手に話作っ……」

「俊もねえ、いくら寂しいからって誰彼構わず誘っちゃ駄目だよ」

言うなり、今度は俊を見据えた。鼻の頭に皺《しわ》を寄せ、叱《しか》りつけるように言う。

「僕はちゃんと言ったよね？　結婚式や旅行が終わったら、今度こそ俊のために時間を取るって。どうしてそれが待てないかなあ」

「……っ、だから！　おれはナオミさんに黙って伸也とつきあうつもりはないから！」

これだけはと、俊は声に力を込めた。こちらを見る伸也が顔を顰めたのを承知で続ける。

「前に言ったろ、そういうのは厭なんだよ！　そんなのはナオミさんに失礼だって言っ……」

「ふうん？　じゃあ、俊とはこれっきりだね」

ばっさりと、伸也は俊の言葉を遮った。まっすぐにこちらを見据えたままで続ける。

「僕は俊のことが大好きだけど、俊が別れたいなら仕方がないな。もう二度と、俊には連絡しないよ。顔も見ないし、どこかで会っても話もしない。それでいいんだ？」

「――」

突きつけてくる声音が、ダイレクトに心臓に突き刺さるような錯覚に襲われた。返事ができず大きく胸を喘《あえ》がせていると、横合いから低い声が割って入る。

「なるほど。そうやって脅して言いなりにさせてきたわけか」

「人聞きの悪いこと言うね。僕はただ事実を言っただけだよ」

言い返した伸也と絶句した俊とを見比べて、渡辺が軽く鼻を鳴らす。一言ずつ、確認するように言った。

「もう一度、訂正しておく。俺はこいつとは友人で、子どもの世話のバイトを頼んでいるだけだ。あんたが思い込んでいるような関係じゃない。今後、今以上の関係になる気もない」

数秒の間を置いて、渡辺はちらりと俊を見た。

「これは、こいつの友人としての確認だ。――あんた、もうじき結婚すると言ったな。その式で、こいつに親友としてスピーチも頼むとか」

「ナオミが俊のことを気に入ってるからね。この先のことを考えても、家族ぐるみで親しくしてる方が面倒がないし」

「それで？　親友代表でスピーチを頼む相手を、自分のモノで恋人扱いするのか」

「俊が、それでいいって言ったんだよ！」

平淡な追及に辟易したらしく、伸也は吐き捨てるように言う。

「仕方ないだろ？　世間一般常識的に、男とは結婚できないんだよ。それでも俊が僕と一緒にいたいんだったら、隠して会うしかない。ばれずに長く続けようと思ったら、それなりにふだんから親しい方が都合がいいに決まってるじゃないか」

伸也の主張に、渡辺が失笑する。その表情の冷たさに、どきりとした。

「結婚前から不倫前提か。ずいぶん立派な言い訳だな」

「どうして不倫なんだよ。俊は僕の親友だよ？　たまにベッドで仲良くするくらい、友達同士のスキンシップじゃないか」

不満げに言う伸也との会話のあまりの嚙《か》み合わなさに、今さらに疲れた気分になった。

いつもと同じ、パターンだった。どんなに説明しても、それは違うと話しても伸也は絶対に受け付けない。そうして結局、勢いのまま俊が折れてしまう――。

「……あんたの言い分はよくわかった。わかったから、いったん帰れ」

え、と顔を上げたのは、俊と伸也がほぼ同時だった。

渡辺は、伸也を見据えたままだ。見覚えのある無表情さで、淡々と続ける。

「あんたの言った通りなら、今後の決定権はこいつにあるはずだ。それなら、こいつがこれから考えて返事をすればいい。――そういうことじゃないのか？」

「何、それ。決定権て」

「あんたは結婚後にもこいつを不倫相手にしたい。こいつは不倫は厭だと言っている。あんたが絶対に結婚すると言うなら、今後どうするかはこいつが決めることだ。違うか？」

気圧《けお》されたように、伸也が黙る。ややあって、作ったような声で言う。

「俊は厭だとは言わないよ。これまでずっとそうだったんだからね」

「それを決めるのはあんたじゃない。事実、本人はさっきから違うと言っている」

「……何も知らない人からは、そう見えるかもね」

伸也が、きれいな顔をかすかに歪めたのがわかった。見せつけるような笑顔で続ける。

「僕は俊のことを何でも知ってるし、俊は僕の言うことなら何でも聞くんだ。この部屋にあるものだって、全部僕の好みに合わせて買った。僕らはそういう関係なんだよ」

「そう思うなら、あんたは余裕でこいつからの連絡を待てばいい」

断ち切る勢いで、渡辺は伸也の言葉を遮った。そのまま、ごく事務的に続ける。

「とにかく、あんたは帰れ。帰って、こいつからの連絡を待ってろ」

「——……」

ふだんの伸也なら、あれこれとごねたあげく泊まっていくような状況だ。なのに、どうやら今回は勝手が違ったらしい。あからさまに気に入らない顔で、俊を見た。

「待つだけ無駄だと思うけど、まあ仕方がないね。けど俊、僕はあまり気が長くないから。わかってるよね？」

珍しい切り口上で言うと、伸也はさっさと腰を上げた。俊と渡辺の間を割るように歩いて、玄関へと向かう。わざとのような派手な音を立てて、出て行った。

16

ドアが閉じてしばらく経っても、俊はその場から動けなかった。

脱力したように座り込んだままでいると、玄関先から戻りかけた渡辺からキッチンを借りていいかとの声がかかる。曖昧に頷いた耳に、戸棚と冷蔵庫を開閉する音が聞こえてきた。

戻ってきた足音に目を上げると、憮然《ぶぜん》とした顔の渡辺に水の入ったコップを差し出される。飲むように言われて、礼を言って受け取った。唇に含んでから、ようやく俊はひどく喉が渇いていたことを知る。

コップの中身を飲み干して、やっと人心地がついたような気分になった。からのコップを見下ろしたまま、俊はそろりと口を開く。

「……ごめん。変なことに巻き込んで」

「いや」と返った声音は端的で、感情の色は窺《うかが》えない。そのことにほっとすると同時に不安をも覚えながら、俊はずっと気になっていたことを口にする。

「あんた仕事は？　もしかして、途中だったたんじゃないか」

「気にするな。用があって午後休を取った」

「え、じゃあその用の邪魔したんじゃあ……」

「それはない。一応、それなりに片づけてある。――幸い、まだ時間はあるしな」

さらりと言って、渡辺が腕時計に目をやる。その仕草を眺めながら、俊は今さらに忘れていた言葉を口にした。

「……ありがとう。あんたがいてくれて、助かった」

俊ひとりだったなら、間違いなく丸め込まれていた場面なのだ。自分でもそれとわかるだけに、今になって肝が冷えた。

俊の目の前にしゃがみ込んでいた渡辺が、軽く眉を上げる。ため息まじりにぽつりと言う。

「なかなか、面白い男だな」

「そうかな。大学の頃から、あまり変わらないけど」

「面白い」というのは、どうやら褒め言葉ではなく皮肉だったらしい。俊の返答に、渡辺は露骨に顔を顰めた。

「大学の頃からあのままなのか。本当に？」

「そう。今は院にいるから、余計浮き世離れして見えるんだろうけど」

「浮き世離れというレベルじゃないな。思考回路が歪んでいるとしか言いようがない」

いったん言葉を切って、じろりと俊を見た。

「あんたもあんただ。人を見る目がないにもほどがある」

「そ、……うかな。うん、そうかも」

しどろもどろに答えながら、それまで絶対に壊れないと思っていたものを、目の前であっさりと叩き割られたような気分になった。

これまで俊と伸也の周囲にいた人間は、当たり前のように伸也を絶賛していたのだ。

容姿も成績も人当たりも上等で、教授陣からの覚えもよく友人も多い、社交的な優等生。

そんな伸也の我儘《わがまま》は玉に瑕《きず》どころか、そのはみ出し具合がいいのだと言う人も多かった。

「でも、伸也は頭いいから。少しくらい変わってても当たり前だって話で」

「頭がいいのと傍迷惑なのを一緒にするな。風変わりでも人畜無害な人間は、世の中にいくらでもいるぞ」

「え、そうなんだ？」

思わず顔を上げると、渡辺があからさまな呆れ顔で見ていた。

「当たり前だろう。あそこまで人の話をまともに聞けないようなのが、そのあたりにぼろぼろいてたまるか。世間への大迷惑だ」

「せけんへのだいめいわく……」

「人間、五十人もいればその中にひとりやふたり変わった奴はいる。だが、だからといってその全員が周囲に迷惑をかけるわけじゃない。他人に迷惑をかけて平気な奴が、全員風変わりというわけでもない」

いったん言葉を切って、渡辺は切り捨てるように言う。

「別れた方が賢明だな。何も、ああいう輩《やから》を相手にする理由も必要もない。向こうが決定権をくれているならちょうどいい、早めに連絡してはっきり切れ。身勝手な人間はいくらでもいるが、あそこまで酷《ひど》いのは滅多にない。一緒にいたところで神経がすり減るだけだ」

すっぱりと言い切られて、とたんに胸が詰まったような錯覚に襲われた。すぐには返事できず俯《うつむ》いていると、「おい？」と怪訝《けげん》そうな声がかかった。

「……でも、そう悪い奴じゃないんだよ」

気がついた時には、俊はそう口にしていた。

渡辺の言葉は、確かに事実だ。それでも、そこまで悪《あ》しざまに言われると胸が痛かった。

「どこが、どう悪い奴じゃないんだ。自分は結婚する、しかし不倫相手は都合よくキープしておきたい。それも、自分の立場を守るために親友として傍に置いて、妻になる相手とも親しくしろと言う。十分、ろくでもない男だろう」

「それは、そうだけど。でも、おれが男なのはどうしようもないから」

「……どういう意味なんだ、それは」

低く押し殺した問いに、俊は必死に言葉を探す。

「男と女なら結婚ってことがあるだろ。子どもがいてもいなくても、ちゃんと周りに認められて家族になれる。だけど、男同士じゃそうはいかないよ」

訥々《とつとつ》と言いながら、今さらにずっと抱えていた気持ちが言葉になったような気がした。

「どんだけ好きでいても、いつまでも続けられるわけじゃない。いつかきっと、伸也は誰かと結婚するだろうって――それはわかってたつもりだったんだ」

「だったら好都合だ。この機会にすっぱり終わらせればいい。だいたい、あんたもどうしてこれまであんなのに好き放題させてたんだ」

唸《うな》るような声音で言われて、俊は苦く笑う。

「その通りなんだけど、でも――これまではさ。ずっと、ちゃんと帰ってきてくれたから」

ぽろりとこぼれた自分の言葉に、心臓の奥を抉《えぐ》られたような気持ちになった。

「帰ってきた？」

怪訝そうな声に頷いて、俊は帰る間際の伸也が見せた、少し不安そうな顔を思い出す。

「伸也さ。見た目があぁだし愛想もいいから、その気になればすぐに恋人ができるんだ。けど、相手がどれだけ美人でも、おれより見た目がいい奴でも、そうそう長く続かなかった」

俊の知る限り、伸也の恋愛は一時の熱が醒《さ》めればあっさり終わるのが常だったのだ。長くとも半年未満、短ければ数日も続かなかった。

それなのに、伸也は俊のことだけは忘れない。どんなに相手に熱を入れていても、一時的に訪《おとな》いが途絶えても、しばらくすれば必ず俊のところにやってくる。誰とどんなふうに別れようが、俊にだけは別れ話を持ち出さない。

「おれのこと、特別だって言ってたんだ。他の誰とも長く続ける気はないけど、おれだけは別だって。待っててくれるだろうって」

だから、耐えられたのだ。必ず帰ってくると思えば、その時々の伸也の横に誰がいてもぐっと堪えて待つことができた――。

「……それを鵜呑《うの》みにしたのか。また、都合よく扱われたもんだな」

沈黙の後の渡辺の台詞の、思いがけない鋭さに、思わず顔を上げていた。視線の先、これまでになく険しい表情の男を見つけて、俊は思わず後じさってしまう。

「何、それ……どういう――」

「そのままの意味だ。それは確かに、『厭だとは言わない』と言い切るだろうよ。口先の言葉を鵜呑みにして、おとなしく言いなりになってくれるような便利な相手だからな」

「……！」

思いもかけないところで、容赦なく頭を殴りつけられたような気がした。

声もなく見返す俊を真っ向から見据える渡辺の表情には、色濃い嫌悪が滲《にじ》んでいる。

「頭を冷やして考えてみろ。まともな人間が、本当に特別だと思っている相手がいながら他に相手を作るか？　結婚前から不倫前提で、しかもそれを『親友同士のスキンシップ』ですませるような真似をすると思うのか」

気圧されて後じさった背中が、ベッドに突き当たる。その感触で、俊はようやく自分が追いつめられていることに気がついた。

「わからないなら教えてやる。あいつはあんたを都合よく、二股《ふたまた》の片割れにしようとしているだけだ。『おまえだけは違う』だの『特別』だのいうのは、不誠実な連中が都合よく使う常套句《じょうとうく》で、挨拶以下の意味もない」

「そ、――」

「同じ価値観を持つ者同士が了承の上で同じような真似をしているなら、何をやろうが個人の自由だ。こっちの知ったことじゃない。だが、あんたは違うだろう。あの男、わざわざこっちを牽制《けんせい》してきたぞ」

「牽制？」

瞬《しばた》いた俊を見据えたまま、渡辺はうんざりしたように言う。

「あんたが帰ってくる前に、外で話を聞いた。あんたは自分のものだから、勝手に手を出すな、だそうだ。……ああ、さっきも似たようなことを言っていたな。俊は僕が大好きなんだから、だったか」

「――」

「自分は好き勝手するが、大好きな俊にはそれを許さない。おとなしく自分を待っていろ、というわけだ。対等な関係なら、まず言わない台詞じゃないのか？」

切り込むような言葉に、竦んだように声が出なくなった。向けられる視線が痛くて、俊は必死に言葉を探す。

「それは……でも、前からそうだったし。もう、慣れてるから」

言った瞬間に、後悔した。

何かのスイッチが切れたように、渡辺の顔から表情が消えたのだ。先ほどまで色濃く見えていた呆れも怒りもない、ぞっとするほどの無表情さで、まっすぐに俊を見ている。

「――なるほど。よくわかった。余計な世話だったようだ」

声が、言葉にならなかった。ただ見上げるだけの俊を見たままで、渡辺は続ける。

「当事者が仕方がないと受け入れているなら、周囲が何を言おうが無駄だ。潔く割り切って、あの男の不倫相手をしていればいい。……もっとも、今聞いた話では、あんたはただのスペアでしかなさそうだがな」

「ス、ペア、って……」

尖《とが》った針で、過敏な部分を突き回されているような気がした。ぎこちなく、俊はその言葉を繰り返す。

「知らないのか？　ああ、あんたは車は運転しないんだったか」

侮蔑《ぶべつ》まじりの声音で言われて、目の前が真っ白に染まった。

スペアタイヤの、「スペア」なのだ。不都合があった時に引っ張り出して使うだけの――本命が戻ってきたとたんに所定の場所に押し込まれて忘れられる、文字通りの代用品。二番手ですらないから、けして「一番」にはなれない立ち位置。

「何だよ、それ。何であんたがそんなこと、言っ……」

「違うのか？　聞いた限り、そのものとしか思えなかったぞ。それはあの男も手放したくはないだろうよ。他に恋人を作ろうが結婚しようが、絶対に自分から離れない。多少文句を言ったにしても、逃げることも食い下がってくることもない。そこまで都合のいい相手は、なかなか見つからないだろうからな」

「勝手に決めるなよ！　あんたに何がわかるんだ！　おれと伸也は、ちゃんと」

「ちゃんと、何だ。言えるなら言ってみろ」

嘲《あざけ》るような言葉に、息が止まるかと思った。浅い息を吐きながら、俊は必死に返答を探す。

「ちゃんとした、恋人だよ！　そりゃ、確かに伸也は他に相手を作るけど、でも、おれがどうしようもなくなった時には絶対に傍にいてくれる——」

言葉が終わらないうちに、いきなり肩を掴まれた。無言のまま寄ってきた渡辺の表情に本能的な恐怖を覚えてその腕を押し返すと、今度は左右の手首を無造作に一掴みにされる。気がついた時には、俊は床に座ったまま大きく仰《の》け反った形でベッドに背中を預け、掴まれた両手首を頭上に差し上げる形で縛《いまし》められていた。

「……っ、ちょ——あんた、何やっ……」

「うるさい。いちいち騒ぐな」

「さ、わぐなって、だって、こ……ッ」

言葉は、喉の奥で半端な悲鳴になった。

床に座った膝《ひざ》の合間に、いきなり男の手が割り込んできたのだ。ぎょっとして下肢を閉じた時には遅く、衣類越しに身体《からだ》の中の過敏な箇所を押さえた手のひらが、明確な意図をもって揉《も》み込むように動いている。

あり得ないことに、頭の中が真っ白になった。

嘘だろうと、口にするだけでやっとだった。必死に身を捩《よじ》ってみても、長い指が執拗《しつよう》に追いかけてくる。苛立ったような仕草で乱雑にそこを煽《あお》られて、喉の奥から悲鳴のような声が漏れた。

「やめろって！　何のつもりだよ、あんたそういう人じゃないだろ！　何考え——っ」

言いかけた言葉は、冷ややかに見下ろす視線にぶつかるなり喉の奥に消えた。

無理やりに固めたような不自然な沈黙の中、先に動いたのは男の方だ。息を飲んだ俊の額に額を押しつけ、凍えるほど低い声音で言う。

「そういう人じゃない奴にどこまでやれるか、確かめてみるといい」

言われたことが、うまく理解できなかった。声を失い抵抗も忘れて、俊はただ至近距離にある男の顔だけを見つめている。

無造作な手に、ジーンズの前を引っ張られる。衣類の内側に滑り込んできた手に、今度は衣類越しではなくじかに握り込まれて、引きつったような声がこぼれた。

「う、そ——や、……っ」

いつの間にか、俊のその箇所は熱を含んで形を変えていた。他人の体温の生々しい感触のせいだけでなく、はだけた衣類が触れただけで、全身におぞけがくるような錯覚が走る。

恋人同士の行為は伸也とが初めてだった俊は、今になっても伸也以外の体温を知らない。

そして、その伸也とはもう三か月近くもの間、ろくに顔も合わせてもいなかったのだ。

久しぶりの刺激に、肌が一瞬で過敏になるのがわかった。それを渡辺に知られたくなくて、俊は必死に顔を背けている。

「目を閉じるな。目の前にいるのが誰で、何をされているのかを自分の目で見ていろ」

低く命じる声に、反射的に目を見開いていた。

ピントが合わない距離にいる男の顔が、初めて出会った相手のように見えた。

命じられるままただ呆然《ぼうぜん》と目を見開いていると、今度は顎《あご》を摑まれる。こするように下唇のラインを辿《たど》られて、勝手にびくりと背すじが跳ねた。反射的に引きかけた顎を摑み直されたかと思うと、さらに寄ってきた吐息に唇を塞《ふさ》がれる。

「ン、……っ」

渡辺のキスは、ひどく強引だった。息苦しさに逃げかけた顎を摑み直され、痛むほどの力で上唇を齧《かじ》られる。濡《ぬ》れた体温で唇の合間を探られ、食いしばった歯列を抉るようになぞられる。心得たような動きで執拗に下肢を探られて、何度も大きく肩が揺れた。息苦しさに喉を詰まらせながら、頭の中には「どうして」という疑問が渦巻いている。

「……、ん、っん――」

深くなったキスが、深く唇の奥を探っていく。上顎を撫《な》で歯列の裏側を辿って、俊の舌先を搦《から》め捕《と》り、やんわりと歯を立てた。耳鳴りの向こう側で水っぽい音が響いて、それが下肢に触れる渡辺の手の動きと連動していることを思い知らされる。

見開いたままの視界の中、勝手に視界が滲んで揺れる。愕然《がくぜん》とする気持ちを置き去りに、身体だけが先へ先へと暴走していく。

いつの間にか唇から離れていたキスが、顎を啄《ついば》み耳朶《じだ》を食《は》んで、仰け反った喉に歯を立てる。押し寄せてくる波に必死に唇を噛みしめながら、思考の片隅で捕らわれていた手首が解放されていたことを知った。喉の奥からこぼれる自分の声の、浅ましいような響きにひどい羞恥《しゅうち》を覚えながら、俊はただ途方に暮れている。

何を思って——どんな顔で、渡辺はこんなことをしているのか。考えることすら、恐ろしかったのだ。

顎を離れた手のひらが、逃げ場を奪うように俊の額をベッドに押さえつけている。ベッドの角で仰け反る形になった背中が、軋《きし》むように痛い。その痛みすら、大きく寄せてくる悦楽の波に呑まれていく。

いつ終わったのかも、意識になかった。気がついた時には、俊は呆然と自室の天井を見上げている。

はだけられた下肢の上に、ふわりと何かを被《かぶ》せられたのがわかった。

「わかっただろう。この程度のことくらい、相手をどう思っていようが誰でもできる。気が向いた時に優しくしてやればすむような相手なら、それこそ扱いは簡単だろうよ」

冷ややかな声に、反射的に顔を向けていた。

ベッドの傍に立った渡辺が、無表情なままで俊を見下ろしている。その指先を拭《ぬぐ》うように

動くハンカチの色が、やけに鮮やかに目に入った。

目が合った瞬間に、全身が凍ったような心地がした。顔を見られたくなくて、俊は自由になっていた腕で目許《めもと》を隠す。

間近にあった気配が動いたのはわかったけれど、目を向けることもできなかった。

足音に続いて、玄関ドアが閉じる音がする。それを聞きながら、去り際の渡辺の言葉がこだまするように脳裏に響いていた。

「あんたがそのままスペアでいたいなら、好きにすればいい。何度も言ったように、俺には関係のないことだからな」

17

「はあちゃん」の仕事復帰を知らされたのは、伸也がいきなりやってきてからちょうど十日が過ぎた日のことだった。

時刻が二十一時を回った頃に、いきなりインターホンが鳴り響いたのだ。

こんな時刻にやってくる相手の心当たりはなく、当初は居留守をしようかと思った。念のために玄関のドアスコープを覗《のぞ》いてみて、俊は予想外のことに瞬く。

丸く切り取られた視界の中、立っていたのは三時間ほど前に子どもを迎えにきたばかりの渡辺だったのだ。かけていたチェーンを慌てて外してドアを開いた俊に遅くに訪ねてきた非礼を詫《わ》びると、ごく事務的に続ける。

「初音さんから、主治医から許可が出たと連絡があった。通常通りで明日から預かってくれることが決まったから、あんたに頼むのは今日で最後だ。急な話で申し訳ないが、今日までのバイト料を渡しておく」

差し出された封筒を見たまま、俊は返答を失った。

当初の話では二か月余り、つまり十一月末までの予定だったはずなのだ。今はまだ上旬のうちで、月末まではまだ遠い。

(まだしばらくは、仕事は無理みたいなんです)

以前に、「はあちゃん」は確かそう言っていた。それ以降も何度か顔を合わせたけれど、復帰の話は聞いていない。

動揺しながら頷いて、俊はどうにか言葉を探す。

「……そっか、わかった。じゃあ、少し待っててくれるかな。合い鍵、返しておくから」

踵を返して、いったん奥の部屋へと向かった。夕方に孝太がきちんと片づけていったオモチャの箱が目に入って、それならこれも返しておいた方がいいのかと思う。

抱えていったオモチャ箱を渡辺の前に置いて、合い鍵を差し出す。引き替えに白い封筒を受け取って、とたんに「これで終わり」なのだと実感した。

「あの、ちょっと待ってよ」

今しも玄関を出ようとしていた渡辺が、抱えていた箱ごと振り返る。出会ったばかりの頃とは種類が違う表情のなさに怯《ひる》んだものの、俊はどうにか声を続けた。

「スープ！　その、ちょっと作りすぎたから！　よかったら、持って帰ってくれないかな。ひとりだと駄目にしそうだから」

「明日は早めに出かけて、外で朝食にするんだ。遠慮しておく」

「そ、……そっか。わかった」

返答にかぶさるように、渡辺が出ていったドアが閉じる。間を置かず隣室のドアが開閉するのを聞きながら、俊はその場に立ち尽くす。

伸也と渡辺を交えて話した日から、渡辺は一度もこの部屋に入っていない。孝太がここで風呂をすませることも、夕飯を食べることもなくなった。

多忙な時期のはずなのに、渡辺は午後六時過ぎには必ず迎えにくるようになったのだ。インターホンに応じて玄関先に出ると、その場に孝太を連れてくるように言われる。玄関先でその日あったことの報告を聞いて、あっさりと帰っていく。

あれ以来、渡辺は俊に軽口を利くことも、笑顔を見せることもなくなった。何度か話をしようとしたけれど、そのたび今のように会話を切り捨てられた。俊が口ごもっている間に、渡辺がその場から去っていく。その繰り返しだ。

ずっと一緒に過ごしていたはずの週末にも、前回はまったく声がかからなかった。明日の土曜日に父親と出かける約束があるから一緒に行こうと孝太にせがまれたが、渡辺からは予定があることすら聞いていない。

どうしようもなく気まずくなるだろうとは、あの日のうちに覚悟していた。

けれど、実際にここまで他人行儀にされてしまうのは――あげくバイトまで反故《ほご》にされてしまうのは、思っていた以上にショックが大きかった。

のろのろと奥の部屋に引き返しかけて、コンロにかかったままの鍋が目に入った。ガラスの蓋《ふた》越しにもそれなりの量があるスープが目に入って、習慣のように三人分作ってしまった料理の始末をどうしようかと思う。

「……捨てるしか、ないか」

冷蔵庫も冷凍庫も、この十日間に余った料理で満杯になっている。昨日も一昨日もその前にも、もしかしたら今日にはあの父子が食べていくかもしれないと思って用意していた。

けれどもう、そんな日は来ない。

頭を振って、俊は数時間前に作ったばかりのスープの鍋を持ち上げる。シンクに流して捨てながら、泣き出しそうになっている自分を知った。

予感的中と、言うべきだろうか。

「あ！　すーちゃんだあ。どこいくの、おしごと？　おでかけ？」

一週間後の午後、買い物に行こうと自室を出たところで、聞き慣れた声がした。振り返るなり飛びついてきたのはやはり孝太で、くりくりとした目で俊を見上げてくる。

「お仕事半分、お出かけ半分だな。もう幼稚園終わったのか」

「あのねあのね、きょーはようちえんでかみひこーきたいかいがあったの、そんでねこーたはにばんだったんだよ、すーちゃんとつくったひこーきとんだんだよ！」

「お。すげえな、やったじゃんか」

「あのねこんどはねえ、もっととーくまでいくのつくるの！　いちばんになるのー」

得意満面の顔で見上げてくる子どもの頭を、かき回すように撫でてやった。くすぐったがるように笑う様子につられて、俊は孝太の真正面にしゃがみ込む。

「よし頑張れ。楽しみにしてるからな」

「うんっ！　あのねえ、できたらねえ、いちばんにすーちゃんにあげる！　やくそく！」

声とともに、小さな小指を差し出してきた。指切りをすませて腰を上げたところで、待っていたらしい「はあちゃん」の声がかかる。

「孝太くん、そろそろ中でおやつにしましょうか」

「えー……」

とたんに、孝太は名残惜しげに俊を見上げてきた。それを笑って見返して、俊はぽんと小さな頭を叩く。

「行ってきな。おれもお仕事行くからさ」

「うん。こーた、おしごとのじゃましたらだめなの。あのね、すーちゃんまたね？」

半分は自分に言い聞かせるように言って、孝太は自分の頭の上にある俊の手をきゅっと握った。それへ頷いて見せて、俊は「じゃあな」と手を振る。「はあちゃん」に会釈をし、アパートの敷地を出て駅前へと向かった。

バイトを辞めて以来、孝太との接点は激減した。「はあちゃん」は今のような状況を黙認してくれるが、それでも日に一時間も一緒に過ごすことがない。

俊と出食わすたびに必ず飛びついてくる孝太は、けれどここ最近になって、同じ言葉をたびたび口にするようになった。

（こーた、おしごとのじゃましたらだめなの）

おそらく、父親からそう諫《いさ》められているのだ。

バイトの最終日以降、俊はまともに渡辺と顔を合わせていない。渡辺が出勤し帰宅してくる音を毎日のように聞いているのに、先日の徹夜明けの散歩帰りに渡辺の車が孝太を乗せて出勤していく様子を遠目に見かけただけだ。

考えてみれば、当たり前だ。持ち家でもあればともかく、町中の賃貸住宅住まいで日常的な接点がなければ、挨拶以上のつきあいなどそうそうやれるわけもない。むしろ、これまでのつきあいの方がイレギュラーだったのだと思う。

何となく気落ちしながら最寄りのスーパーへ向かっていた時、横合いから声をかけられた。

「あらー。すーちゃんさん？　こんにちは」

「あ、どうも。お久しぶりです」

反射的に笑顔を返して、その後で思い出した。

孝太の「しんゆう」の「みつぐくん」の母親だ。孝太の面倒を見ていた頃にはたびたび一緒に遊んだけれど、バイトが終わってからは、すっぱり会うことがなくなっていた。

「孝太くんのシッターは終わったんですって？　残念ねえ。うちの子もすーちゃんさん大好きだったのよ」

「ありがとうございます。おれも寂しいです。でも、最初から期間限定の代理だったから」

あの年頃でも類友はあるのか、孝太の仲良しは多少やんちゃでも基本的に人懐っこく素直な子ばかりだったのだ。

「そうねえ。渡辺さんにしても、初音さんの方が今後のためにもいいんでしょうし」

「今後、ですか」

何の気なしに口にした言葉だったが、相手の反応は顕著だった。内緒話でもするように、声を落として言ったのだ。

「だって、ほら。孝太くんのお父さんと初音さんて、結婚なさるんでしょう？」

「え、……そうなんですか」

「あら、知らないの？　変ねえ。じゃあ違うのかしら」

首を傾げた相手に問われて、俊は慌てて両手を振った。

「いや、おれは部外者なんで。それこそプライバシーですよね」

「でもすーちゃんさん、渡辺さんと親しいんじゃあ？」

他意なく不思議そうに問われて、俊は返答に詰まった。息を飲み込んで、ようやく言う。

「そこまで個人的な話はしたことないんです。それに、おれもこのところ仕事が混《こ》んでて、孝太はともかく渡辺さんとは顔も合わせてないですから」

「そっかー。じゃあまだ未確定情報なのね。お似合いだし、いいお話だと思ったんだけど」

「いい話、……ですか」

「この先、ずっとお父さんだけだと大変だもの。初音さんとなら年齢も釣り合うし、孝太くんも懐いてるから。そっか、じゃああとは本人同士ってことなのね」

「そうみたいですね」

ぎこちなく笑って、俊は「みつぐくん」の母親と別れた。そのまま、通りの途中で目についた喫茶店に足を踏み入れる。コーヒーを頼んで、ソファ型の背もたれに寄りかかった。

昨日の夕方にアパートの庭で孝太と遊んでいた「はあちゃん」を思い出す。同時に、たった今聞いたばかりの言葉が脳裏によみがえった。

（孝太くんのお父さんと初音さんて、結婚なさるんでしょう？）

……たぶん、それが一番いいのだろう。空から雨が落ちてくるように、俊はそう思う。

俊の知る限り、渡辺のプライベートは常に孝太優先だ。当然ながら、再婚相手には「孝太が懐く相手」であることを求めるに違いない。

その全部の条件をクリアするのが、「はあちゃん」なのだ。その上、彼女が渡辺を好いているのなら、あとは渡辺が決断すれば全部うまい具合に収まる。

渡辺は仕事に専念できるし、孝太は新しい「母親」に遠慮なく甘えることができる――。

改めて考えるなり、胸の底にぽかりと穴が開いたような気がした。

今さらのように襲ってきた寂寥《せきりょう》感に、俊は自分自身に困惑する。ぼんやりと、淡い色の壁紙を見つめた。

18

周囲が夕闇《ゆうやみ》に沈む頃に、俊は長く居座っていた喫茶店を出た。

十一月中旬の今、天気のいい昼間はまだそれなりに暖かいが、日が落ちるなり急激に気温が下がってしまう。上着のポケットに両手を突っ込み、街灯に照らされた道を歩きながら、俊は肌寒さに身震いをする。

結局、目的の買い物はできずじまいになった。数時間を過ごしたあの喫茶店を出た時も、最初にオーダーしたコーヒーがカップに半分以上残っている有様だった。

帰りついたアパートの駐車場は、半分ほどが車で埋まっていた。出入り口に近い一角には見慣れた白い車が停まっていて、渡辺がすでに帰宅していると知れる。

「おかえり。遅かったね」

そんな声が聞こえたのは、身体の芯に届くような冷え込みに全身を竦めた時だ。反射的に顔を上げた俊は、アパートの共用廊下の明かりの下に見知った人影を見つけて目を瞠《みは》る。

「……何か用？」

ぽかんと言った声は、我ながらひどく間が抜けて聞こえた。

「ひどい言い方するなあ。決定権がどうのって言うから、答えを聞きに来たんだけど？」

「答え……？」

おうむ返しに口にして、その後でようやくあの時の話し合いの後に伸也に連絡を入れていなかったことを思い出した。

俊の表情でそれと気づいたのか、伸也は露骨に顔を顰めた。

「俊ねえ、ちょっとそれはひどくない？　こっちはずっと待ってたんだよ？」

「ああ、ごめん」

「ごめんって、あのねえ」

言いかけて、仲也はふと言葉を切った。ふいと俊を覗き込んで、きれいに笑った。

「俊って、案外素直じゃないところあるよね。そんなに気にしなくても、僕は別に怒ってないよ？　……まあいいや。せっかく来たんだから、中に入れてよ」

言うなり、仲也は俊の肩に腕を回してきた。もう慣れた、気安い仕草で耳許で囁《ささや》く。

「この間は邪魔が入ってゆっくりできなかったから、今夜は泊めてもらおうかな。明日、大学には午後から出ればいいから」

華やかな笑顔で一方的に押し込むのが、いつもの仲也のやり方だ。俊の都合には頓着《とんちゃく》せず、何もかもをひとり決めしてしまう。それを、俊はいつも苦笑まじりに受け入れてきた――。

「どうも。久しぶりです。もう仕事終わったんだ？」

やけに明るい仲也の声を聞いた後で、それが俊以外の誰かに向けられたものだと気がついた。瞬いて怪訝に顔を上げて、俊は隣のドアから出てきた人影に気づく。

「……どうも」

渡辺だった。これから出かけるのか、ラフな私服姿で孝太と手を繋ぎ、玄関を施錠している。「おきゃくさん」に遠慮したのか、父親の手を握った子どもは空いた手を俊に振ってみせたものの、いつものように飛びつく様子はなかった。

「あれ。今日は話はしなくていいんだ？」

「こっちは部外者だ。あんたらが何をどうしようが、俺には関係ない」

揶揄《やゆ》まじりの伸也の問いに無表情に返すと、渡辺は俊と伸也の傍をすり抜けて駐車場へと向かった。チャイルドシートに子どもを乗せ、自分は運転席に乗り込んで車を出す。あっと言う間に、アパートの敷地から出ていった。

「何だよ、あれ。この間は勝手に人のことひっかき回しといて」

呆れ口調で、伸也が言う。やけに満足そうに俊を見下ろして笑った。

「俊、寒いよ。中に入ろうよ」

返答も忘れて突っ立ったまま、俊はたった今の渡辺の様子を思い出す。

一度も、まともに俊を見なかった。あの時、「別れろ」と言った相手と一緒にいるのに、他人事《ひとごと》のように――見知らぬ相手のように、きれいに無視された。

ぽつんとそう思うなり、きりきりと胸の奥が痛くなった。

肩を抱いて急《せ》かす声に背を押されるように、俊は部屋の鍵を取り出す。施錠を解くなりドアを引き開けた伸也に、半ば押し込むようにドアの中に入れられる。背中でドアが閉じる音を聞いた時には、俊は完全に伸也の腕に抱き込まれていた。

「うっわ、久しぶりの俊だ。ねえ、もしかして痩《や》せた？　ちゃんと食べてる？」

囁きとともに、寄ってきた気配に頬をすり寄せられる。頬を掠《かす》めた吐息にこめかみを啄まれ、やんわりと耳朶を齧られて、その感触に十日前の渡辺との言い合いを思い出した。

(でも、そう悪い奴じゃないんだよ)

どうしてあの時に自分が伸也を庇《かば》ったのかが、今になってわかった気がした。

渡辺が口にした伸也への評を聞いて、自分自身が切り捨てられたような気がしたのだ。伸也を好きでいた気持ちと、それだからこそ目を瞑《つむ》って過ごした十年もの歳月を丸ごと否定されたように思えて、それがどうしても耐えられなかった。

(俊は僕の特別なんだよ)

心のどこかで、うすうす気づいていたのだ。伸也にとって必要なのは「俊」ではなく、「伸也の都合に合わせていつまでも待っている相手」だということに。

(不誠実な連中が都合よく使う常套句で、挨拶以下の意味もない)

渡辺のあの言葉が事実だと知っていて、どうしても認めたくなかった。よりにもよって渡辺の口から指摘されたのが痛くて、どうにか目を逸《そ》らそうとした。

探し出した言い訳を必死に並べ立てていたあの時、俊の中にあったのは伸也への思いではなく、ただ過去の自分を守りたい気持ちだけだった。

「駄目だなあ。ちゃんと食べないと、抱き心地が悪くなっちゃうよ? それでなくとも、俊は細いんだからね」

囁く声にのろのろと顔を上げる。とたんにその顎を取られて、啄むように唇を塞がれた。

ピントが合わない距離にいる相手の顔を見つめながら、俊はふと目の前にいるのは誰だろうと思う。同時にあれ以来、一度も伸也を思い出さなかった自分に気づいた。

（こっちは部外者だ。あんたらが何をどうしようが、俺には関係ない）

久しぶりに聞いた渡辺の、その言葉がずんと胸に重かった。

気になっていたのは、渡辺のことだけだ。愛想を尽かされたと思うだけで苦しくて、何度も会いたいと、話を聞いてほしいと思った。隣に行ってインターホンを押すだけでいいのにその勇気がなくて、孝太や「はあちゃん」を通じて渡辺の様子を聞いてばかりいた。

「俊？　どうしたのさ、何だかぼうっとしてない？」

笑いながら覗き込んでくる伸也の顔は、やはりきれいだと思う。何もしなくても周囲に人が集まってくる、天性の明るさだ。

以前は引き寄せられていたはずのその笑顔に、けれど今は何の魅力も感じなかった。

（答えを聞きにきたんだけど）

（僕はそんなに怒ってないよ？）

伸也への返事を、迷っていたわけじゃない。もちろん機嫌を気にしていたわけでもない。

単純に忘れていただけだ。いつのまにか、俊にとっての伸也は過去の相手になっていた。

おそらくは、十日前のあの時点でそうだったのだ。それなのに、気づくのに遅れた。渡辺に呆れられるのが厭で、その気持ちに過去の感情が引きずられた。あげく、あんなふうに言い合いになってしまった。

うまく受け流せなかったのも、過剰反応してしまったのも、相手が渡辺だったからだ。友人として――できることならそれ以上の関係で、あの男の近くにいたいと思った。

「ね。俊、ベッドに行こうよ。夕飯は後でいいから」

嬉しそうな声音でようやく我に返って、俊は背後から抱きついた腕を押し退《の》ける。

「俊？　何――」

「この間の返事だけど。おれはもう、伸也と会う気はないから」

かつて恋人と呼んでいた男の腕から抜け出し、真正面から向き合って、はっきりと告げた。

きょとんと俊を見返していた伸也の笑顔が、間を置いて別のものに移り始める。眉を顰め目許を険しくして、まっすぐに見下ろしてきた。

「何、それ。いきなり、どういう」

「いきなりも何も、返事を聞きに来たんだろ。前から言ってるように、おれは不倫の片棒を担ぐ気はない。そういう相手がほしいんだったら、他を当たれよ」

「……へえ？　いいんだ？　僕が他の相手を探しても」

腕を組むと、伸也は背後のシンクに寄りかかった。じろじろと、俊を眺めてくる。

「誰がいいかな、同じ教室のマサミさんか、ゼミのナナちゃんか。学部生の中にも可愛い子がいるし、ああ、そういえばこの間、友達の伝《つて》で紹介された子もいたっけ。昔の俊によく似た、二十歳《はたち》の男の子さ。ああいう子に一から教えていくのも楽しいよね」

声高に言い募る伸也を黙って見上げながら、俊はあの時の渡辺の言葉を思い出している。

(そうやって脅して言いなりにさせてきたわけだ)

言われてみれば、その通りだ。とはいえ、言葉と声音の調子ではまず「脅し」には聞こえない内容に違いなく、よくわかったものだと渡辺に感心した。

「前にも言ったよね? 僕は変に駆け引きをするようなのは嫌いなんだ。そういう相手より、素直で可愛い子の方が一緒にいて楽しくていい」

「知ってるよ。だから、他を探せばいいと言ってる」

以前ならきっと慌てて謝っただろう場面で、俊はすっぱりとそう言い返す。

これと同じ言い方で、伸也はいつも俊に同じ答えを選ばせた。あるいは、選ばざるを得ないような状況に追いやった。

言いなりにならなければ離れていくぞ、と。俊の代わりなどいくらでもいて、いつ捨ててもかまわないんだ、と。

「——本気?」

「嘘を言うほど暇じゃない。悪いけど、おれはまだ仕事があるから帰ってくれないか」

「帰ってもいいんだ?」

「いいよ。ってより、帰ってほしいんだけど。そろそろ夕飯にしたいから」

言下に一緒に食べる気はないと言い切ると、伸也はまた表情を変えた。信じられないとでも言うように、俊を見下ろしてくる。

「ちょっと待ってよ。俊、それってどういう——だって、答えったって連絡もしてこなかったじゃないか！」

「忘れてたんだ。他に気になることがあったから」

「……忘れてた？　僕のことを？」

何気ない言葉だったが、伸也はなおさらショックを受けたようだ。しばらく俊を凝視していたかと思うと、唸るように低い声で言う。

「へえ。そんなにワタナベさんがいいんだ？」

「何だよ、それ。渡辺さんが、何の関係があるって——」

「好きになったんだよね？　いつもみたいに、節操なしにさ」

鋭く決めつけられた言葉に、咄嗟に反論できなかった。

「いつからつきあってんだよ。引っ越してすぐ？　それとも、そのために引っ越した？」

返答を待たず、伸也は聞こえよがしのため息を吐いた。

「俊って、いつもそうだよね。そんなつもりじゃないとかそうじゃないとか言いながら、誰彼かまわず色目を使うんだ。そんなことばっかりやってるから、友達にも会社の先輩にも逃げられるんじゃないの？」

矢継ぎ早に突きつけられた言葉に、胸の奥で辛うじて覆い隠していた傷を抉られた心地になった。ひとつ息を飲んで、俊はどうにか言い返す。

「……勝手に話を作るなよ。誰が誰に色目を使ったって？　誰が、友達に逃げられたって」

「俊しかいないだろ。もしかして、もう忘れた？　そのたびに僕が慰めてあげたじゃないか。――ああもう、だから俊みたいに尻軽な子からは目を離したくなかったんだよ」

わざと、こんな言い方をしているのだ。どう言えば俊にとってダメージが大きいかを心得た上で、言葉を選んでいる。

今さらに、伸也のやり口を思い知った気がした。

「……誰が尻軽だよ。それはそっちの方だろ」

「これだから、自覚がないっていうのは始末に負えないんだよね。で、不倫は厭だって？　よく言うよな、ワタナベさん、子持ちじゃないか」

「渡辺さんは関係ないって言ってるだろ!?　あの人はたまたま隣に住んでただけで」

「ああそっか。そうだよねえ。そう思わないとやってられないか」

俊の反論に、伸也が表情を変える。きれいな顔に嘲るような笑みを浮かべて言った。

「俊なんかを相手にするような人じゃないよね。さっきだって関係ないって言ってたし」

「――」

「俊も懲りないよねえ。その気もない相手を無理に追いかけたところで、嫌われるだけだよ？　さっきの様子だと、渡辺さんはとっくに俊に愛想を尽かしてるみたいじゃないか」

（俺には関係ない）

返答に詰まったのは、先ほどの渡辺の言葉を思い出したせいだ。唇を嚙みしめた俊を追いつめるように、伸也は声のトーンを変える。

「それより、俊さ。僕ばっかり責めるのはどっか違わない？」

「何、言っ――」

「確かに僕には俊以外の恋人がいたけど、俊だってやってたことは同じだろ。僕の知らないところで勝手に誰かと遊んだり出かけたりさ」

呆れた顔で言われて、堪忍袋の尾が切れた。正面から伸也を見据えて、俊は強く言い返す。

「……言っとくけどな！　おれのは全部、ふつうの友達で職場の先輩だったんだよ！　伸也がとっかえひっかえしてるからって、勝手にこっちまで同じだとか決めつけるな！」

「口では何とでも言えるよね。そうやって、全部人のせいにしていれば楽だしさ」

「――帰れ。おまえと話すことはもうない」

はっきりと言い渡しながら、これまでの自分が伸也に嫌われたくなくて、何も言わずにいたことを思い知った。

理不尽な言葉を、何度も突きつけられた。苦しくて痛くて、それでも我慢して飲み込んできて――その結果が、渡辺の言う「スペア扱い」に繫がったのかもしれない。

いずれにしても、俊と伸也の関係は完全にいびつな形に変わってしまっているのだ。

伸也が、鼻を鳴らすのが聞こえた。

「それこそ勝手な言い分じゃない？　僕にはまだ言い足りないことがあるんだけど」

「おれにはない。もう二度と会いたくもない」

俊の言葉に、仕方がないと言いたげに肩を竦めるのが見て取れた。

「……まあいいや。続きはまた今度にしようか」

今度なんかあるかと、言い返すのも面倒だった。無言で見返す俊を、伸也は聞き分けのない子どもを見るように眺めている。

「気が変わったら電話してきなよ。もっとも、その時に僕がその気になるかどうかはわからないけどね」

軽く言い放って、伸也は踵を返す。あっさりと、ドアを出ていった。

玄関ドアが、音を立てて閉じる。それを聞き届けるなり、かくんと足から力が抜けた。そのままその場にへたり込んで、俊は自身の呼吸音を聞いている。

(好きになったんだよね？)

先ほどの、伸也の言葉がやけにくっきりと耳の奥に残っていた。

「……すき、？……」

ぽつんとつぶやいた自分の声を聞きながら、久しぶりに渡辺の姿を目にした時からずっと胸の中にあった気持ちの正体を、今ようやく摑んだと思った。

「……は、——」

背後の壁に頭をぶつけるようにして、俊は十日前の渡辺のキスを思い出す。

あの時、あの男に触れられることに混乱した。怖くて逃げたくて、それなのに肌から伝わってくる体温を奇妙に心地よく感じていた。

(俺には関係のないことだからな)

最後に投げつけられたあの言葉が、抜けない棘《とげ》のように心臓の中心に刺さったまま、抜くことができずにいた——。

「何だよ、それ……今、ごろになって」

つぶやく声は、消え入りそうに細い。同じだけ、気持ちが細って途方に暮れている。

伸也が言った通り、「好き」なのだ。隣に住む、あの無愛想な男のことが。

最初は苦手な相手だと思って、次にはそうでもないじゃないかと見直した。孝太を通じて話すようになり、ただのお隣さんからバイトの雇い主になる頃にはきっと、俊の気持ちは半分以上あの男に持って行かれていた。

いつの間にか伸也のことを思い出さなくなって、だから古い携帯電話の充電が切れたことにも気づかなかった。渡辺に伸也といるところを見られたくなくて、——自分の性的指向を知られたことに狼狽《うろた》えた。

あの男の態度の変化が気になって、自分がどう思われているのかを知りたくなった。伸也に対する言葉が自分自身へのものに聞こえて、そんなふうに軽蔑されたくなくて――だからこそ、渡辺の前で伸也を庇うような真似をした。

伸也に嫌われることより、渡辺に呆れられることの方が怖かったのだ。きっとその時点で、俊にとっての渡辺は伸也よりもずっと大事な存在になっていた……。

この気持ちに、もっと早く気づけばよかったのだ。そうしたら、少なくとも親しい隣人でいることはできたはずだった。

それなのに。

「……っ！」

ふと耳に入った車の排気音に、俊ははじかれたように顔を上げた。

かすかに聞こえた高めの声と、それを窘《たしな》める声音は間違いなく隣人父子のものだ。

跳ね起きるなり、玄関のドアノブに手をかけていた。開きかけたその隙間から、俊は思いがけない声を耳にする。

「ありがとうございました。お手数をおかけしてしまってすみません」

「いえ。……大丈夫ですか？　ご自宅までお送りしましょうか」

「ありがとうございます。でも、すぐそこですから大丈夫です。それより孝太くんを早く休ませてあげてください」

笑みを含んだ遠慮がちの声は、今日の午後に孝太に会った時にも聞いた。

「はあちゃん」が一緒なのだ。

悟った瞬間に、凍り付いたようにその場から動けなくなった。おそるおそるドアの隙間から覗いてみても、目に入るのは街灯に照らされた暗い庭ばかりだ。

「それじゃあ孝太くん、また明日ね」

「はあい。はあちゃん、またねえ」

「気をつけて帰ってください」

挨拶を交わした気配が、散っていくのがわかる。食い入るように見つめていたドアの隙間を、「はあちゃん」が横切っていく。ほんの一瞬だったのに、シルエットの彼女がふだんの動きやすい格好ではなく、髪を下ろしスカートを穿《は》いているのが見て取れた。

父子の足音が近づいてくる。それと悟った瞬間に、俊はドアノブを引いてしまっていた。

閉じたドア一枚の向こうを過ぎる足音に耳を澄ませたまま、俊は小さく絶望する。

今さら――今になって、渡辺に何を言うつもりだったのか。たった今、伸也と別れたと伝えたとして、それが渡辺にとって何ほどの意味があるだろうか。

(こいつの友人としての確認だ)

「友人」として親身になり、あそこまで言ってくれた渡辺を、俊はわけのわからない物言いで怒らせた。

（この程度のことくらい、相手をどう思っていようが誰でもできる）

渡辺があの時俊に触れてきたのは、恋愛感情なしでも行為はできると証明するためだ。つまり、渡辺自身は俊に対して「友人」以上の感情を持っていないということでもある。

何より、あれほど伸也を庇っておいて、今さらどの面を下げて告白などできるだろう。

伸也の言った通り、ただの尻軽だと思われるだけだ。そもそも渡辺が同類ではない以上、俊の気持ちを告げたところで迷惑に決まっている。

「――……」

ドアノブを摑んだままの指に痛いほどの力を込めて、俊は浅く息を吐く。

（俊なんかを相手にするような人じゃなさそうだよね）

伸也の言葉が、たちの悪い薬のように俊の内側に広がっていく。そして、その言葉の正しさを、今の俊は厭というほど知っていた。

じりじりと後じさるように、俊は部屋の奥に戻った。奥の窓際にあるベッドに座り込み、たった今耳にした柔らかい声を思い出す。

（それより孝太くんを早く休ませてあげてください）

父子で女性を誘って夜に出かけたのなら、それはかなり親しい間柄だということだ。

……何のことはない。告白しようがしまいが、俊の気持ちなど報われる余地はないのだ。

「あっという間に、失恋かよ……」

自分のつぶやきが、奇妙に滲んで聞こえた。そのまま背後の窓に頭を凭《もた》れさせて、俊は暗いままの天井を見上げる。

……諦《あきら》めるしか、ない気持ちだ。渡辺を好きになった瞬間から、わかりきっていたはずの結末だった。

静かに思った時、勝手に視界が揺らいで滲んだ。

色を失って曖昧になった輪郭から、色彩が溢《あふ》れて入り混じっていく。それが溢れこぼれたら駄目だとどうしてか思って、俊は首が痛むほど顎を上げて天井を睨みつける。

目尻に溜《た》まった圧迫感は、無意識の瞬《まばた》きであっさりと決壊した。こめかみから髪の中に流れ込んで、ヒリつくような痛みを残していく。

……せめて、近くにいるくらいは許されるだろうか。あの父子の邪魔にならないよう、目につかないよう気をつけていれば、この場所にいてもいいだろうか。

諦めが、つくまででいい。気持ちの整理をして、ちゃんと笑えるようになったら——渡辺にふつうに挨拶ができるようになったらこの部屋を引き払うから、せめてもう少しだけ猶予がほしい。

もっとも渡辺にしてみれば、ストーカーじみた隣人など願い下げなのだろうけれども。

19

近所づきあいのほとんどない、半ひきこもり。

それが、在宅勤務になって以来の俊の生活だ。外に出るのは買い物か出社の時だけで、仕事が混んでくれば何週間も一歩も外に出ない。家族とは冠婚葬祭以外でつきあいがなく、友人らしい友人もほとんどない。気まぐれな恋人とは別れてしまい、新しく好きになった相手には歯牙《しが》にもかけてもらえないことが判明した今、どうにも半分世捨て人な気分になるのは否めない。

「あのねーこないだねえ、ばすにのったんだよ！　おでかけしたの！　ようちえんのせんせーと、みつぐくんもいっしょ！」

「へえ？　どこ行ったんだ。何かいいもの見た？」

「うんっ。あのね、こおおおんなおっきいおうちがあってねえ、なかにいっぱいしかくいのがあんの。そんで、そのしかくいのをこーやってこーやって、ここんとここーしてね」

自慢げに続く孝太の話を聞くのは、唯一の息抜きだ。

自分でも姑息《こそく》で不気味だとは思うけれど、今の俊にとっての渡辺との接点は孝太だけなのだ。もっとも「はあちゃん」の予定の邪魔をするわけにはいかないから、場所はアパートの中庭で、彼女が困らない範囲に留《とど》めている。

「孝太くん、そろそろおうちに入りましょう？」

その日、珍しく彼女は話の途中で割って入ってきた。申し訳なさそうに俊を見てから、孝太と目線を合わせて言う。

とたんに孝太は膨れっ面になった。俊の脚にしがみついて、「はあちゃん」に言い返す。

「や！　すーちゃんとおはなしすんのー」

「だけど、おやつが冷たくなっちゃうわよ？　ね、すーちゃんとはまた会えるから」

「やーなの！　いや！」

「ごめんね孝太くん。でも、今日はもう無理なのよ」

弱りきった声を耳にして、俊はようやく違和感に気づく。

「はあちゃん」がここまで露骨に俊と孝太を引き離しにかかったのは、これが初めてなのだ。

目が合うなり困ったように視線を逸らされて、ひどく厭な予感がした。

「もしかして、渡辺さんから何か言われました？　おれと孝太を近づけるな、とか」

「いえ、そうじゃないんです。そうじゃなくて、あの」

慌てたように手を振った「はあちゃん」は、数秒言い淀《よど》んだ後で思い切ったように俊を見上げてきた。孝太を憚《はばか》るように、声を落として言う。

「こんなこと、わたしから言っていいことかどうかよくわからないんですけど。槙原《まきはら》さん、疑われてるみたいだから」

え、と瞬いた俊を見上げて、ほんの少し首を傾げてみせた。

「回覧板で、回って来なかったですか？　ここ最近、隣町で変な事件が続いてるんです。下校時間の通学路とか、昼間の公園に変な人が出るって」

「変な人？」

「小さい子に声をかけたり、連れ去ろうとしたり。今のところは誰かが気がついて未遂で終わってるんですけど、……その人が、髪の長い若い男の人だってことで」

反射的に、俊は首の後ろで束ねた髪に手を当てた。

カットハウスに行くのが面倒なのと、この界隈《かいわい》でいい店を見つけることができずにいたせいで、俊の髪は今は肩に届くほどになっているのだ。

「孝太くんの幼稚園の保護者は、槙原さんのことも孝太くんが懐いてることも知ってるから、別人だろうって仰《おっしゃ》ってるんです。だけど、みんながみんな、槙原さんのことを知ってるわけじゃないでしょう？　それで」

「ああ、……わかりました。だから、か」

ここ数日、外出するたびに妙に視線を感じていたのだ。その多くが子連れの女性や地域の年寄りだったところからすると、確かに注目されていたのかもしれなかった。

「んじゃ、あれだな。真っ昼間に出歩かない方がいいかな？」

軽く言ってみたのに、「はあちゃん」の表情は緊張したままだ。ほんの少し怪訝に思って、その後で気づく。

彼女の肩越しに、近所の住人と覚《おぼ》しき女性が数人、寄り集まってこちらを見ていた。視線が合うなり露骨に顔を背け、そのくせその場に留まって盗み見るような目を向けてくる。

不審者扱いにはある程度慣れているが、今回はそれとはまるで雰囲気が違う。疑うのではなく犯人を見つけたというような、ぞっとするような色を感じた。

「教えてくれて、ありがとう。じゃあ、おれはこれで」

「はあちゃん」に挨拶をし、孝太の頭をぽんと叩いてから、俊は外出を中止してアパートに引き返した。

……つまり、俊と話すこと自体が「はあちゃん」や孝太にとって好ましくないわけだ。

背中で自宅の玄関ドアを閉じながら、さらに気が重くなった。

とりあえず、当分の間は出歩くのはナシだ。買い出しはネットの宅配に頼んで、昼間に出かける時にはタクシーでも使った方がいいかもしれない。

そういえば、孝太の幼稚園に出た不審者が見つかったという話も聞いていない。だとしたら、地域をあげての不審者探しになっているのかもしれなかった。

疑われるのはけして気分のいいものではないが、弁解したからどうなるというものでもない。部屋にこもり外部との接点を減らすことで、疑いが晴れるのを待つしかない。

思い決めて、俊は気晴らしの散歩や外での買い物を諦めた。必要なものはネットの宅配で購入しながら、仕事に専念することにする。

そうして過ごし始めて四日目に、思った以上に事が大きく、手に負えなくなっていることを知った。

徹夜明けで仕事を一段落させ、そろそろ寝ようと支度を始めた昼前に、アパートの隣に住む大家が訪ねてきたのだ。

「まだ寝てたのかね」

「はあ……いや、昨夜から寝ずに仕事をしてたので」

玄関先に出た後で、俊は自分が部屋着兼寝間着のスウェットを着ていたことを思い出す。胡乱そうな大家の視線に愛想笑いを返すと、仏頂面で「回覧板を見たか」と訊かれた。曖昧に否定すると、大家の老人が用意していたらしい紙片をぺらりと突き出して見せる。

最初に目についたのは、「不審者に注意」の太文字だった。その下にはいくつかの情報が箇条書きで記されており、末尾には「見かけた方、心当たりがある方は警察に連絡を」との赤字が躍っている。

「はあちゃん」が言っていた回覧板だと、一目でわかった。

「ご近所で、これはあんたさんじゃないかって話になってるんだけどね。本当のところはどうなんだろうね？」

「違います。確かに昼間から出歩いてますけど、それは仕事とか生活サイクルの関係で」

即座に言い返した俊を、しかし老人はひどく胡散臭そうに眺めてきた。

「それはまあ、こっちとしてもうちの店子《たなこ》さんがそうだとは思いたくはないんだよ。だけど、他にそれらしい若い男は見あたらないとみんなが言うんだ。それにあんたさん、よく近所の子どもと遊んでるらしいじゃないか」

「それは、この間までバイトで子守りをしていたからです。バイトが終わったので、今はもう遊んでいません。知り合いの子に出会ったら挨拶するくらいです」

「そうは言っても、変質者はすぐに出ていってほしいって声もあって、うちとしてはねえ」

「だから、人違いです。第一、おれがその変質者だっていう証拠でもあるんですか？」

俊の問いに、老人はあからさまに厭な顔をした。

「あんたさんの知り合いの子っていうのは、隣の渡辺さんとこの坊主かね」

「……そう、ですけど」

「余計な世話だとは思うが、あの坊主に関わるのはやめてくれんかね。せっかく決まりかけた縁談がこんなことで駄目になるのも忍びないだろう」

「縁談て何ですか。そんなの、おれには関係ない……」

「渡辺さんと、瀬戸さんとこの娘さんに縁談があるんだがね」

突きつけるような言葉に、俊は返答を失った。それを睨《にら》むように見上げて、大家は言う。

「男手ひとつであんな小さい子を育てるのは、到底無理があるんだよ。どうなるものかと思っていたら、瀬戸の娘さんが仕事で坊主の世話をするという。見ていればなかなか似合いの美男美女だ。そろそろまとめてやろうかと思っていたところだったんだ」

いったん言葉を切って、老人はほんの少し声のトーンを低くする。

「あんたさんが、坊主を口実に瀬戸の娘さんにちょっかいを出してることは聞いておる。それだけでも迷惑なものを、年端もいかない子どもにまで妙な真似をされては困るんだよ」

「待ってください。おれはそんな、ちょっかいなんか」

「だいたい渡辺さんも渡辺さんだ。坊主をあんたさんみたいなのに預けたりするから、こんなことになる。そのくらい、わかりそうなもんだろうに」

言い返す暇も与えず文句をつけたあげく、大家はじろりと俊を見上げた。

「とにかく、うちではもうあんたさんに部屋を貸す気はない。敷金は全部返すから、とっとと次を探して出ていってくれ」

「そんな、待ってください。おれは」

「変に揉めるのは厭なんでね。いつまでも居座るなら、駐在さんに届けさせてもらうよ」

半ばそう言い捨てて、足音も荒く帰っていった。

閉じたドアを見つめたまま、俊は呆然とする。仕事部屋に引き返し、デスクの前の椅子に崩れるように腰を下ろした。

（敷金は全部返す）

つまり、そこまでしてでも俊を退去させたいわけだ。同時に、「はあちゃん」と渡辺の間がどうやら本決まりらしいと知って、今度こそ気が重くなった。

次の部屋を探すにしても、今は時期が悪い。インターネットで探してみても、希望の広さと家賃がうまく折り合う物件はなかなか見つからず、それを言い訳にさらに日が過ぎていく。

外出をやめて十日目の夜に、インターホンが鳴った。

今日は、宅配が届く予定はなかったはずだ。居留守を使おうかと思ったが、相手が大家や町内の関係者だった場合、バレた時の印象がさらに悪くなるのは必至だ。

仕方なく、俊はのろのろとインターホンの受話器を手に取る。直後に耳に入った声の思いがけなさに、一瞬呼吸が止まった。

受話器を置いて、すぐさま玄関先に走った。チェーンを外すのももどかしくドアを開くと、仕事から帰ったばかりらしいスーツ姿で渡辺が立っている。

まともに声を聞くのも顔を見るのもずいぶん久しぶりで、危なくその場で泣きそうになった。頬の内側を噛んでどうにか堪えていると、渡辺はいつもの無表情さで言う。

「これを渡しておく」

「あ、……ありがとう。わざわざ、ごめん」

短い言葉とともに受け取った回覧板に視線を落として、自分の顔が強ばるのがわかった。

例の、「不審者」のお知らせだったのだ。

「妙な噂が回っているようだな」

え、と顔を上げると、渡辺はまだそこにいた。相変わらずの無表情さで、けれど今はきちんと俊を見据えている。

「大家と町内会長と幼稚園には、こっちがあんたに子守りを頼んで、その関係で子ども連れでいたことを話しておいた。勝手だとは思ったが、あんたがれっきとした会社員で、形として在宅勤務になっているだけだということも伝えてある」

思いも寄らない言葉に、俊は大きく目を瞠った。勝手に、口から言葉がこぼれる。

「え、……あの——あんた、が？」

「子守りのきっかけは、孝太があんたに懐いたからだっただろう。それを理由にあんたが疑われるのは、こっちとしても心外すぎる」

「そう、なんだ。その、ありがとう」

もっと他に言い方があるはずなのに、うまく言葉が見つからなかった。戸惑いながら頭を下げた俊を見下ろして、渡辺はぼそりと言う。

「余計なことだとは思うが。その髪、切ったらどうだ」

え、と俊は束ねていた髪の根元近くを摑んだ。

「たかが髪と言っても、短くするだけでずいぶん印象が違ってくるはずだ。今度変質者が出た時に、向こうの髪が長ければ疑いも逸れるんじゃないのか」

「あ、うん、そうかも。その、ありがとう」

礼を言った俊に頷いてみせて、男はあっさりと踵を返した。話は終わったとばかりに出ていこうとする背中へと、俊は思わず声をかける。

「あのさ、いい話が決まりそうなんだって？」

「……？」

怪訝そうに、渡辺が振り返る。物問いたげな顔つきに押されるように、俊は言葉を続けた。

「はあちゃんと、結婚の話が出てるんだろ？　よかったじゃん。これで孝太も安心するだろうし、あんたも仕事に専念できるしさ」

渡辺は、しばらく無言だった。奇妙なものを眺めるような視線で俊を見た後で、小さく息を吐くのが聞こえてくる。

「……何の話かわからないな」

「え、でもさ、この間そう言っ……」

「他に何か用でも？」

問いをあっさりと遮られて、その先が続けられなくなった。目の前で閉まったドアを見つめたまま、俊はその場にしゃがみ込む。

きりきりと、胸の奥が痛かった。

槙原俊

以前と同じと言えなくても、ふつうに話しかけてもらったと思った。それだから、もしかしたらと期待したのだ。

友人は無理でも、ただの隣人になら戻れるかもしれないと。

けれど、どうやらそれは間違いだったらしい。

ただ、以前の義理を果たしてくれただけなのだ。四角四面なあの男らしい、個人的感情とは別の部分での行為だったのだろう。

「……寝よ」

下手に考えるとさらに落ち込みそうで、俊はとぼとぼと奥の部屋に引き返す。

ずっとかかりきりだった仕事が、先ほど上がったばかりなのだ。ここ何日も睡眠時間を切り詰めていたから、さすがにかなり疲れている。

「ああ、そっか。……引っ越し先、探さないとな……」

シャワーと着替えを終えてベッドに腰を下ろすなり、そんな言葉が口からこぼれていた。

小さく息を吐いて、俊はそのままころりとベッドに転がる。

ぐずぐずと居座ったところで、もうこの部屋にいられないことは確かなのだ。それに——あの時の大家の物言いでは、下手に俊が居座ると渡辺に迷惑がかかるかもしれない。

天井の明かりを落とさなければと気がついて、ベッドの上で身を起こした。その拍子に、枕許に積んでいた本が崩れてシーツの上に散らばる。拾い上げ、床に積み直す途中で、本の間に折り畳んだ紙片が挟まっていたことに気がついた。

「……？」

怪訝に思い開いてみれば、そこには半角のカタカナがところ狭しと並んでいる。何だったかと首を捻《ひね》りながら最初の部分を読んでみて、それがいつか渡辺や孝太と行った遊園地での「占い」の結果だと気がついた。

折り畳んで持ち帰ったものの、まともに見ないうちに本の間に紛れてしまっていたらしい。手持ち無沙汰に細かいカナ文字を目で追って、俊は思いがけなさに目を見開く。

シートがふたり並びになっていたのも道理で、あれは相性占いも兼ねていたようだ。一番下の段落の冒頭に、「ケンイチ　ニジュウキュウサイ　ト　スグル　サンジュウイチサイノ　アイショウ」という文字があり、そこから数行の文章が続いている。

そして、結果の相性は「最悪」だった。曰《いわ》く、そもそもの性格が合わないため、あなたは相手について行けず、相手はあなたに対して苛立ってしまう。何かにつけて相容《あいいれ》れないため言い合いになりやすく、よほどうまくやらない限り長続きしない――。

一読するなり、俊は紙片を丸めて放り出す。ゴミ箱を大きく外れた紙玉はいびつに転がって、ローテーブルの下に入り込んでいった。

ぼんやりとそれを眺めて、あの時の渡辺が結果を見もせずに捨てていたことを思い出した。友人が無理でも、隣人に戻りたいと思った。その気持ちに変わりはないけれど、俊はそれは無理だとどこかで知っていた。

自分の気持ちをきれいに隠しきることができるほど、器用にできていないのだ。遠からず、渡辺は俊の本心に気づくだろう。そうしたら、今度こそ何もかもが終わってしまう。

そもそも、「恋人」気取りで何年もスペアをやっていたような人間など、最初からまともに相手にしてもらえるはずがなかった。

「……どうせ、ぞーきんみたいなもんだしな」

自分の声が、やけに自嘲《じちょう》気味に聞こえた。もう一度寝返りを打って、俊はローテーブルに背を向ける。

あれ以降、伸也からのメールはきれいに途絶えた。一度だけメールが届いたが、それは結婚式への出席の可否を訊《たず》ねるだけの簡単なものだった。もちろん即座に欠席の意を伝えて、それきり俊からも何の連絡もしていない。

あちらもこちらもお目出度《めでた》いことだ。皮肉ではなくごく素直に、俊はそう思う。

どちらにしても、未練の残らない結果でよかったのかもしれない。そう自分に言い聞かせながら、心臓の奥が何かに刺されるように痛むのだけはどうしようもなかった。

20

翌日は、恒例の出勤日だった。

早めに支度をして、俊はアパートを出た。電車の後は徒歩で会社に向かい、いつものようにビル内のエレベーター前に立つ。

ボタンを押そうと指を伸ばしかけて、また生島《いくしま》と鉢合わせたらどうしようかと思った。今の精神状態ではかなりまずいと自覚して、指を引っ込め階段へと向かう。息を切らしてようやく目的の階に辿りつき、エレベーターホールに出るなり驚いたような声がした。

「槙原くん？　ええ、階段上ってきたの!?　うっわ、若いなあ」

タイミングがいいのか悪いのか、ちょうど喫煙所で加藤《かとう》が休憩中だったのだ。

「はあ……少し、運動不足が気になったので」

「わかるなあ。何ていうか、体力って少し動かないと、急降下ってくらい簡単に落ちるよねえ。釣瓶《つるべ》落としみたいな感じ。ま、それは秋の夕日の話だけど」

飄々《ひょうひょう》と言って、加藤は煙草を指に挟んだ手で器用に眼鏡《めがね》をかけ直す。何を思ってかにっこりと笑い、自販機に向かった。わざわざお茶をセレクトして、俊に差し出してくれる。

「あ、すみません。あの、金を」

「いいよ、そのくらい。頑張って階段を上ってきた若者に敬意を表して奢《おご》り。希望があれば煙草も進呈するけど、どうする？　まだ禁煙継続中？」

「……継続中です。っていうか、もう辞めました」

孝太や渡辺と関わることがなくなった以上、煙草を控える理由はない。わかっているが、今さらまた吸おうという気になれなかったのだ。

「了解。あ、でももう少し僕に休憩させてねー。何だか今日は忙しくて、ろくに煙草吸えなくてねえ」

「はあ。……いいですよ、どうぞ。おれは先に行って、準備しておきます」

苦笑して踵を返そうとした、その肘を摑まれた。え、と思った時には軽く引っ張られて、俊は加藤の隣に座らされている。

「まあ、そう言わずにつきあってよ。ひとりで煙草するのは寂しいからさ」

「え、でもおれ、今日は出勤日で」

「だからここでミーティングにしましょう。そうそう、前回に槙原くんが出してくれたプログラムが先方の要望にちょうどよかったみたいだよ。おかげで無事に目処《めど》がついた」

「……そうなんですか？」

満面の笑顔で言われて、俊は曖昧に笑う。

「そうなんです。ちなみに、絶賛してくれたの、渡辺さんだよ。槙原くんのお隣さん」

「え……？」

「前回、槙原くんに提出してもらった奴。あれ、渡辺さんとこの仕事だったんだよ。打ち合わせた時に一発ＯＫが出て、その後で日を改めて他のと一緒に向こうのシステムに組み替えて、もちろん動作も問題なしだったんだけど、あの人って結構完璧主義なところがあるっていうか、すこーし細かいんだよね。それが、いっさい文句なしだった」

目を瞠ったままの俊を見て、加藤はきょとんと首を傾げる。

「あれ。聞いてない？」

「……ないです。その、隣っていっても生活サイクルが違うから、まず会うこともないし。社外で仕事の話をするのも、どうかと思うし」

「ああ、そっか。それもそうだよね」

あっさりと納得してくれた加藤が、ようやく満足したのか短くなった煙草を灰皿でもみ消す。腰を上げ、俊を促した。

「それじゃあミーティング終わり。デスクに帰ろうか」

頷いてついて行ったものの、どうにも集中できなくなった。自分でもまずいと自覚して、俊はいつも以上に丁寧にメモを取る。

「あ、そうだ。悪いけど、暮れになる前にもう一日出勤してくれる？　クリスマス明けでいいからさ。年内最後ってことで」

軽い口調に「わかりました」と返して加藤と別れた時には、自分でもどうかと思うほど疲れきっていた。

駅前まで戻ったところで、全国展開している不動産屋の看板を見つけた。そういえば引っ越しをと思い出して、俊はそのままガラスの扉を押す。営業時間終了間際だったにもかかわらず丁寧な応対をしてもらったこともあって、小一時間ほどで新しい部屋を決めた。

「内覧とか、現場を見なくてよろしいんですか?」

「いいです。とにかく急ぐので」

意外そうに言う不動産屋に即答し、その場で必要な支払いをすませた。電車に乗って最寄り駅に戻り、ついでにと自宅アパート横の大家の自宅に立ち寄る。胡乱な顔で出てきた老人に、四日後に退去する旨を告げた。

「すみませんけど。おれが出ていくことは、当日まで誰にも言わないでもらえませんか」

怪訝な顔をした老人に、これだけはと声に力を込めて言った。

「孝太が――渡辺さんところの坊主が懐いてくれてるから、ギリギリまで知られたくないんです。だから」

何か思うところがあったのか、老人は案外にあっさりと応じてくれた。それに丁重な礼を言って、俊は部屋に戻る。

いったん決めてしまえば、後は行動するだけだ。翌日から俊は準備にかかり、捨てるものを片っ端から紐《ひも》で括《くく》り、持っていくものを分類して段ボール箱に詰めていった。所定のゴミの日を狙って、不要品をゴミ捨て場に積み上げていく。

吹っ切れたせいか、驚くほど迷わなかった。残すことにした家具はパソコンデスクと揃いの椅子を始めとした仕事用のものばかりで、それ以外は食器棚もローテーブルも、窓際に置いていたダブルベッドも捨てた。ついでとばかりにリネン類からサニタリー用品、衣類と片っ端から処分していき、引っ越し前日には部屋のそこかしこがすっからかんになっていた。

引っ越し当日は、幸いにも朝からよく晴れていた。

朝の定刻に渡辺と孝太が出かけていく音を、キッチンの窓越しに聞いていた。それから小一時間ほどで業者がやってきて、昼過ぎには俊は新居への引っ越しを完了した。

簡単な荷ほどきを終え、時間を見計らって、俊はいったん新居を出た。最寄りの駅から電車に乗って、退去してきたばかりのアパートへと向かう。

師走に入った町はかなり冷え込んで、コートを羽織っていても首すじが寒かった。一週間前よりもさらに透明度を高くした空は、そろそろ夕暮れの色に変わり始めている。以前にたびたび孝太と歩いた道すじの樹木はきれいに葉を落として、鋭くなった枝々のシルエットがアスファルトに落ちていた。

時刻は、そろそろ午後四時半を回る。児童公園で遊んだ後で、孝太が帰ってくる頃だ。

……渡辺に会う勇気はなかったけれど、俊に懐いてくれたあの子どもにだけは、きちんと挨拶しておきたかったのだ。

聞こえてきた笑い声にほっとして、俊はアパートの門扉を押す。その音が耳に入ったのか、中庭で遊んでいた子どもが跳ねるように振り返った。

「あー！　すーちゃんだ、おしごとおわったー？」

飛びついてきた孝太は見慣れない、真新しいコートを羽織っていた。はずみでずれかけたフードを直してやりながら、俊は声を改める。

「あのさ、孝太に話があるんだ」

「はなし？」

きょとんと見上げてくる子どもの前にしゃがみ込んで、俊はゆっくりと言った。

「俺な。急に用ができたから、当分孝太に会えなくなりそうなんだ」

「……きゅうよう？　なあに？　なんであえないの？」

とたんに、孝太は不安げに俊を見上げてくる。その頭をそっと撫でて、俊は苦笑した。

「大事なお仕事で、どうしても遠くに行かなきゃならないんだよ。それで」

「おしごとなの？　どうしてもなの？」

「うん。だからさ、これ、お守り」

言って、俊はポケットから取り出したキーホルダーを孝太の目の前にぶら下げて見せる。

孝太が大好きな、テレビ番組の戦闘ヒーローのものだ。シリーズの中でも一番好きなものを探してきた。

「おまもり？」

「そう。孝太がずっと元気で、いい子でいられますようにってお守り。これ、好きだろ？」

うん、と頷いた孝太の手を取って、小さな手のひらにキーホルダーを載せた。幼い仕草で見下ろしていた子どもが、手の中のそれをそっと撫でるのを見届けて、俊はほっと息をつく。

「おれの代わりな。たぶん、こっちの方がおれより強いぞ」

冗談めかして言ったとたん、孝太がびくんと顔を上げた。俊を見上げたまま、幼い顔をふにゃりと歪める。

「かわりいらないのー。すーちゃんがいいの」

「馬鹿、泣くな！　男の子だろ！」

小さな両肩を摑んで、咄嗟に口から出たのは渡辺がよく言う言葉だ。条件反射でかぐっと唇を嚙んだ子どもを覗き込んで、俊は声を柔らかくする。

「ずっとじゃねえよ。さっき言ったろ？　当分の間って」

「とーぶんの、あいだ？　すーちゃん、かえってくる？」

「孝太がいい子にしてて、おれが頑張って仕事を終わらせたら、だけどな。だから、いいか？　今度会う時まで、お守りは失《な》くすなよ？」

「うん」と頷く孝太の仕草は、幼い分だけ一生懸命だ。大きく見開いた目尻に残った涙の粒を指先で拭ってやって、俊は「よし」と笑ってみせる。

「偉いぞ。約束したからな？」

うん、ともう一度頷くのを見届けてから、俊はようやく腰を上げた。少し離れた場所で物言いたげな顔で見ていた「はあちゃん」に近づき、用意していた封筒を差し出す。

「すみません。これ、渡辺さんに渡してもらえますか？」

「え、……あの？」

「今、孝太にやったもののこととか。いろいろ、書いてあるんで」

言いながら、半ば無理矢理「はあちゃん」の手にそれを押しつけた。

「すーちゃん、さん……？」

「すみません、おれ、これから急用があるからこれで。――じゃあな、孝太。またな？」

最後のつもりで、じっとこちらを見上げていた孝太に近づいた。しゃがみ込み、くせのある髪を押さえるようにフードの上からわさわさと頭を撫でてやる。

「すーちゃん、こんど、いつ？」

「さあ。けど、約束したからな。待ってられるよな？」

不安げに、それでも「うん」と頷いた孝太がそれ以上何か言う前に、俊は早足にアパートの敷地を出た。振り返った先、濃くなった黄昏《たそがれ》の向こうで手を振っている子どもに応じてから、急ぎ足で歩き出す。

孝太の声が聞こえた気がしたけれど、振り返らなかった。やってきた流しのタクシーに乗り込んで、俊はシートに凭れかかる。

渡辺への手紙は、ほんの数行だ。先ほど孝太に渡したキーホルダーのことといろいろ世話になった礼と、挨拶せずに引っ越すことの詫び。その末尾に、署名だけを入れた。

これで、全部が終わりだ。もう、渡辺や孝太に会うこともない。

仕事上の繋がりは残ることになるが、俊が在宅勤務でいる限り直接に関わることはない。渡辺から連絡してくる理由も、ない。

すっきりしたと言うよりは、空っぽになった気分だった。その感覚を押さえ込んで、俊はただ、黄昏に沈んでいく町並みを見つめていた。

21

新しい場所での生活に馴染むのは、呆れるほど簡単だった。

そもそもの生活スタイルは少しも変わらないのだ。ただ居場所が変わっただけだから、馴染むも何もないというのが本当のところなのかもしれない。

年末を目の前にした、今月は三度めになる出勤日に俊がふとそう言うと、加藤は驚いたような顔になった。

「え、また引っ越したの？　いつの間に⁉」

「今月の頭です。不動産屋で部屋見つけて四日後には移りました」

「四日後⁉　何でそんな芸当ができるの？　信じられないんだけど！　っていうか、引っ越してたこと自体、今初めて聞いたんだけど！　え、あれ？　連絡先とかは」

「今回は携帯は変えてないです。住所の方は、前回来た時に総務に変更申請しました」

俊の言葉に、加藤は意外そうに目を見開いた。ややあって、ふわりと笑う。

「そうなんだ？　じゃあ、その髪の理由も訊いていいかな？」

指摘されて、俊は思わず襟足《えりあし》に手を当てる。短く切った髪の先の感触に、まだ慣れない自分に苦笑した。

「何となく、鏡を見て邪魔だと思ったので。短くするの久しぶりだからお任せで頼んだんですけど、似合いませんか」

何となく切らずにいたつもりだったが、考えてみればそれも伸也の影響だったのだ。就職したての頃、仕事が忙しすぎて切りに行く暇がなかった時に言われた一言がきっかけだった。

（髪、長い方が似合うよ。伸ばしなよ。僕はその方が好きだな）

そんな些細な言葉にすら、何の疑問もなく言いなりになっていた。渡辺の言う通り立派なスペアか、さもなければ操り人形のようなものだったとつくづく思う。

「いやいや、よく似合うよ。前よりも今の方がずっといい。いつ切ったのかな」

「十日ほど前です。適当に、目についた理髪店で」

「そっか。理容師さんの腕がいいんだな。――そうだ、槙原くんに報告があるんだけど」

改まって、加藤が言う。何となく居住まいを正した俊に目を細めて、にこりと笑った。

「飲み会で一緒になった時に、生島さんに訊かれたよ。槙原くんはどんな調子なのかって」

「え、……？」

「元気なのかとか、仕事の方はどんな感じかとか。僕が見た感じ、心配して気にかけてる感じだった。それでまあ、僕もお酒が入ってたんでいろいろ訊いてみた」

何を、と思ったのが顔に出たらしく、加藤が苦笑する。けろりと言った。

「例の噂はどこまで本当なのか、ってそのまんまズバリね。ついでに、槙原くん本人に生島さんにパワハラでも仕掛けられたんじゃないかって訊いたことも言ってみた」

「……！　あのっ――」

「ちなみに、その時の槙原くんが生島さんは全然悪くなくて、何もかも自分のせいだって言ってたのも付け加えておいたよ。そうでないとフェアじゃないからねえ」

「ふ、フェアって、そういう問題じゃあ……何でそんなこと言ったんですか⁉」

言いながら、全身から血の気《け》が引いた。青くなった俊に、加藤はいつもの笑顔で言う。

「気になるから。僕のよくない癖なんだよねー。酒が入ると特に、口が軽くなってねえ」

「室長、わかってますか⁉　生島さんは本来、本社の人であって、今後の査定とかも――」

「あ。僕のこと、心配してくれるんだ？」

妙に嬉しそうに、顔を覗き込まれてしまった。言葉もなく口を開閉する俊を眺めて言う。

「嬉しいなあ。でも大丈夫だよ。僕も、実は全然心配はしてなかったしね」

「ど、うしてですか！　確かに生島さんは公正な人ですけど、何もわざわざおれの話なんかしなくても」

「うん？　だから、そうやって槙原くんが生島さんを庇うからさ」

即答に、俊は返答を失った。それへ、相変わらずの笑顔で加藤は言う。

「社内で生島さんの噂を集めてみたんだけど、つくづく評判いい人なんだよね。エンジニア受けするのもだけど、部署を問わず嫌ってる人がまずいない。だからたぶん生島さんは噂通りの人で、槙原くんとは本人同士じゃないとわからない事情があったんだろうと思って」

声もなく見返した俊に、加藤は笑顔のままで付け加える。

「生島さん。複雑そうな、少し困った顔してたよ。――ってことで、僕の報告は終わり。じゃあ、また次回……は年明けてからだなあ。まあ、元気で良いお年をだね」

気が抜けるような笑顔に送られて、俊は落ち着かない気分で第四企画室を出た。足許が数センチ浮いた気分で廊下を歩き、喫煙所を兼ねた休憩所のベンチに腰を下ろす。

煙草はいらないが、一服したい気分だった。ブラックの缶コーヒーを買ってプルタブを引き、ちびちびと口に運ぶ。ぼんやりと眺めた先で、エレベーターの扉が開くのが目についた。缶を握る手が止まったのは、そのエレベーターの中に大柄な体軀《たいく》——生島を認めたからだ。ほぼ同時に向こうも気づいたらしく、驚いたように目を見開いている。

まともに視線がぶつかったと思った、その瞬間に俊は腰を上げていた。長椅子に缶を置き、その場で深く頭を下げる。ひと呼吸置いて顔を上げると、閉じていく扉の隙間から、生島が確かに俊を見つめて片手を挙げたのが見えた。

見覚えのある、少し困ったような——けれど、確かに笑みを含んだ、顔だった。

「……——」

閉じた扉の横で、エレベーターの階数表示が下がっていく。それを眺めながら、崩れるようにその場に座り込んでいた。

(生島さんに訊かれたよ。槙原くんはどんな調子なのかって)

(僕が見た感じ、心配して気にかけてると思った)

先ほどの加藤の言葉を思い出して、気持ちの底で固く強ばっていた結び目がふわりとほどけていくような気がした。気を緩めると視界が滲みそうで、俊はどうにかそれを飲み込む。缶の中身を空けてから、帰途に着くべくビルを出た。

戸外は完全に冬一色だ。クリスマスもとうに終わった今、街は歳末セールと新年の準備でどこも忙しくなっている。それを横目にコートの襟をかき寄せながら歩いて、駅前にある百貨店へと向かった。

町中に出るのは久しぶりだったから、少し店を冷やかしてみたくなったのだ。

――伸也からは、あれきり見事に音沙汰がない。とうに結婚式は終わったはずだが、共通の知人がいないせいもあって情報もこない。おそらく向こうから関わってくることはないだろうが、保険のつもりで伸也のナンバーとアドレスは着信拒否の設定にしておいた。

もう二度と、以前のような理由で携帯電話の買い換えはしないと決めたのだ。そんなふうに「逃げる」のではなく、その都度にきちんと決着をつけていく。

デパートの入り口を入ったところで、出ていく間際の客とぶつかりそうになった。寸前で避《よ》けた相手に「失礼」と謝罪されて、俊は思わず足を止める。遠ざかっていく背中を、まじまじと見送ってしまう。

明らかに、別人だ。疑うまでもなく、姿は似ても似つかない。

なのに、たった四文字の言葉の響きが、驚くほどあの男――渡辺に、似ていたのだ。

気を取り直しエスカレーターに乗って、俊は一か月前まで隣人だった男と、その子どもを思い出す。

渡辺のことはもちろん忘れていないし、情けないことに吹っ切れてもいない。むしろ、離れてからの方がより気持ちが濃くなっている気がする。

会いたいと思うし、それが無理なら顔を見るだけでも、声を聞くだけでもいい。そんな衝動に襲われて、自分で自分を持て余すことも多い。

それでも、不思議なことに他の誰かを探して気を紛らわせようとは欠片も思わなかった。もっと移り気なたちだと思っていたが、どうやら自分は案外にしつっこい性格らしい。たぶん、本当に忘れてしまえるまでは、まだかなりの時間がかかりそうだった。

それでもいいと、今は思うのだ。何も気づかずスペアとして過ごしていた以前のことを思えば、現状は確かに俊が、自分自身で選んだものだった。

書店でゆっくり本を選んでいたせいで、百貨店を出る頃には外はネオンが鮮やかに瞬《またた》いていた。腕時計の時刻は午後六時を回っていて、それなら夕食もすませて帰ろうと目についたチェーンの居酒屋に足を向けた。

週末だからか、店内は混んでいた。カウンター席ならすぐだと聞いてそこでいいと返すと、待つほどもなく案内される。脱いだコートを椅子にかけ、メニューを眺めてひととおりオーダーをすませた。

その時に、横から聞き覚えのある声がしたのだ。

「……槙原？」

え、と目をやって、俊は思いがけなさに目を見開く。

「仁藤《にとう》……？」

カウンター席の左隣、ほんの少し身を乗り出したら肩が触れ合うほど近くに、大学の頃につきあいが途切れた元友人がいたのだ。

滅多にない偶然に驚いたのは、向こうも同じだったようだ。些《いささ》か気まずそうに「久しぶり」と言われて、俊はわざと軽く返す。

「久しぶり。こっちはここで夕食なんだけど、おまえもそう？」

「ああ。――おまえは、ひとり？」

「見ての通り。そっちもだろ」

俊よりも少し前に来たらしく、仁藤の前のカウンターには半分以上が手つかずの料理があった。ビールジョッキの中身も、三分の二ほど残っている。

「そういや仁藤は今、どこで何やってんの？」

この席で何年も前の気まずさを引きずる気になれず、俊はわざと軽い口調で言う。同じ気持ちだったのか、仁藤はあっさりと勤務先を明かした。大手電機メーカーで営業をやっているのだという。お返しのようにこちらの状況を聞かれた俊が社名を告げて在宅勤務していると口にすると、仁藤は意外そうに眉を上げた。

「何で在宅勤務なんだ？　事情でもあるのか」

「前はあったけど、今はどうかな。そろそろ通常勤務に戻らないかって話はあるから、考えてるところだけど」

そうなのか、と返して友人はジョッキの中身を呷《あお》る。逡巡《しゅんじゅん》した後でぼそりと言った。

「そういやさ、おまえまだ金森《かなもり》とはつきあいがあるのか？」

「ない。っていうか、結婚するっていうから別れた。おれ、不倫する気はないから」

どうせ仁藤も知っているだろうと、わざと軽く言い切った。運ばれてきたビールジョッキを手に、まずは一口喉を潤す。

今夜別れたら、まず会うこともない相手だ。それに――俊のことをどう思っていたにせよ、簡単にこうしたことを言い触らす相手ではないとも思う。事実、仁藤は大学二年の時点で俊の性的指向を知ったはずだが、それが周囲に広まる気配はなかった。

しばらく黙って俊を見つめた後で、仁藤は躊躇いがちに言う。

「金森の結婚式。河野《こうの》先輩が出たってよ」

「そうなんだ。あれ、仁藤と河野先輩って、ずっとつきあいがあったんだ？」

河野は同じ大学の先輩で、伸也とは個人的に親しかったはずだ。その河野と、かなり露骨に俊と伸也を避けていた仁藤の間でまだ親交が続いているとは思ってもみなかった。

「あるっていうか、河野さんて同じ会社の先輩だもんよ。そんで、まあ……金森がすっげえ荒れてるって聞いてさ」

何とも複雑そうな顔で言われて、俊はきょとんとする。からになったビールジョッキを手に怪訝に見返していると、呆れ顔の仁藤から「お代わりは？」と訊かれた。

「あ、いる。おまえは？」

「オレも頼む。料理は？　それで足りるのか」

「今のところはいいよ」

わかった、と返した友人が手を挙げて店員を呼ぶ。ビールの追加を頼んでから、おもむろに俊を見た。

「ずーっと可愛がってたお気に入りに逃げられて、とんでもなく荒《すさ》んでる。――ってのが、河野先輩の言い分」

「へえ、そうなんだ。誰なんだろな」

「誰って……そりゃ、おまえのことなんじゃないの？」

躊躇いがちに、けれどはっきりと名指されて、俊は即座に否定した。

「それはナイ。おれはただのスペアだからさ」

「スペア？」

「都合のいい代用品。あいつって常に同時進行で相手が複数いたから、その中の誰かなんじゃないか？　あいにく、具体的に誰だかは知らないけどさ」

笑いながら言ったせいか、仁藤はやけにまじまじと俊を見る。

「それで金森と別れたとか？」

「いいや？　不倫での継続希望してきたのを却下しただけ。まあ、ちょうどいい機会だったんじゃないかな」

軽く言って、俊はジョッキを置いた。箸《はし》を取って、今度は腹を満たしにかかる。

仁藤は、しばらく迷うように黙っていた。ややあって、ぼそりと言う。

「大学ん時からずーっと待っててくれて、絶対自分から離れないと信じてこの上なく可愛がってきたのに、結婚すると言ったら豹変《ひょうへん》して他に男作って逃げた。……ってのが、金森の言い分だったらしいぞ？」

「……はあ？」

文字通り唖然《あぜん》とした俊に、畳み込むように続ける。

「金森さ。飽きっぽい上に浮気性なんで、大抵の相手は続かなかったろ？ 大学在学中だけでも、まともに続いてたのは槙原だけなんだってさ。河野さんから聞いた」

「ああ、……それはそうかも」

「それに、おまえがあの頃から金森に特別扱いされてたのは事実だろ」

「特別、ねえ」

そう言われても、今となってはあまりいい気はしない。顔を顰め考えを巡らせていると、仁藤が脇でぼそりと言う。

「あそこまであからさまだったら、よっぽど疎くてもわかるだろ。大事な大事な俊には寄るな触るな近づくな、って態度だったしさ」

「うーん。これでも一応、気づかれないようにしてたつもりなんだけどな」

「おまえはね」

語尾のアクセントに厭な予感を覚えて、俊は仁藤を見やる。ほんの少し気まずそうに顎を引いて、友人は言った。

「真面目な話、金森は全然隠してなかったぞ。まあ、見た目美形で人当たりのいい人気者っていうか有名人だったから、性格がアレでも許されてたんだろうけどさ。何となくまわりが丸め込まれるっていうか、いつの間にか術中に嵌《は》められてる感じだったし。……けど、そっか。おまえ知らなかったのか。まあ、台風の目だったから無理ないかも」

「台風の目って何」

「渦中ど真ん中にいると、かえって気づかないって話」

即答して、友人は指先でこめかみを掻《か》く仕草をした。息を吐いて言う。

「どうやら本気で別れたらしいし、もう時効だろうから言っとくわ。おまえ、途中から大学で何となく孤立してたろ。それ全部、金森の差し金だぞ」

思いがけない言葉に、俊は手を止めた。

「何だよそれ。どういうこと？」

「自分のお気に入りは、徹底して自分だけのものにしておきたかったんじゃねえの？　家族だろうが友達だろうが、一瞬でも自分より優先するものがあると許さねえの。大学ん時につきあっちゃ別れてた理由って、大抵ソレだったらしい」

「――」

「懺悔《ざんげ》する代わりに言うけど、今思うとオレは完全にあいつに嵌められてたんだよなあ……おまえに近づかないようにってさ」

初めて聞く話に、俊は改めて友人を見る。何度か言い淀んでから、仁藤は思い切ったように言った。

「大学ん時に、喧嘩別れする前にさ。おまえにDVD借りる約束したろ？　オススメだっていう邦画の時代モノ」

「ああ、うん。それが？」

「おまえ、その時に本当にオススメ貸してくれた？」

慎重な問いに頷きながら、俊は怪訝に眉を顰める。

俊が好きな監督の若い頃の作品だが、当時にしても年代の古いもので、なかなかレンタルでも見かけない。周囲に知る人も少なかったから、雑談の時に仁藤に「是非観たいから貸してほしい」と言われた時には喜んで応じることにしたのだ。

「じゃあさ、その時にDVDを金森経由でこっちに渡してきたのは何で？」

「何でって……夏休み前でバイトとか休講が重なって、しばらく会えなかったろ？　いつでも渡せるように持ち歩いてたら、あいつが観たいから貸せって言い出したんだよ。仁藤が先約だって断ったら、今日は一日大学にいるから仁藤を捕まえて渡すって持って行かれた」

仕方なく、俊は仁藤にその旨メールをしたのだ。そういえば、その時に仁藤からの返事は来なかったと覚えている。

「……あのな。オレんとこに来たのは、まあ間違っても親兄弟には見せらんねーような、野郎同士のソレもんだったたんだけど」

聞いた瞬間、今さらながらに血の気が引く思いがした。慌てて、俊は友人に向き直る。

「何だそれ。そんなもん、おれは貸してない！　そもそも持ってもないいんだけど⁉」

「いや、けどオレが金森に『俊から』って渡されたのはソレだけ。で、ほぼ同時におまえから金森にＤＶＤ預けたってメールも来た。返事のしようがなくて困ってたら、今度は金森から連絡が来たんだよな。俊のオススメはむやみに観ない方がいいって、忠告みたいな形で」

「……忠告？」

うん、と仁藤は頷く。何かを思い出すようにこめかみを掻いた。

「そんで、まあ……俊は実はそっちの人で、オレを狙っているって教えられた。下手に隙は見せない方がいいとか、少し距離取っておけとかいろいろ。わかってたのにうっかり預かって渡した自分が悪かった、ごめんとか謝られて、その日のうちに金森がＤＶＤ回収に来たんだよ。その時に、金森もおまえに迫られて困ってるって聞かされた」

「——……」

予想外の内容に、俊は啞然と隣の友人を見つめる。

「嘘だろうと思って、おまえにメールした。ＤＶＤありがとう、金森に返しておいた、って奴。そしたらおまえ、面白かったろとか興奮しただろとか、今度会ったらゆっくり話そうとか返してきたろ？　その時点で脳味噌がパンクした。ちょうど夏休みだったから、しばらく間を置こうと思ったんだ。そしたら、今度はメールも電話もできなくなった」

前を見たまま続ける仁藤の横顔を、俊は黙って見つめる。

「休み明けにおまえに会った時は、もう直接問いただす気力も度胸もなくてさ。そういうのをこっちに望まれても無理なんで、近寄らないようにしようと思った。そうやってるうちに、おまえに何で避けるんだって問いつめられたわけだ」

友人の声を聞きながら、俊はあの時の伸也の様子を思い出す。

次に借りると言っておきながら、結局伸也はＤＶＤを観ていなかった。「やっぱりこういうのは無理」の一言で返して寄越したあの作品は、それなら仁藤には届いていなかったのだ。

「言い合いになって絶交みたいになって、けどやっぱり何となくおさまりが悪い感じはしてたんだ。あれから何度か、おまえと話そうと思った。そうしてるうちに、おまえと金森がつきあってるって聞いて、ああやっぱりって感じで、結局そのままになったんだよな」

自嘲混じりの声を聞きながら、俊はふいに生島のことを思い出す。

……そういえば、生島の態度が変わったのも、偶然に伸也と出くわした後のことなのだ。

あの日、俊は仕事終わりに生島に夕食に誘われて一緒に出かけた。伸也には、今夜は遅くなるから部屋に来ないよう連絡した。

当時伸也は気が向くとふらりと俊の部屋にやってきて、食事もせずに帰りを待つことがあったのだ。

伸也からの返信は早かった。

(わかった。どのあたりに行くの?)

そして、俊はさほど深く考えることなく、生島から聞いていた店の名前をメールで送り返した。伸也が女性連れで同じ店に入ってきたとき、俊と生島はすでに食事を始めていた。

「…………」

何となく、ぞっとした。

そう——あの時も同じようにぎょっとしたのだ。そんな様子に頓着《とんちゃく》したふうもなく、伸也は笑顔で俊に声をかけてきた。

(ここに来てたのか。偶然だなあ。……あ、こんばんは。僕、槙原の友人の金森と言います)

名乗って名刺を差し出した伸也と、一瞬戸惑った様子の生島はその場で名刺を交換する形になった。さらに、伸也は混んでいるから相席させてくれと言い出した。むろん生島は快く応じて、その後は奇妙な食事会の様相を呈してしまったのだ。

後日、それを咎《とが》めた俊に伸也はあっさりと、「偶然だよ」と笑った。

（俊からのメールに気がつかなかったんだ。友達からあそこは美味《おい》しいって聞いて、彼女が行きたいって言うから行ってみただけで）

でも、と反駁《はんばく》しかけた俊に、茶化すように言ったのだ。

（それにしても、ずいぶんいい男だったね。噂の「生島さん」）

……果たして、あれは本当に「偶然」だったのだろうか。

あの時には素直に信じていた言い訳が、今になってひどく不自然に思えてきた。

どちらにしても、ひとつだけはっきりわかったことがある。

伸也は、俊にいくつもの嘘をついていたのだ。そうして、友人として親しくしていた仁藤を俊から引き剝《は》がすことに成功した――。

「あのさ、ひとつ訊いていい？　昔のおれって、仁藤に色目使ってた？」

「へ？」

「別れ際に、あいつから言われた。おれが、誰彼かまわず色目使ったから、みんな離れてったんだってさ」

とたんに仁藤は複雑な顔つきになった。長く言い淀んでから、吐き出すように言う。

「……いや、少なくともオレに関しては、ソレはない」

「けどおまえ、最後の喧嘩の時にそれっぽいこと言わなかったっけ」

「言った。けど、それはオレの不徳のいたすところ、だな。白状するけど、おまえが『そう』だって聞いてから、こっちの方がヤバい目でおまえのこと見てた、と思う」

予想外の言葉に、俊は瞬く。

よっぽど言いづらいのか、仁藤はそっぽを向いたままだ。

「ろくに話さなくなった後で、おまえとはちゃんとふつうの友達づきあいだったのを思い出したんだよ。けど、どう言うんだか……下手に一緒にいたら何かしでかしそうな気がして逃げた。ってのが真相」

「……何だよそれ」

「だから、不徳と若気の至り。断じてその気《け》はない、はずなのに変に意識してたんだよな。悪かった。おまえのせいじゃないのに、厭な思いをさせた」

潔く、頭を下げられた。数秒ほど友人の頭のてっぺんを眺めてから、俊は苦笑する。気配で気づいたのか、そろりと仁藤が顔を上げる。目が合うなり、ほっとしたように表情を緩ませて言った。

「けどなあ、こっちの身にもなれよ。危なくアイデンティティ崩壊するかと思ったぞ」

「それは、あれだよ。当事者として、どっちだったと思う？」

「どっちって何が」

問い返す友人に、俊はわざとにっこり笑ってみせる。

「おれがあんまり可愛いんで迷ったか、単純に一時の気の迷いか」

「どっちでも勘弁してくれ。……まあ、本当に悪かったよ」

最後にもう一度付け加えられた謝罪に、俊は軽く笑って見せる。

「ありがとう。ほっとした」

「何が」

「誰彼かまわず色目振りまいてたら、この先どうしようかと思ってたんだよ。下手に友達も作れないだろ」

冗談めかした言葉で、わざと話を打ち切った。すぐにそれと察してくれたのか、後の話題は互いの近況や共通の知り合いのその後に流れて、久しぶりに楽しく過ごした。明日の早朝から年内最後の出張に出るという仁藤に合わせて、午後九時過ぎに店を出た。

地下鉄の仁藤とJRの俊では、店を出てすぐに別れることになる。何となく名残惜しく先に支払いを終えて待っていると、暖簾《のれん》をくぐって出てきた仁藤が思い切ったように口を開く。

「惜しいな。できれば、もう少し一緒に飲みたかったんだけど。――なあ、そっちの連絡先、教えてくれないか」

思いがけない言葉に「え」と目を見開いた俊に、友人は真面目な顔で言う。

「できればもう一度、友達としてつきあいたいんだ。おまえがよければ、だけど」

「……ありがとう。あのさ、例のDVD、観る気があるなら今度こそ貸そうか？」

「ヤバめの奴？」

茶化すように言った仁藤に、軽く肩を竦めて見せた。

「そんなわけあるか。言ったろ、ふっるいチャンバラ映画だっての」

「だったら観る。年内は無理だけど、年明けにでもまた連絡するよ」

軽い調子で言った友人と連絡先を交換し、また今度と言い合って別れた。ネオン街を突っ切るように駅に向かいながら、俊は友人から貰《もら》った名刺を大切に手帳に挟み込む。

手帳を押し込んだポケットの中で、指先に携帯電話が当たった。何気なく取り出し開いてみて、俊はぎょっとする。

着信を知らせるマークが、画面に出ていたのだ。

打ち合わせの前にマナーモードにしたまま、すっかり忘れていた。慌てて着信履歴を開いてみて、俊はさらに啞然とする。

画面いっぱいに、同じ名前が並んでいた。一分おきにかかってきたその履歴の名前は、もう二度と連絡が来るはずのない――けれどどうしても削除できなかった相手のものだ。

渡辺研一《けんいち》。

「……っ、何で、？」

つぶやいた時、いきなり手の中で携帯電話が震えた。危なく取り落としかけたのをあわてて持ち直して、俊はひとつ息を飲む。

画面に表示された名前は、たった今確認した不在着信と同じものだったのだ。

しばらく画面を眺めた後で、俊はおそるおそる通話ボタンを押す。

「――はい、……？」

『……っ、――』

耳に入ったのはいくつかの雑音と、小さな声だ。幹線道路沿いで聞く車の音と、クラクション。そして、幼い声のしゃくり上げ――。

「……孝太？」

考える前に、その名前が口をついて出ていた。とたん、通話の向こうの嗚咽《おえつ》が大きくなる。

幼い小さな声が、やっとのように言葉を紡ぐ。

『すー、ちゃ……、どこお……？』

「孝太⁉　どこにいるんだおまえ！　お父さんは？　一緒じゃないのか⁉」

『おとー、さ……、おとーさん、いないのー。すーちゃ、どこ？　どこにいるのお？』

追いつめられたような声に、先ほど目にした着信履歴を思い出す。敢《あ》えて声を落として、俊はいつもの口調を保った。

「孝太？　すぐ迎えに行くから大丈夫だ。そこ、どこだかわかるか。誰か知った人が近くにいるか？　そこから何が見える？」

……渡辺や「はあちゃん」が傍についているなら、ああまで何度も電話をかけてくるはずがない。何より、この時刻に屋外に——しかも幹線道路の音がこれほどはっきり聞こえるような場所にいるはずもない。

夜八時には、必ず孝太を布団に入れる。それは渡辺と孝太の間での決まり事で、どんな場所にいようとも揺らぐことはなかったはずだ。

つまり、孝太は今「ひとりで」「自宅以外の場所に」いるということになる。

『だーれも、いな……っ、まっくらなの、くるまがいっぱい、わかんないっ……』

「いいか、落ち着け。まわりをよく見てみな。赤いランプとか見えないか？　おまわりさんがいる場所だ。駐在さん、わかるよな？」

『わ、かんない、あかいの、しんごう……？　すーちゃ、こわいよ、おとーさん……』

要領を得ない内容とその向こうで聞こえる音に耳を澄ませながら、俊は周囲を見渡す。

「よしわかった。落ち着いて、息吸って吐いてみな。今、どっか痛くしてないか。しんどいとこないか？」

『いたく、ない。でも、まっくらー……こわいー……』

駅へと続く繁華街はネオンサインこそ鮮やかで人通りも多いが、肝心の目当てはなかなか見つからない。息が切れるまで走って、ようやく駅の構内で公衆電話を見つけた。泣き声の孝太にそのまま待つよう伝えて、俊は手にした鞄から仕事の書類を引っ張り出す。

公私混同と咎められようが、今は緊急事態だ。迷わず番号を押して待つと、すぐに相手は捕まった。

『あれえ？　どうしたの槙原くん、こんな時間に。何、もしかして食事の誘いとか？』

残業中だろうに暢気《のんき》な声で言った加藤に、俊は咳《せ》き込むように言う。

「すみません、別件の私用です。あの、渡辺さんの連絡先はわかりますか!?」

『うーん？　向こうの社の代表番号と、……ああ、社用の携帯電話のナンバーなら。あいにく個人のはわからないんだけど、どうしたの』

「すみません、すぐ連絡してもらえませんか!?　今、渡辺さんとこの幼稚園児の坊主が、渡辺さんの個人携帯握ったままで迷子になってます！」

とたんに通話の向こうで加藤が息を飲む気配がした。

『うぇ!?　何それ、本当!?』

「こんなことで嘘言ってどうすんですか！　今、おれの携帯に坊主から電話が来てます。音からすると、たぶん幹線道路沿いにいます。ひとりで泣きながら歩いてます！　急いで連絡してくださいっ」

『わかった。すぐ連絡してみるよ。槙原くんの携帯にかけるよう伝えるから、待ってて』

「え、いやあのこっちに連絡じゃなくて――」

こちらの言葉をろくに聞かず、加藤は通話を切ってしまった。

途方に暮れて再度携帯電話に耳を当てると、こちらでは孝太が必死に嗚咽を堪えている。

携帯電話にキャッチホン機能をつけておいたことに、心の底から感謝した。

意図的に、俊はゆっくりと孝太に声をかけた。

「……孝太？　よく聞けよ。いいか？　これから、お父さんからおれのところに連絡が来る。その時に、一度この電話の音が切れるぞ」

『き、るのや……きっちゃ、やーっ！』

「切らない。音が途切れて、その代わり音楽が聞こえるだけだ。これからすーちゃんとお父さんとで、孝太を迎えに行く相談をする。その間、ほんのちょっと待ってるな？」

『おむかえ、……きてくれるの？　すーちゃん、おこってない……？』

だって、と孝太はしゃくりあげながら言う。

『やくそく、したのに。すーちゃんがきてくれるまでまってるっていった。なのに、ごめんなさい、こわれちゃっ……』

「怒らない。怒ってない。ただ、心配してるだけだ」

ゆっくり言い聞かせるように言った時、孝太の声に混じって小さなノイズがした。

キャッチが入った知らせだ。おそらく通話の向こうで焦《じ》れているだろう渡辺を思いながら、俊はもう一度孝太に言う。

「いい子だ。ちょっとだけ辛抱しろ。孝太ならできるよな？」

うん、という返事を聞いてから、俊は通話を切り替える。とたん、ひどく焦った声がした。

『加藤さんから連絡を貰った。孝太は⁉　今、どうしている⁉』

「泣いてるけど怪我《けが》はないと言ってる。目印を探すように言ったけど、今は暗いし見当たらないらしい。音からすると、たぶん幹線道路沿いになる」

『……っ、それだと探しようがない！　わかった、もう一度警察に――』

珍しく取り乱したように言う男へ、俊は思いついて言った。

「一応確認。孝太さ、あんたの携帯を持って歩いてる。あんたの携帯、ＧＰＳ機能はついてない？」

とたん、通話の向こうが無言になった。ややあって、思い出したように言う。

『ついている。すぐに調べてみる、また連絡する』

言うなり、ふつりと通話が切れた。

その後は、ひたすら通話越しに孝太を宥《なだ》めて励まし続けた。合間に何か見えないか、交番はないかと声をかけて数分後、またしてもキャッチが入る。

渡辺からだった。俊の居場所を聞いた後で、孝太がいるはずの地名を口にする。

『すまないが、向こうの警察に保護を依頼しておくから迎えに行ってくれないか。俺もすぐにそっちへ向かうが、あんたの方がかなり近い』

「了解。行くなと言われても行くよ」

即答して、すぐさま駅のロータリーへと向かった。客待ちのタクシーに飛び乗り、先ほど渡辺に教わった地名を口にする。急ぐよう頼み込んで再度携帯電話を持ち直し、孝太にその場から動かないよう伝えた。

22

泣き疲れてぼんやりとなってしまった孝太を目にした瞬間に、渡辺はそれこそ今にも泣くかと思うような表情を見せた。待ち合わせ場所にした駅前の交番で、子どもを抱えて待っていた俊の許に駆け寄ってくる。

孝太、と呼ぶ声に子どもが顔を上げる。掠れた声を上げて、伸ばされた腕にしがみついていった。父親に頬を掴まれ、無事を確認するように顔や身体を確かめられて、とうとう泣き出してしまった。

その様子を、俊は少し離れた場所から見ていた。

叱りつけるとも言い聞かせるともつかない言葉を口にする渡辺の腕の中で、その袖にしがみついていた手がいきなりかくんと下に落ちる。ぎょっとして駆け寄ると異変に気付いた渡辺も子どもの顔を覗き込むところで、気配に気づいたのか俊を見上げてため息を吐いた。見れば、孝太はくったりと頭を父親の腕に乗せて目を閉じてしまっていた。

安らかな、寝息が聞こえた。

「限界らしい。寝たようだ」

「あー……それはそうかも」

渡辺のコメントに、俊はつい苦笑する。

ひとりきりで五時間以上の大冒険をした上に、いつもの就寝時刻はとうに過ぎてしまっているのだ。完全に熟睡してしまったようで、渡辺が抱き直しても目を覚ます気配はなかった。

そのままの格好で、渡辺は応対してくれた警官に礼を言った。自宅近くの交番にも無事保護の連絡を入れてもらったと知って、改めて頭を下げる。

例の不審者の件があるためか、向こうでは警察や「はあちゃん」の勤務先になる事務所、それに町内を巻き込んでの大捜索になっていたらしい。それぞれの代表にも連絡を入れながら、渡辺は片時も孝太を離そうとしなかった。

「ありがとうございます。……はい、それはまだ後日に。本当に助かりました」

最後の電話を終えるなり、渡辺は目に見えて疲れた様子になった。警官にもう一度礼を言い、交番を出てから俊はそろりと声をかける。

「大丈夫？　おれ、代わろうか」

「いや。あんたも疲れてるだろうからいい。寝入ると重くなるからな」

そう言う渡辺こそ、見るからによれよれなのだ。羽織ったコートの下のスーツは乱れ、ネクタイも緩んでぶら下がっている。

なりふり構わずで、子どもを探していたのだ。揃って疲れはてた風情の父子をこのまま帰す気になれず、俊はそろりと言ってみる。

「あのさ、……よかったら少し休んで行かないか？　うち、この近くだから」

「――」

「孝太もだけど、あんたも一服して少し横になったらいいよ。ひどい顔してるし、このまま帰るのもきついだろ」

この駅から俊のアパートまでは、沿線沿いのふた駅先だ。そして、俊は今回の引っ越しで、わざと前のアパートの最寄り駅から乗り換えの多い土地を選んで移ってきた。

乗り換えの多さに加えてダイヤの繋ぎが悪く、待ち時間も微妙に長いのだ。寝入った子どもを抱えてその道のりを帰るのは、どう考えても無理があった。

「……あんたは、それで構わないのか？」

「いいよ、別に。気楽なひとり住まいだしさ」

わざとさらりと言って、俊は渡辺の腕からずり落ちかけていた孝太のリュックサックを取る。駅前のタクシー乗り場で父子を先に乗せ、最後に乗り込んで行き先を告げた。

「……孝太は、どのあたりにいた？」

「駅近くのコンビニの傍だって。ゴミ箱の間に隠れてたらしい」

「隠れて？」

「おまわりさんに見つかったら連れ戻されると思ったみたいだ。そう言って泣き出した」

目的の駅に着いてすぐに、俊の携帯にキャッチで着信が入ったのだ。渡辺からで、駅前の交番に孝太が保護されたという連絡だった。安堵《あんど》半分心配半分で駆けつけると、交番のど真ん中で泣き叫んでいた子どもが、それこそ鉄砲玉のように俊の懐に飛び込んできた。

警官の説明によると、孝太はコンビニエンスストアの明かりがぎりぎりで届かないゴミ捨て場の奥で、丸く小さくなって蹲《うずくま》っていたらしい。警官が声をかけて宥めても、怯《おび》えて泣き叫ぶばかりだったという。

（すーちゃんに、あいに、きたの。ごめんなさい、しなきゃいけないの……）

しゃくりあげる子どもを受け止めて、俊は交番の警官に礼を言った。もうじき着くと連絡してきた渡辺に無事会えたと答えて、後はずっと孝太を抱いていたのだ。

三人が俊のアパートに帰りついた頃には、時刻は二十三時を回ろうしていた。

タクシーの精算をすませ、先に外に出て、渡辺から子どもを受け取った。無意識にかしっかりしがみついてくる体温を懐かしく思いながら、俊はアパートの階段を上る。

渡辺に頼んで鍵を開けてもらい、先に立って部屋に入った。寝室のベッドに孝太を下ろし、何かかけるものをと腰を上げかけたとたんに、くいと袖を引かれる。

孝太が、俊のコートの袖を握りしめていたのだ。すっかり寝入っているはずなのに、握った指を離す様子がない。確か前にも同じことがあったと思っていると、背後でため息まじりの声がする。

「……あんたは孝太についていてくれ。俺が動く。何をすればいい？」

「あ、じゃあ悪いけどそこに毛布があるから出してもらっていいかな。枕……はおれのだと孝太には合わないだろうから、チェストの下の段にあるバスタオルも一緒に」

即答で了承して、渡辺はすみの押し入れに手をかける。開いた中から毛布を引き出し、チェストを引き開けた。

その様子を、俊はひどく珍しいもののように見上げていた。

――自分で誘っておきながら、渡辺がここにいるのが信じられないのだ。腕の中の子どもにもこの男にも、もう会うことはないと思っていた……。

バスタオルで即席の枕を作り、孝太をベッドの真ん中に寝かせ直した。新しい毛布をかけてやった後で、そういえばシーツはそのままだったと気づく。換えた方がいいかと思ったものの、これ以上動かして起こすのもどうかと思えて見逃してもらうことにした。

寝入った孝太の額を、渡辺がそっと手のひらで撫でている。そのとたん、半分泣きべそだった顔が安心したように緩んだ。小さく息を吐いたかと思うと、俊の袖を握りしめていた小さな手がはたんと毛布の上に落ちる。

その手を取って、俊は毛布の中に入れてやった。それから、傍らの渡辺にこそりと言う。

「悪い。ベッド狭いから、あんたと孝太、ふたりは無理かも。――毛布出すから、畳の上でもいいかな？」

「構わない。……その前に、何か飲ませてもらっていいか？」

「いいよ。んじゃ、とりあえずここ出ようか」

声と足音を潜めて、大人ふたりは隣の居間に移った。

「ここはまた、ずいぶん広いな」

「仕事部屋が欲しくて、広い物件を探したんだ。築年数があるから、広さの割に家賃は安くて助かってる」

2LDKの「LD」の部分がむやみに広く、天井の中央に仕切り用らしいカーテンレールがあったのだ。そこにカーテンを下げて、床がフローリングになる「L」部分を仕事部屋にした。残りの和室にそれぞれベッドとテレビを置いて、寝室と居間にした形だった。

「何にする？　コーヒーだと寝られなくなるから、あったかい麦茶でも出そうか？」

「いい。あんたはそこで座っててくれ。キッチンを使っても構わないなら、俺がやる」

え、と瞬いた俊をよそに、渡辺はスーツの上着を脱いだ。丸めて畳の上に置くと、許可を求めるように俊を見る。

「あの、いいよ？　ここおれん家だし」

「あんたも走り回ったんだ。ずいぶん疲れただろうから、そのくらいさせてくれ。……迷惑なら、無理にとは言わないが」

四角四面に言われて、相変わらずなのだと笑いが漏れた。怪訝そうな顔になった男に、俊は笑いながら言う。

「んじゃ、お願いします。湯沸かしはレンジの下、お茶とかコーヒーはシンクの抽斗《ひきだし》の二番目にあるから、どれでも好きに使っていいよ」

「わかった」

即答して、渡辺はキッチンに入っていった。軽く周囲を見回してから、湯沸かしに水を入れスイッチを押す。抽斗を開けてから、今度は食器棚を見上げた。

「湯呑みが見当たらないようなんだが、どこかに収めたのか？」

「ああ、ごめん。湯呑みは一個しかないんだ。同じ棚にカップがあるから、それ使ってもらっていいかな」

応じた男が、食器棚から湯呑みとカップを取り出す。それを眺めながら、俊は思い出す。

「あのさ、そういやあんた、はあちゃんに連絡した？」

「事業所に連絡したから伝わるだろう。明日にでも謝りに行ってくる。どうやら、孝太は計画的に脱走したらしいな。――コーヒーを淹れても構わないか？」

「ああ、うん。おれは平気。それより、その計画って何」

湯が沸くまで手持ち無沙汰になったのか、男はひょいと振り返る。居間の入り口にいた俊に、軽く眉を上げて見せた。

「夕方になって、児童公園に忘れ物をしたと言い出したんだそうだ。どうしても取りに行きたいと泣いてゴネて、初音さんが根負けした。公園で一緒に探してほしいと頼み込んで、その隙にバスに乗ったらしい」

「バスに？　って、え？　でも孝太、交通費とか」

「子ども料金をしっかり持っていたようだな。駅前で降りて、——たぶん時間的にはそこであんたに電話を入れた。ところが捕まらなかったから、とにかくあんたに会いに行こうとしてか、追っ手に捕まるまいとしてか、そこでまたバスに乗ったらしい。俺の携帯電話は、たぶん朝のうちにどこかに隠しておいたんだろう」

予想外の言葉に、俊は一瞬絶句する。

「隠して、って……」

「今朝、出掛けにいつもの場所になかったんだ。急いでいたし、家の中にあると思ったからそのまま出勤した。まさか、あれが持ち歩いているとは思わなかった」

念のため教えてあった会社の電話番号に「はあちゃん」がことの次第を報告してきた時も、彼女と合流し児童公園や駅周辺を探し回っている時も、まさか孝太が携帯電話を持ち出しているとは思いもしなかったのだそうだ。そもそも孝太にとって渡辺の携帯電話は「触ってはいけないもの」のはずで、興味津々に覗き込んでいることはあっても、けして手を出すことはなかったのだという。

言われてみれば、いちいちその通りだ。俊の部屋にいる時の孝太も、自分のオモチャ以外のものを無断で触ることはまずなかった。

「けど、携帯の使い方がよくわかったな。おれの番号も、孝太が見つけたってこ——」

言いかけて、俊は思わず言葉を止める。

代わりのように、渡辺がため息まじりに言った。

「俺が昔使っていた携帯を、遊び用に渡してあったんだ。通話はできないが、一応電源は入る。そういえば、使い方も教えたな。ついでに、機種変更はしたがメーカーは変えていない。おまけに孝太は携帯電話が好きで、自宅で俺が使う時は傍にくっついてよく見ていた」

「うっわ。そりゃ、扱いくらい覚えるよ」

同じメーカーの携帯電話なら、操作方法は大きくは変わらないはずなのだ。

「あんたの名前は、表札を見て覚えていたんだろう。スグルの文字は難しいと言っていたが、マキハラの方はすぐ覚えたんだ」

「……それ、いつの話？」

そろりと問うと、渡辺は本気で困った風情になった。ぼそぼそと言う。

「部屋の前で倒れていたあんたを拾って、そう間がない頃だ。覚えた後は言わなくなったから忘れていた」

「あーらら……」

――それなら、渡辺は自分の携帯電話から、俊のナンバーを削除していないのだ。改めてそう認識して、それだけで嬉しくなっている自分に呆れた。

湯沸かしを手にした渡辺が、セットした紙パックに湯を落とし始める。漂ってきたコーヒーの香りにほっとして、俊はようやく肩から力が抜けるのを実感した。

トレイの場所を教える前に、男は両手にカップと湯呑みをそれぞれ手にして居間に戻ってきた。

「それさ。ダイナミックなやり方に、俊は思わず感心する。

「それさ。湯呑みの方、持ってて手、熱くない？」

「熱いな」

「だったらトレイ使いなよ。そのくらい、うちにもあるぞ」

わざと顔を顰めて言うと、渡辺は少し笑ったようだった。俊の横、やや離れて腰を下ろし、手に取った湯呑みを口許に運ぶ。止める間もなく、美味しそうに中身を啜《すす》った。

「あんたさ、一応客なんだから。カップの方、使えばいいのに」

「無理に押し掛けてきて客面する趣味はないな。――それより、ずいぶん食器が減ったようだな。前にあったカップはどうしたんだ」

「いらないからゴミに出した」

あっさりと返すと、渡辺はわかりやすく胡乱そうな顔になった。

「どうしてだ。それなりにいいものだったんじゃないのか？」

「高かったから、それなりにモノはいいよ。でも、おれが好きで選んだわけじゃないから」

さらに眉を顰めた渡辺を見ながら、俊は軽く笑う。

「前にあった食器や家具は、ほとんど伸也が自分で選んだ奴だったんだ。もう使わないから、引っ越しの時に全部捨てた」

「……捨てた？」

「そう。おかげで何もなくなった。いろいろ買い換えて貯金も減ったけど」

さばさばと言い放った、その内容で意味を悟ったらしい。目の前にある真新しいローテーブルをひと撫でして、渡辺は室内を見渡す。最後に少し開いたままの襖《ふすま》へと目をやった。

以前と変わらないのは、仕事周りだけなのだ。それ以外は家具はもちろん、カーテンや小物もすべて変わっている。先ほど孝太を寝かせたベッドも、新しく買ったシングルだ。

俊が処分を決めたものの殆《ほとん》どが、伸也が選んだ「お気に入り」だったのだ。意図したわけでなく積み上げられたそれらを眺めながら、俊はいつかの伸也の言葉の意味を思い知った。

(この部屋にあるものだって、全部僕の好みに合わせて買った)

伸也を、好きだった気持ちは本当だ。自分だけのものでいてほしいと思い、見苦しいほど嫉妬《しっと》しながら、けれど別れたくなくて「特別」という言葉にしがみつくしかなかった。

そうして過ごしている間に、確かだったはずの「好き」という気持ちはいつのまにか変質していったのかもしれない。友人もなく家族とも絶縁状態だった俊にとって、プライベートは伸也一色で――たぶん、渡辺と同じアパートに移った頃には、その気持ちは「失いたくない」という執着に変わっていた。

だからこそ、引っ越しを繰り返す間にも荷物を手放せなかったのだ。自分には必要のない家具や食器を後生大事に抱えたまま、言葉だけで「別れる」と騒いでいた。

伸也が本気にしなかったのも、当たり前だ。今、こうしてひとりになってみて、つくづくとそう思う。

無言で俊を見ている渡辺は、少し困った顔をしているようだ。それが可笑《おか》しくて、俊はさらに笑ってしまった。

「前のアパートで、最後に三人で鉢合わせしたろ？　あの時にはっきり別れ話をして、それっきり会ってない。結婚式の出席がどうこうってメールは来たけど、その後は何もないよ」

「別れたのか。本当に？」

「あ。疑ってるな？」

肩を竦めて突っ込むと、とたんに渡辺は気まずそうになった。短く謝罪されて、俊は苦笑する。湯気を立てるカップを手に取った。

「いいよ、別に。そう思われるのも無理もないし。あんたには恩もあるから」

「恩？」

「そう。あんたに言われなかったら、たぶんおれはあのまんま流されて、今ごろは妻子持ち野郎の都合のいい不倫用スペア間違いなしだったんだろうしさ」

言葉を切って、俊は改めて渡辺を見た。

「言おうと思って、言いそびれてた。あの時は、ありがとう。おかげで助かった。それに、スペアにも意地があることくらいは伸也にもわかったんじゃないかな」

「おい」

とたんにかかった声に、俊はにっと唇の端を上げてみせる。

「大丈夫。次を探す時は、ちゃんとスペア扱いしない人にする」

「次？　まだ見つけてないのか」

「……悪かったね。おれにもいろいろ事情ってもんがあるんだよ」

わざとふてくされた顔を作って言うと、渡辺はさらに困った顔になった。それを眺めながら今さらに、本当にこの男が好きだと思う。

けして、叶うことのない気持ちだけれど――自分には、まず手の届かない相手だったんだろうけれども。

「あのさ、孝太のことなんだけど」

気を取り直して、俊は話題を変えた。応じるように表情を変えた男に、真面目に言う。

「できれば、あんまりひどくは叱らないでやってくれないかな。その、今回のことっておれが余計なこと言ったせいだから」

「余計なこと？」

「うん。これ」

脱いだまま置いていたコートのポケットを探って、俊は手のひらに載るほどのティッシュの包みを取り出す。怪訝に見ている渡辺の前、ローテーブルの上でそっと広げてみせた。

その中に包まれていたのは、孝太が大好きな戦隊ヒーローのキーホルダーだ。別れ際に俊が「お守り」として渡したそれが、複数に割れ一部が欠けた状態になっている。

数時間前に交番で再会した時に、泣き顔の孝太がポケットからそれを取り出したのだ。顔をくしゃくしゃにして「ごめんなさい」と言った。

（すーちゃんに、もらった、のに。ぼくの、だいじなのに。こわし、ちゃっ……）

それを聞いた時に、孝太がこんな真似をした理由がわかった気がしたのだ。

「ずっと大事に持ってろとか、おれの代わりとか言ったから、孝太は気にしたんだと思う。約束を破ったのを、おれに謝ろうと思ったみたいだ。会った時、一番に謝ってきたから」

いったん言葉を切って、俊はティッシュの上のキーホルダーの欠片《かけら》を手に取る。そっと撫でながら言った。

「だけど、オモチャって壊れるもんなんだよな。そういう可能性も、その時に孝太がどう思うかも、おれは全然考えてなかった。だから、今回孝太を追いつめたのはおれだと思う」

「――……」

無言のまま、渡辺はテーブルの上にあるキーホルダーの残骸《ざんがい》を見つめる。ややあって、小さくため息を吐いた。

「初音さんに黙って抜け出したことと、携帯電話を勝手に持ち出して使ったことは叱るつもりだが、それ以外は咎めるつもりはない。第一、原因を作ったのはあんたじゃなくて俺だ」

「え、何それ」

「孝太はずっと、あんたに会いたがっていた。連絡してほしい、声だけでも聞きたいと何度もねだられた。それを、ずっと曖昧に引き延ばしていた」

自嘲気味に言って、渡辺はゆっくりと顔を上げる。

「そのキーホルダーの件もそうだが、それ以外にも理由があるはずだ。――あんたにクリスマスプレゼントをあげたいと、ずっと言っていた」

「クリスマスプレゼント……？　孝太が、おれに？」

言われて、すぐに思い出す。

移動中、俊にしがみついたまま何度か寝入りかけた孝太が、小さな声で譫言《うわごと》のように何かを訴えていたのだ。その中に、確か聞き覚えのある言葉があった――。

「……紙飛行機？」

俊の問いに、渡辺は苦笑する。

「遠くに飛ぶのができたら、すーちゃんにあげる約束をしたと言っていた。クリスマスに間に合わないと泣いてごねて、日を過ぎた後にもずっと気にしていた」

「――」

言葉もなく、俊はテーブルの上のキーホルダーの残骸を見つめる。

あの時の孝太の、嬉しそうな笑顔を思い出した。

(できたらねえ、いちばんにすーちゃんにあげる！　やくそく！)

その場限りの、他愛のない話だと思っていたのだ。それを、孝太は覚えていた。一生懸命に、あの小さな手で折り紙を折ってくれた。

思い切って、俊は渡辺を見つめた。ぶつかった視線を逸らさずに言う。

「あのさ、頼みがあるんだ。その、……時々でいいから、孝太に会わせてくれないかな。孝太がそうしたいって言った時だけでいいから」

まっすぐに見返してくる渡辺に、必死に訴えた。

「そう、長いことじゃないと思うんだ。小学校に上がったら友達もできるだろうし、そうしたら孝太の興味も他に移ると思う。だから、それまでだけでも」

「ちょっと待て。あのな」

「もちろん、あんたは来なくていいよ。責任持っておれが迎えに行くし、家まで送り届ける。あんたが望まないことはやらないし、バイトじゃないから金もいらない」

反論を押さえ込むように、俊は早口に続ける。

「あ！　一応断っとくけど、いくら今おれがフリーでも、未成年は対象外だからっ」

きっぱりと主張したら、かえって胡乱そうな視線を向けられてしまった。墓穴を掘ったらしいと察して、俊は必死に言葉を探す。

「いやあの、だから別に妙な下心はないって意味で、その確かにちょっとは下心あるけど、でもそれは孝太本人じゃなくてできたらちょっとでもあんたの手伝いがしたいだけで、えーともし金払いたいなとか思ってくれるんだったら、それよりもう一回友達になってくれたら嬉しいと思っ……」

自分でもまずいと思った言葉は、目の前の相手に手のひらで制されてようやく止まった。

渡辺が、大きく長いため息を吐くのが聞こえた。

23

「……だから、どうしてそうあんたは俺の周りをひっかき回したあげく、何もかも叩き壊していくんだ……」

胸の底から絞るように言われて、俊はどうしたらいいかわからなくなる。そろりと窺ってみれば渡辺は困惑しきった顔になっていて、やはり無理かと落胆した。

「あの、ごめん。やっぱりそういうの、迷惑かな。必要以上にあんたに近寄るつもりはないんだけど」

返答がないことに、かえって申し訳ない気持ちになった。慌てて、俊は身を乗り出す。

「本当にごめん。もういいよ、孝太にはおれがどっか遠くに行ったことにして、時々手紙出したりとかするから。たぶんそれで納得してくれる――」

「少し、黙ってくれないか」

「ハイ……」

真顔で遮られて、頷くしかなくなった。

神妙に座り直して、俊はちらちらと近くにいる男の横顔を眺めている。

――そうだった。この男はもうじき結婚するのだ。孝太もちゃんと懐いている、似合いの可愛い女性がいる。

そんな相手に、自分は何を口走ったのか。落ち着いてくると、いたたまれなくなった。

「あの、さ……迷惑なら、はっきり言ってくれていいよ？」

様子を窺うようにそろそろと言ってみると、ちらりと顔を上げた男に睨まれた。

「どうしてそう遠慮がちなんだ。この機会に押し切ろうとは思わないのか」

「いや、だっておれ、ゲイだし」

さらに顔を顰めた男に、俊は訥々と言う。

「そういうの、受け付けない人がいるのは当たり前だろ。特に、あんたみたいにちゃんと恋愛して結婚して子どもがいて、これから再婚しようって人から見たらさ、そりゃタダの変態さんだろうし」

「……あんたも大概だな。そこまで言っておいて引っ込んでいいのか。少しは相手につけ込んでやろうって気概はないのか？」

「キガイはないかもだけど、つけ込む気は満々にあるよ。だけど、そこまで本気で困られたらそういうわけにもいかないだろ」

真面目に、きちんと相手をしようとするからこそ、困るのだ。本音を言えば、ここで適当にあしらってくれるような相手なら、多少はつきまとっても許されるだろうと企《たくら》んでもいた。もっとも渡辺がそんないい加減なことをする男だったら、そもそも好きになったりはしなかっただろうけれども。

「いいよ、もう。やっぱり手紙と電話にしよう？」

わざと明るく、俊は言う。

「おれから孝太に説明するよ。仕事の関係でかなり遠くに引っ越すから、当分会えないって。その代わり手紙と、時々電話するくらいは許せよな。また家出されても困るだろ」

あっさりと言って、それで終わらせることにした。

黙って俊を見ていた渡辺が、ため息を吐く。ゆっくりと座り直してから口を開いた。

「……わかった。もう諦めよう」

「は？　何が」

唐突な言葉の意味がわからず首を傾げた時、いきなり肩を摑まれた。え、と思った時には強い腕に引っ張られて、渡辺の顎に額をぶつける形で崩れ込んでしまっている。

「え、ちょっ……どう──」

狼狽えて言いかけた、その言葉は半端なままで嚙みつくようなキスに飲み込まれた。予想外の事態にもがいた時には既に腰を抱き寄せられ、胡座《あぐら》をかいて座った渡辺の腕の中にがっちりと囚《とら》われている。

「ン、……っ」

近すぎる距離に息を飲んだ合間、無防備になっていた唇の奥を探られる。耳につく水っぽい音に目を見開くと、ピントが合わないほど近くで渡辺と視線がぶつかった。

頭の芯が、痺れたような気がした。奇妙に浅くなった呼吸を意識して、ようやく俊は歯列の奥で他人の体温が蠢《うごめ》いていることを知る。上顎を撫で、歯列の裏を辿って舌先に絡んできたそれが渡辺のものだと遅れて悟って、全身が蒸発するかと思った。

思わず上げたはずの声が、掠れくぐもって音になる前に消える。息苦しさに震えた唇を齧られ、やんわりと吸われて身体の芯がじわりと熱くなり始める。首の後ろを摑む手の感触と、腰をきつく抱き寄せている腕の強さだけを、奇妙なほどくっきりと意識する。

「ん、──待っ……」

ようやく呼吸を許された合間に言いかけた言葉は、狙ったように半端に封じられた。息苦しさに摑んだ袖に爪《つめ》を立てても、かえって嚙みつくように深くなるばかりだ。執拗《しつよう》なキスに溺《おぼ》れている間に、顎を擽《くすぐ》っていた指が喉を辿って胸許に落ちた。違和感に瞬き浅く息を吐いているうちに、無遠慮な手のひらにざらりと脇腹から胸までを撫でられる。

「……！　ちょ、待っ――」

必死に言いかけた言葉は、裏返ったように上擦った。見ればいつの間にか着ていたセーターの裾《すそ》をまくられ、そこに渡辺の腕が入り込んでいる。

「どうして」と問う声に耳朶を齧られでもしたかのように、ぞくんとするものが背すじを走る。その肩を改めて抱き取られたかと思うと、するりと動いた指先に胸許の一点を摘《つま》むように撫でられる。喉の奥から勝手に声がこぼれていた。

「……っ、いやちょっと待てってって！　あんた、何――」

前回のあの時には、布越しにすら触られなかった場所だ。その事実に狼狽えて、俊は必死に渡辺の手首を摑む。とたん、ふいに男が手を止めた。

まっすぐに見下ろしてくる視線に、どきんと勝手に心臓が跳ねた。

渡辺の表情と視線に、初めて目にする色を見つけたと思ったのだ。前回の、挑発的で一方的だったあの時とは違う、やけに静かで、なのに激しい――日常ではまず見せない、貌《かお》。

渡辺が口を開く様子が、スローモーションのように見えた。

「責任は取れ。……もちろん、俺も責任は取る」

「……責任、って何――」

どうにか絞った答えは半端なまま、寄ってきたキスに飲み込まれた。

首の後ろを支えられただけの、他には何の拘束もないキスだ。何かを確かめるように俊の上唇を齧り、下唇を吸ってさらに深くなる。

先ほどとは打って変わった焦らすようなゆっくりとした動きに、いつの間にか自分から唇を開いていた。歯列の合間を掠めるように撫でていく体温を捕まえようと、俊は無意識に男の袖を摑む指に力を込めている。

「……っ――」

浅い息を吐きながら開いた目に、天井の木目が映る。ざらりと髪が擦《こす》れる音を耳許で聞いて、ようやく俊は自分が居間の畳の上に転がっていることに――上に重なってきた渡辺の肩にしがみついて、長く続くキスに溺れていたことに気づく。

少し温まってきた手のひらが、やんわりと胸許から脇腹の肌を撫でていく。顎の下に食いついてきたキスに応じるように、思わず顎を上げていた。喉の尖りに歯を立てられて、本能的な恐怖とそれ以外の感覚に呼吸すらままならなくなる。

見開いた目に映るのは、やっと見慣れてきた自分の部屋だ。もう二度と会えないと覚悟して移ってきた場所で、その渡辺に抱き込まれていることが信じられない。

喉に歯を立てていたキスが、もう一度唇に戻ってくる。軽く啄んだかと思うと、今度は胸許の一点を指先でいじられた。揺れた腰を抱き直され、畳の上で髪の毛がこすれて音を立てる。浅い息を吐きながらぼんやりと目を向けた先、ほんの少しだけ開いた引き戸が目について、その瞬間にいきなり我に返った。

あの向こうに、孝太がいるのだ。

反射的に、縋《すが》っていた手を突っ張っていた。とたん、咎めるように胸の先にきつく歯を立てられて、痛みだけではない感覚に腰が小さく震える。

「待っ……だ、孝太が、起きたら――」

「前に言っただろう。一度寝たら梃子《てこ》でも起きないんだ。あれだけ疲れきってたら、すぐ傍で爆竹を鳴らしても起きないはずだ」

でも、と言いかけた声は、喉の奥で悲鳴に変わった。

いきなり、じかに下肢の合間を探られたのだ。

慌てて意識を向けてみれば、穿いていたはずのジーンズは前が開けられた上に膝までずり落とされている。

まるで気づかずにいた自分に唖然としている間に、胸許から喉を伝ったキスに顎を噛まれ、呼吸を塞がれた。

唇の合間から割り入った体温に、舌先を搦め捕られる。断続的なその動きに連動するように、そこかしこの肌に熱が溜まっていく。唇の合間で響く水っぽい音が下肢を煽るリズムに重なっていることを知って、頭に血が上るのがわかった。

ようやく唇が解放されても、荒くなった呼吸は静まる気配はなかった。

前回もそうだったが、どうしてここまで手際がいいのかと思った。こちらはとうにいっぱいいっぱいになっているのに、そもそも渡辺は同性相手は俊が初めてだろうに、ここまで躊躇いがないのが不思議としか言いようがない。

頭の中でつぶやいただけのその内容を、どうやら俊は全部口にしていたらしい。ふいに額をぶつけられて目を見開くと、呆れ顔で見下ろす男ともろに視線がぶつかった。

「こっちが慣れてるというより、あんたが慣れてなさすぎるんじゃないのか」

「え、……ええ？　いやあの、慣れてないってことは、な――」

俊が過去に知っているのは伸也だけだが、毎回朝までつきあわされていたことを思えば、けして淡泊ではなかったはずだ。それに伸也は何だか不要に好奇心旺盛《おうせい》なところがあって、妙なビデオだとか道具だとかを見せられ「試しに」使われた覚えもある――。

言い訳のようにつらつらと喋《しゃべ》ってから、見下ろす渡辺が本気で厭な顔になっていることに気がついた。まずいことを言ったとようやく悟って、俊は思わず手のひらで自分の口に蓋《ふた》をする。

「余計なことは言うな。考えるな。集中しろ」

「……ハイ。そーします……」

睨むように言われて、素直に黙るしかなくなった。沈黙の中、互いの息づかいや畳の擦れる音がやけに大きく聞こえて、俊は今さら自分が怖がっていることに気づく。

どういう気まぐれで、渡辺が何を思ったのかがわからない。触りっこのレベルであれば、試しにならアリかもしれない。

けれど——その先は、いったいどうするのか。ごくふつうに結婚して父親になった渡辺が、果たして同性の身体でその気になれるものなのか。

考えたくなくて、きつく目を閉じた。

顎を摑んだ指に、やんわりと頰を撫でられる。上唇に歯を立てられて、喉の奥が声にならない音を立てる。同じタイミングで下肢を煽る男の指を、火傷《やけど》したようにくっきりと感じている——。

ひきつる吐息を飲み込んだ時、いきなり上になっていた男が動いた。濡れた指先に腰の奥まった場所を探られて、俊はあまりのことに声を上げる。

「いや、ちょっと待って！　あんた何やっ……そこまでしなくていいって、言っ——」

「心配するな。事前にいろいろ調べた。あんた、あれは持ってるのか？」

即答に続いた問いの内容に、それこそ心臓が止まるかと思った。かちんと固まったままでそろりと首だけ上げて、俊は至近距離にいる男の顔を見つめる。

「その、訊いていいかな。調べたって、持ってるかって、それどういう……」

「いちいち訊くな。少しは察しろ」

え、と目を上げた俊の顎を摑んで、渡辺は額をぶつけるようにする。

「自分で、自分が信用できなくなったぞ。それは確かにあんたは面白いし可愛いとも思うが、それでも立派な男だろう。それがわかっていて、どうしてあそこまで気になるのか。こっちがどれだけ悩んだと思ってるんだ」

「え、あの、悩……って」

「だから言っただろう。責任は取れ」

怖いような真剣さで言い放たれて、呑まれたように頷いていた。間近にいる相手の顔にそっと指先で触れてみて、俊は答えを口にする。

「……わかった。責任、取る。取る、から」

それ以上は言葉が続かず、俊は上になった男の背中にしがみつく。応えるように強くなった腕に抱き込まれながら、これは本当に現実だろうかと頭のすみでぼんやりと思う。天井を見上げて喘ぐような呼吸を繰り返しながら、その合間に混じる自分の声が、細るように切羽詰まったものになっていくのを聞いている。

「……ん、……や、――だ、から、もう、い――」

いつの間にか摑んでいた男の髪が、断続的に揺れているのがわかる。同じリズムで響く水っぽい音と、息が詰まるような悦楽に、迷路に嵌《はま》ったように思考が溶けて、何も考えられなくなっていく。

無理しなくていいと言ったのに、そこまでしなくても大丈夫だと何度も訴えたのに——渡辺は先ほどからずっと、俊の脚の合間に顔を埋《うず》めたままなのだ。

声が、うまく言葉にならなかった。久しぶりとはいえもう慣れた行為のはずなのに、それが渡辺の唇であり指だと思うだけで、肌の表面が蒸発するような感覚に襲われる。

そうやって、どれだけの時間が過ぎた頃だろうか。ゆるりと動いた男の気配が、真上から覗き込んでくるのがわかった。滲んで曖昧になった視界の中、必死に目を凝らしていると、もう馴染んだ体温に頬を撫でられる。そっと唇を齧られて、それだけでひどく安心した。

「……——」

耳許で囁かれた言葉の、意味を悟ったのは数秒後だ。ほぼ同時に膝を摑まれ、ゆっくりと押し上げられて、俊は思わずその腕を摑んでいる。首を振り、途切れる吐息を必死に抑えて細い声で訴えた。

「……や、——むり、しなくて、い……ん、」

途切れた言葉の最後は、強引なキスに飲み込まれた。そのまままきつく腰を抱かれて、俊はようやく高まっているのは渡辺も同じなのだと気づく。

ざわりと、全身の肌が粟立《あわだ》った気がした。無意識に俊は指先を伸ばして、上になった相手の下肢を探してしまう。

自分との行為で、男が感じてくれていることが信じられなかったのだ。

無意識に、それと口に出していたのかもしれない。その手首を途中で摑まれ、至近距離で見ていた男に、呆れ顔で低く咎められた。

「でも」と返すのがやっとだった。どうしても確かめたくて必死で訴えると、些《いささ》かうんざりしたような目を向けられる。それでも退《ひ》かずにいると、長いため息を吐かれてしまった。

「――……」

困った、とか仕方がないとか。そんなニュアンスの言葉だったけれど、どうにもうまく聞き取れなかった。

嫌われたかもしれないとようやく気づいて止めた手を、今度は引っ張られて導かれる。ほんの数秒だけ、指先に触れさせられたものの正体を悟った時には、おしまいとばかりに再びその手を引き剝がされていた。

待ってくれと口にしたはずの声は、またしても深いキスに遮られた。直後、腰の奥に押し入ってきた感覚に、俊は呆気なく意識を攫《さら》われていく。

いつの間にか、呼吸は自由になっていた。伸ばした指先が必死に縋っているのは確かに渡辺の背中で、その事実がまだ信じられない。押し寄せてくる波に溺れながら、喉に絡んだ声でキスをせがむと、呆気ないほど簡単にその願いは叶えられた。

「無理してまでこんな真似ができるか、この馬鹿が」

最後の最後、意識が途切れる前に、渡辺の呆れたような——そのくせひどく優しい声を、聞いた気がした。

24

遠くで、車のクラクションが聞こえた。

ぼうっとしたまま、俊はゆっくりと身を起こした。小さく息を吐いて、部屋の中を見回す。時刻はどのくらいになったのか、周囲はやけにしんとしていた。

煌々《こうこう》と灯《とも》った明かりの下、肌が触れあう距離で渡辺が眠っている。完全に熟睡しているらしく、畳の上に長く伸びたまま身じろぎもしない。

いつの間にかタイマー切れしていたらしく、ファンヒーターの音は止まっていた。余韻のような空気はあるものの、じんわりと冷え込んできているのがはっきりわかる。

……このまま寝てしまっては、風邪を引く。

ぽつんと気がついて、俊はそろりと身動《みじろ》いだ。緩く腰を抱いていた男の腕をそっと外し、立ち上がりかけて断念する。

久しぶりだったせいか、それとも互いに歯止めがきかなかったせいか。足腰が他人のもののように重かったのだ。下手に歩いて転ぶよりはと膝をついた四つん這《ば》いの格好で、俊はそろそろ寝室にしている和室の引き戸の隙間を覗き込む。

ベッドの上の寝息を聞いて、心底ほっとした。近寄ってみると、孝太は枕代わりにしたバスタオルの端を握りしめて、ぐっすり寝入っている。

起こさないよう注意して、押し入れから予備の毛布を引っ張りだした。そろそろと戻った居間で相変わらず眠っている男を眺めて、むやみに安堵する。半裸のままの格好が気にはかかったが、起こすよりいいだろうと上から毛布を被せた。もう一度ヒーターのスイッチを入れて、俊は着替えてしまうことにする。

(責任は取れ)

数時間前の渡辺の言葉を思い出して、ずんと気が重くなった。

結局、「責任」の意味を聞かずじまいで行為に没頭してしまったのだ。互いの気持ちもそうする理由も曖昧なままで勢いに流されて、気の迷いや触りっこですまないところまでいってしまった。

長いため息をつきながらセーターに手を伸ばした時、いきなり脇から肘を掴まれた。え、と思った時には強い力に引かれて、俊は転がるように横倒しに倒れている。

「え、わ、ちょっ……」

言いかけた言葉は、途中で顎を掴んだ指に止められた。見下ろした先、数時間前に何度も間近で見た表情に引っ張られるように、俊は指先で触れた男の頬を撫でる。吸い込まれるように、自分から唇を合わせた。

やはり失敗だったかと思ったのは、押しつけるだけのキスに渡辺が応える気配がなかったせいだ。落胆しながらそっと離れようとすると、引き留めるように上唇に歯を立てられる。ぞくんと揺れた腰に長い腕が回ったかと思うと、首の後ろを摑まれて、息苦しいほどの力で深く呼吸を奪われた。

「……、ン――」

鼻から抜けてこぼれた声は、自分の耳にも露骨に聞こえた。気恥ずかしさに逃げようとした気配を察してか、いきなり視界が反転する。気がついた時には畳の上を転がされて、俊は男の腕で畳に押しつけられていた。

長くて、断続的なキスだ。唇を齧り啄んで、おもむろに歯列を割って入り込んでくる。唇の奥を執拗に舐《ねぶ》られて、息苦しさに目許に血が集まっていく。ようやく唇が離れていった時には、俊は小さく息を切らしていた。

額を押しつける距離にいた渡辺が、ふと笑う。瞬く俊の目許を齧って、額から頬へ、鼻の横へとキスを落としていく。甘やかすようなその感触が嬉しくて、同じだけ怖いと思う。

「……あんた、結婚すんじゃないの？『はあちゃん』と」

沈黙の後、ぽつりとこぼれた声はいつもより掠れて聞こえた。

渡辺は、わかりやすく眉を上げてみせた。

「どこからそんな話を拾ってきた？」

「大家のじいちゃんから聞いた。孝太にも母親ができるし、年頃も釣り合ってるから話を進めるんだって」

ああ、と渡辺が息を吐く。些かうんざりしたふうに言った。

「話の出所はやっぱりそこか。道理で煩《うるさ》いわけだ」

「煩い？」

「父親だけでは子どもがうまく育たないだの、孝太はまだ小さいから母親が必要だのと、こしばらくしつこく言われている。極めつけに、孝太が懐くような人を見つければいいとまで焚《た》きつけられた」

「……そんで？　話は決まったんだ？」

他人事のような口調に違和感を覚えながら、俊はわざと視線を逸らした。とたん、伸びてきた手に後ろ首を摑まれ唇を齧られる。

「あいにく、孝太のために結婚する気はないんだ。母親さえいればいいってものじゃないのは、とうに証明済みだからな」

深い声に、俊はまっすぐに男を見上げた。

眉を上げた渡辺が、ゆっくりと身を起こす。ついでのように引き起こされて、俊は改めて目の前の男を見つめた。

「実の母親でも、外に男を作って実の子どもを邪険にしたあげく殺しかけるような真似をするんだ。それが継母《ままはは》になるとどうかと思うと、そんな気分にはなれないな」

「――……」

いつか聞いた経緯を思い出して、返す言葉が見つからなくなった。それでも、どうにか声を絞る。

「けどさ、それって前の奥さんだけかもしれないよ？　みんながそうだって決めるのは、違うんじゃないかな」

「そうかもしれないな。ただ、そうは言ってもなかなか割り切れるものでもない」

途切れた言葉は、しかし続きがあるように聞こえた。黙ったままで見返していると、渡辺は苦く笑う。

「病院に来た早々に、あれは言い訳を始めたんだ。助かったものの、まだ意識が完全に戻らない子どもの病室の前で、あれに懐かない孝太と、仕事仕事でろくに帰らない俺が悪いんだと言い出した」

息を飲んだまま見上げていると、伸びてきた腕に抱き込まれた。顔を見せないようにか、俊を背後から抱え込んだ格好で渡辺は続ける。

「懐きもしない子どもの世話に明け暮れていながら家政婦扱いされて、自分がどんなに辛い思いをしてきたかと言われた。辛くて寂しくてどうにもならなかった時に相手の男と出会って、やっと満たされたんだそうだ」

「ちょ、待っ……孝太が懐かなかったって、それ」

「懐かなかったわけじゃない。母親と並んでいたら必ず俺の方に来ていたのは事実だが、それは好き嫌いの問題とは違う。俺と一緒にいられる時間が短かったから、家族揃っている時には俺の方に来ただけのことだ。――俺はそう思っていたが、どうやらあれの認識は違っていたらしい」

苦笑まじりの声音がひどく痛そうに聞こえて、俊は渡辺の手首を握った。口の端で笑って、渡辺は続ける。

「以前から男と会うために孝太を他所《よそ》に無理に押しつけたり、ひとりで留守番させたりしていたようだ。だから、幼いなりに孝太にも思うところがあったのかもしれないな。――いずれにしてもあれの言い分では、今回のことは全部俺と孝太のせいであって、自分は被害者でしかなかったようだ。とどめに、自分が愛しているのは相手の男で、俺と結婚したのは間違いだったと言い切った」

「間違い、って……」

「そう思うなら、それはそれで仕方がない。だが、他の男とつきあいたいならその前に離婚するのが筋というものだ。そう言ったら、あなたにはわたしの気持ちはわからない、そんな人とは一緒にいられないと泣かれた。——そこまで言われて、無理にやり直してもらう気はなかったから、その日のうちに離婚届けを突きつけた」

「じゃあ、奥さんとはそれきり……？」

「そう思ったが、二日と経たずに戻ってきた。相手の男のところに行ったものの、すげなく断られたらしい。向こうにも家庭があった以上、無理もないことではあるんだが。——それで、今度はこっちに縋りつこうとしてきたんだ。相手の男とのことは一時の気の迷いで、本当に大事なのは俺と孝太だったと気がついたんだそうだ」

何ともいえない気分で、俊は口を噤《つぐ》む。ややあって、ぼそりと言った。

「それってさ。何か、凄《すご》い勝手っていうか。あんたと孝太に失礼すぎ……」

「本人の気持ちとしては、孝太と俺と三人でまだやり直せるつもりでいるらしいな。九月のあの時は、孝太さえ取り戻せば俺が折れると思ってやったらしい」

「——」

振り仰ぐように顔を向けた先で、渡辺は孝太が眠る部屋の引き戸を見つめている。

「気の迷いだろうが何だろうが、こちらを裏切った上に子どもを殺しかけたのは事実だ。そんな人間を、もう一度信じる気にはなれない。信用できない相手と元の鞘《さや》に戻ってやっていけるほど、俺は寛大にはできていない」

「………」

言葉のないまま、俊は渡辺を見つめた。

目が合うなり苦笑して、渡辺は言う。

「結局、調停に持ち込んでの離婚になったが、あんな目に遭うのは一度で十分だ。どうしても再婚しなければならないわけでもなし、孝太の状態をきちんと理解した上で結婚しようという相手がそういるとも思えない。いたとしても孝太とうまくいく保証もない。第一、子どものためだけに再婚するのでは、相手の女性を無料のシッター扱いするのと同じだ。初音さんにしても、あの若さでバツ付きの子持ちを相手にする気はないだろうよ」

「え、でもさ、前にあんたと孝太と彼女と、三人で出かけたり、とか」

「それはないな。一度、駅前でバスを待っているのを拾って送ったことはあるが、基本的に彼女とはシッター関連だけのつきあいだ」

事務的な言葉に、俊はどうにか口を挟む。

「だ、けど！　でもあんた、彼女のこと名前で呼んでるし」

「初音さんの従姉《いとこ》だか、同姓の女性が同じ事業所にいるんだ。子どもたちが混乱するからと、スタッフぐるみで従姉を『瀬戸さん』、彼女を『初音さん』と呼んでいる。何も、俺に限ったことじゃない」

すっぱりと言われて、すぐには返事が見つからなかった。奇妙に狼狽えながら、俊は目の前の男を見つめている。

「……でも、はあちゃんはたぶん、あんたのことが好きだと思うよ」

気がついた時には、そんな言葉が口からこぼれていた。不審そうな渡辺の視線を知った上で、俊はつい続けてしまう。

「いや、そりゃ本人から聞いたわけじゃないけど。彼女、あんたの話をする時は表情が違ってるし。だから」

「――いい加減にしないと怒るぞ」

強い口調で言われて、「う」と返答に詰まった。渋い顔で俊を見下ろして、渡辺はため息を吐く。

「あんた、俺をどういう人間だと思ってる？　初音さんと結婚するつもりでいるのに、あんたにも手を出したと言いたいのか」

詰め寄る口調で言われて、慌てて首を振った。そんな俊を見据えて渡辺は言う。

「伸也とかいう男にも言っただろう。俺はけじめのない真似は嫌いなんだ」

「けじめ、……？」

きょとんと顔を上げた俊を半ば睨むようにして言った。

「近いうち、引っ越し先を探す。あんた、仕事するのに一部屋必要なんだろう？　それなら少なくとも3LDK以上の物件を探すが、家賃の上限はどのくらいだ」

「え、え……え？　何それ、どういう……？」

意味がわからずぽかんとした俊を眺めて、渡辺は眉根を寄せる。

「どうもこうもあるか。一緒に住むに決まっている」

「え、や、いやちょっと待てって！　何でいきなり」

この状況で、どうして一足飛びに話がそこまでいくのかと思った。

狼狽えた俊をじろりと睨むようにして、渡辺は言う。

「責任は取れと言ったはずだ」

「いや、あのそれ何の責任……？」

「さんざん目の前で挑発してくれたのは誰だ」

即答で、言い返された。

「そもそも俺は、男相手にそういう気になるような趣味嗜好は持ち合わせがないはずなんだ。それが、あんた相手の時限定で調子が狂う。だいたい、どうして一応は年上の男に対して、可愛いだの放っておけないだのと思わなきゃならないんだ？　それだけならまだしも、どうして男にキスして触ってその気になったりするんだ。それでこっちがどれだけ悩んだか、あんたは考えたこともないだろう」

「いや、あのちょっと待っ……」

「なのに、あんたは昔の恋人だかを庇ってばかりだ。どう考えてもろくでもない相手なのに、別れたくないようなことを言う。それなら好きにさせればいい、こっちには関係ないことだ。

そう思っても、気になって落ち着かない。それも恋人か妻に間男でもできたような気分で、やたら神経に障って仕方がない。いくら何でも、男相手にそれはないだろう。――こっちがそうやって悩んでいるのに、あんたは脳天気に前の男と部屋の前で会っている。腹が立って腹が立って、その場で並べて殴ってやろうかと思ったぞ」

力一杯に断言された内容は告白そのもので、その場で魂が抜けるかと思った。勝手に熱くなった頬をごまかすように、俊は渡辺を睨み返す。

「じゃ、じゃあさ、あんたの責任て何だよ」

「あんたが自分から引こうとしていたものを、わざわざぶち壊すような行動に出たのは俺だ。だから、責任を取って引っ越すと言っている。あんたを信用しないとは言わないが、危なっかしすぎてどうもひとりにしておけない」

「あ、ぶなって……おれ、一応あんたより年上で」

「ひとつやふたつ違うくらいで威張るな。とにかく、部屋が決まり次第に引っ越して一緒に住むぞ。悪いが孝太の幼稚園だけは変えられないからそれは承知してくれ。家賃は折半にするが、引っ越し費用はこっちが出す。食費光熱費関連の生活費をどうするかは、家事の分担も含めてこれから相談して決めることにしよう」

畳みかけるように宣言されて、あまりの急展開に呆然とした。声もなく瞬いていると、さすがに気になったのか渡辺は低く付け加える。

「それとも厭なのか。そういうつもりはなかったとでも言うのか？」

「そ、うじゃないよ。だっておれ、ずっとあんたに会いたかったし、それに、ちゃんと言ったよ？　もうスペアは厭だって。けどさ」

申し出は嬉しいけれど、嘘みたいだと思うけれど——果たしてそれでいいものだろうか。

言葉を継ぎながら必死に考えて、俊はようやく自分の中にあるしこりの正体に気づく。

「けど——でも、ちょっと待とうよ。それだと早すぎないか？　第一、一緒に住むったってそんなの、孝太の幼稚園にはどう説明すんだよ。おれ、あのへんだと変質者第一候補の不審人物なんだよ？」

「あの注意書きの犯人なら、もう見つかったぞ」

え、と俊は目を瞠った。

「あんたが出ていって、五日後くらいだったか。別の幼稚園の子どもが連れ去られるところを見かけた近所の人に通報されて、その場で警官に職務質問されたらしい。他の件の目撃者の証言と外見も一致して、本人も白状した」

「あの、でも孝太の幼稚園を覗くって奴は」

「それも同一人物だったらしいな。隣町に住む大学生で、子どもと一緒に遊びたかっただけだと主張していると聞いた」

いったん言葉を切って、渡辺はふと表情を和らげる。

「初音さんと大家が、あんたに悪いことをしたと言っていた。関係ないのに追い出すような真似をしたと」

「そう、なんだ」

腹が立つというより、心底ほっとした。それでも消えない懸念に、俊はどうにか口を開く。

「あんたさ、本当にそれでいいんだ？」

訝しげに顔を顰めた渡辺に、思い切って言った。

「その、おれだよ？　はあちゃんみたいに可愛くないし子どもも産めないし、そもそも男だろ。一緒に住んで、もしあんたの親とか兄弟に知れたりしたら不審がられるし、それでもしおれとあんたが、その……こういう関係があるって知ったら絶対に凄い騒ぎになる。あんた、そういうことまでは考えてないだろ？」

俊の声の調子に何かを感じたのか、渡辺は無言のままだ。

いったん言葉を切って、俊は静かに続ける。

「おれのとこは、就職三年目に親にバレたんだ。伸也といる時に親が来て、っていう最悪のパターンで、母親には泣かれたし父親には殴られた」

「——……」

「そんで……前に、甥姪《おいめい》はいるって言ったろ？　おれ、三人兄弟で弟と妹がいるんだよ。弟も妹も結婚してて、どっちの結婚式にも招《よ》ばれたけど、それは体面上兄貴がいるんなら出てないとおかしいってだけの理由でさ。今年の春に妹が子ども産んだっていうのは聞いたし、祝いも贈ったけど、内祝いが返ってきたきりで会いには行ってない」

「行ってない？」

問いに、俊は苦く笑う。

「行ってないっていうか、行っちゃいけないことになってる。冠婚葬祭以外は関わるなって親から言われてるし、……妹からの内祝いには、手書きで迷惑だから二度と祝いなんかよこすなって書いてあった」

「……」

「そういうの、おれだけで十分だし。あんたもだけど、孝太にも厭な思いはさせたくないんだ。だから」

妹からの内祝いは、俊が贈った額面そのままの商品券だった。生まれた子の命名カードすら入っていなかったから、未だに俊はその子が甥なのか姪なのかも知らないのだ。

渡辺は、しばらく無言だった。ややあって、やけに長いため息を吐く。

「――それで？」

「それで、って……だから今言ったろ？ そんなに簡単なことじゃないんだって」

「以前に、孝太に関してはうちの親があてにならないと言っただろう。その理由を、詳しく教えてやろうか」

言われた瞬間に、孝太の誘拐騒ぎと、その後に聞いた話を思い出した。

「でも、それは後遺症みたいなもんなんだろ？　だったら、孝太がよくなったらすぐ――」

「男手ひとつで子育ては無理だ。俺が出勤している間は母親が孝太の面倒を見るから、実家に帰ってくるように両親から言われたんだ。退院前の頃には孝太もずいぶん落ち着いて、俺の両親相手にも泣くことはなくなっていたから、ありがたく甘えることにした。――それが間違いだった」

「え」と目を瞠った俊を見下ろして、渡辺は苦く笑う。

「環境の変化がまずかったのかもしれないが、退院後の孝太は俺の姿が見えなくなるとひどく泣き叫ぶようになったんだ」

思いがけない言葉に、俊は半開きになった寝室の引き戸を振り返る。

俊の顎を指先で撫でながら、渡辺はごく平淡に続けた。

「俺がいる時には落ち着いているのに、いなくなったとたんに悲鳴を上げて逃げようとする。……最初は、無理もないことだと皆が思った。だが、それが二か月、三か月と続くと、仕方がないではすまなくなってきたんだ。理屈ではわかっていても、あの年頃の子どもが一日中、家の中でひとりで丸くなって泣いているのを見るのはきついからな」

声をかければ脱兎《だっと》のごとく逃げようとする、人の気配を感じればどこかに潜りこんで隠れようとする。転んで擦り剝《む》いた膝に絆創膏《ばんそうこう》を貼ってやろうと抱き上げると、最大級の、それこそ今にも殺されるとでも言うような悲鳴を上げて暴れる。それが、渡辺が出勤している間中ずっと続くのだ。週に二度のカウンセリングに連れて行こうにも、そもそも車に乗せることすらできない。

最初の十日が過ぎないうちに、渡辺は実家に子どもを預けることに限界を感じ、カウンセラー経由で紹介された託児所を使うことを提案した。

それを、渡辺の両親は断固として拒否した。

「どうやら、近所からいろいろ言われていたらしいな。孫が懐かないのはきちんと愛情を注いでないからだとか、あそこまで泣くなら虐待しているに違いないだとか。その状態で他所に預けたりしたら、何を言われるかわからない。そんな理由で厭がっていたんだと、後で知らされた」

「何、それ。だって、そんなの……一番に考えなきゃいけないのは、孝太のことじゃあ」

「昔ながらの古い町は、近所づきあいが半端でなく濃い。助け合いが濃密な代わり、厄介者《やっかいもの》や問題を起こした家は陰でかなりのことを言われるようになる。当時は夜泣きもひどかったから、昼夜を問わず子どもの泣き声がしていたわけだ。近所に謝り気がねをしながら、寝不足になって必死で面倒を見ても、肝心の孝太は怯えて近づこうともしない。それで、精神的に摩耗したんだろう。孝太は元の妻に返した方がいいんじゃないかと言い出した」

もちろん渡辺はそれを拒否し、カウンセラーに紹介してもらった託児所に定期的に孝太を預けることに決めた。同時に、今後孝太をどうやって療育していけばいいかを、専門家に改めて相談し始めた。両親にも、準備が整い次第孝太を連れて実家を出ていくと伝えた。

その矢先の渡辺の不在中に、元妻が孝太を返して欲しいと言ってきたのだ。

「うちの親が、精神的に疲れていたのは理解している。こちらの事情で迷惑をかけたのを、申し訳なくも思う。だが、だからといって引きつけを起こすほど泣いて厭がった孝太を、元の妻に渡そうとしたことを仕方がないとは思えない。その上に、こんな子がいたら再婚もままならないだの、本当に俺の子がどうかわかったものじゃないだのとまで言われては、どんなに贔屓目《ひいきめ》に見たくても無理だった」

そのまま孝太は入院し、渡辺は荷物をまとめて実家を出た。職場に事情を話し、状況によっては退職勧告を受けることも覚悟の上で休職扱いにしてもらい、父子ふたりでの暮らしを始めた。信頼できる専門家のカウンセリングを受けながら、少しずつ孝太を「外」と「人」に慣らしていった。

孝太が他人の間でそれなりに過ごせるようになるまでは、気が遠くなるような試行錯誤の繰り返しだった。それでも父子でどうにか頑張って、そこまでになったのだ。幸いなことに渡辺はその後に復職が叶い、カウンセラーに紹介された幼稚園に孝太を入れることができた。細かい問題をその都度どうにか解決して、今の生活を手に入れたのだ。

「最初の時点で専門家に任せるという判断ができなかったのは、確かに俺の落ち度だ。うちの親は親なりに、俺や孝太のために力を尽くしてくれたと思う。その意味では申し訳ないことをしたと思うし、心から感謝もしている。だが、だからといって何もかもを許して受け入れられるわけでもない。あの時に孝太を選んだことを、後悔するつもりもない」

　いったん言葉を切って、渡辺はまっすぐに俊を見た。

「どういう道を取ろうが、必ずリスクと後悔はつきまとうものだろう。だったら、その時点で絶対に後悔しない道を取ることに決めたんだ。――そういうわけで、俺は家族や環境を理由にあんたと手を切るつもりはない」

　告げられた言葉は、きっと決意の現れだ。真面目で四角四面で、だからこそ本当のことしか言わない。

　本気で、真剣に――俊のことを、考えてくれた。その上での「責任」だということだ。口先だけの言葉ではなく、過去の経緯に裏打ちされた確かな言葉だった。

　心臓の奥で、痛いような気持ちがはじけたのがわかった。

　声もなく見返すだけの俊をまっすぐに見据えて、渡辺はゆっくりと口を開く。

「それとも、この期《ご》に及んであんたは責任放棄するのか。俺とは遊びで、孝太とも適当につきあえればそれでいいとでも？」

　突きつけられた言葉の強さに、すぐには返事が見つからなかった。俯いて、俊はぼそぼそと言う。

「そうじゃないよ。そういう意味じゃなくて、……何も、一緒に住むまでしなくてもいいんじゃないかと思ってさ。前みたいに近くに住んでればしょっちゅう行き来もできるだろうし、おれはそれで十分だから」

「逆だ、馬鹿」

呆れ顔で、今度は頬を抓《つね》られた。顔を顰めると、今度は同じ場所を指先で撫でられる。

「相手が女性なら、結婚という形で責任を取ることができる。だが、あんたは男でそういうわけにもいかない。全部承知で腹をくくって手を出した以上、あんたをいい加減に扱うつもりはない」

いったん言葉を切ってから、渡辺は軽く俊の頬を叩く。

「ついでに、あんたはそれほど器用なたちじゃないし、切り換えも下手だろう。だから、あんな男にあそこまで付け入られていいように扱われる。そんな危なっかしい奴を野放しにできるほど、俺は寛大にはできていない」

「……はあ、……えーと……？」

何やら告白じみた嬉しい台詞と、非常に言われたくない言葉がごた混ぜになった内容だった。いっぺんに意味が理解できず、俊はひとつずつ渡辺の言葉を思い出してみる。

「敢えて言っておく。あんたは余計なことは考えるな。泥沼に嵌るか、わけのわからない方向にすっ飛ぶか、どっちかだ」

「……いやあの、その言い草って何……」

言い返しながら、所詮《しょせん》口で敵《かな》う相手ではないのだと改めて思い知った気がした。混乱したまま頭を抱えていると、覗き込んできた男に低く問われる。

「それともあんた、厭なのか。俺や孝太と一緒に住みたくないとでも言うつもりか？」

静かなくせに、一歩間違えば恫喝《どうかつ》に近い囁きだった。

考える前に、本能的に首を横に振っていた。とたんに柔らかくなった気配にほっとしながら、もしや今自分はちょっとまずい決断をしたのかもしれないと思う。

「決まりだな。次の休みにでも不動産屋を回ってみよう」

「ああ、うん。じゃあ、そういうことで」

何となく、丸め込まれた気はするけれど――本当にいいのだろうかという懸念は、どうしても消えないけれど。

それでもきっと、この恋が俊にとっての「本物」だ。ごく自然にそう思って、俊は傍らにいる男の腕をそっと握った。

上書きの恋

■

子どもがふたり、引っ越し荷物の間で遊んでいる。

というのが、業者を帰した後の渡辺研一《わたなべけんいち》の感想だった。

「ひろーいねえあたらしいねえきれいだねえ！」

「本当にそうだよなー。よくこんっな広くて都合のいい部屋が見つかったよなあ……あんだけ忙しくしてんのに。孝太《こうた》のお父さん、凄《すご》いよな」

「うんっ！　でもねでもねー、おとーさんいろいろなやんでたんだよ、すーちゃんのおへやとかどうしようって」

新しく借りたマンション部屋の中を、渡辺の息子の孝太が嬉《うれ》しそうに歩き回っている。その背後を親を追う雛《ひな》よろしくくっついて歩き、感心したようにあちこちのドアや扉を開け閉めしているのは、一応は渡辺よりも年上の恋人――槙原俊《まきはらすぐる》だ。が、しかし耳に入る会話は毎度のことながら四歳児同士のそれを彷彿《ほうふつ》とさせて、ここは感心すべきなのか呆《あき》れるべきなのか少し悩む。

「ねえね、ここ！　このどあがすーちゃんちにつながってるんだよ、ひみつきちみたいでしょ、かっこいいよねえ！」

「うん、格好いいなー。傍目《はため》にはお隣さんだもんな」

噂《うわさ》のドアは「渡辺が」借りた2LDKの部屋の、リビングの東側についている。不動産屋曰《いわ》く、「もう少し待って借り手がなければ壁で塞《ふさ》ぐ予定だった」というそのドアの向こうにあるのは、やや狭い2DKの「俊が」借りた部屋だ。

内装や水回り、それに壁紙ともきれいにリフォーム済みの部屋は、このマンションの最上階に当たるため窓からの眺めが素晴らしくいい。築八年と建物そのものもさほど古くはなく、メンテナンスがいいのか見た目にもきれいだ。幹線道路から通りひとつ外れた閑静な住宅街の中で、最寄り駅までは徒歩五分と立地も非常にいい。加えて、部屋の広さと設備を併せてみても、提示された家賃はかなり安い部類だった。

そうした好条件にもかかわらずこの部屋がずっと空室になっていた、唯一にして最大の「理由」がこのドアだった。

そもそもこの部屋と隣室には、大家とその娘夫妻が住んでいたのだそうだ。その両方を賃貸にするに当たって大家が出した条件が、「いずれ帰ってくる時のために、できればそのままの状態にしておいてほしい」というものだった。

要するに、賃貸人はこの二室を同時に借りるか、あるいは生活をシェアできる相手を探す以外にないわけだ。

かくして借り手が決まらないまま半年が過ぎて、とうとうドアを塞ぐ話が具体化しかけていた。そこに、渡辺が「友人と隣同士で借りたい、子どもを友人に預けることがあるので間のドアはそのままで構わない」と申し出た形になったらしい。

渡辺が自宅側の子ども部屋とリビングをあらかた整理し終える頃になっても、探検隊よろしく俊の部屋に出向いていったふたりは戻ってこなかった。どうなっているのかと様子を見に行ったが、「隣」はやけにしんとして人の声もしない。片っ端からドアを開けていくと、息子と恋人は複数の段ボール箱や荷物が積まれ、からの家具が配置された今後俊の仕事場となる予定の部屋のすみで、昼寝中の猫のように寄り添って丸くなっていた。

盛大な、ため息が漏れた。

はしゃぎ疲れた四歳児がころりと寝てしまうのはいいとしても、一応は渡辺よりも年上の恋人にまでその真似をされてはさすがに困りものだ。何より、仕事部屋は荷物を入れただけの状態で何ひとつ片づいていない。

「おい。起きろ」

子どもを起こさないように、声を落として恋人の肩を揺さぶった。

「早く荷物を片づけないと日が暮れるぞ。あんたも仕事が詰まってるんじゃないのか」

声に、俊はすぐに目を覚ました。ぽやんと起き上がるなり傍らで寝入ってる子どもを認めて、不思議そうに目を瞠《みは》る。

「んー、ごめん。すぐやる……って、あれ、孝太寝てる？　何でこんな寒いとこで、しかも床で寝てんだよ」

「自分の胸に訊《き》いてみたらどうだ。とりあえず、孝太はあんたのベッドに寝かせるぞ」

「あ、うんごめん。おれが行くよ」

「いいからあんたは仕事部屋を片づけろ。仕事の納期が迫ってるんじゃないのか」

腰を上げかけた俊に言って、渡辺は息子を抱え上げた。勝手知ったるドアの向こう、恋人の寝室となる予定の部屋へと向かう。

よほど興奮して疲れていたのか、移動の間もベッドに入れても孝太はいっこうに目を覚まさなかった。その顎《あご》まで布団をかけてから、渡辺は再び恋人の仕事部屋に引き返す。

半開きのドアの奥では、俊がパソコンデスクを抱えて移動させているところだった。

今にもデスクごと転がりそうな危なっかしさに、すぐさま手を貸していた。場所を確かめ
ふたりがかりで設置し直すと、俊は満足げなため息をつく。

「ありがとう。助かった」

「いや。……そうじゃなく、どうして業者に指定しなかったんだ？」

今回の引っ越しでは、業者に家具の指定場所への設置を頼んであったはずなのだ。

とたんに俊はばつの悪そうな顔になった。パソコンのモニターと本体の梱包《こんぽう》を外してデスクに載せると、傍《そば》で束になって転がっていたケーブルの中から迷いもせずに一束を拾い上げる。慣れた手つきで接続を始めた。

「指定通りに置いてもらったんだけど、今見たらコンセントが遠くてさ。延長コード使うと孝太が遊びに入った時にまずいかと思って」

「仕事部屋への出入りは禁止すればいい。うちはずっとそうしてるぞ」

「んー、でも状況によってはそうも言ってられないだろ？　どっちも仕事が詰まって動けなくなる時もあるかもしれないしさ」

「そういう時はシッターを頼めばいい。業者が変わる以上は、孝太もこちらも慣れておかないと困るからな」

このマンションは、以前のアパートとはまったく別方向になるのだ。以前に専属のような形で孝太を見てもらうよう頼んでいたシッターが年度末で所属事業所を辞めることもあって、預け先を変えることに決めた。主治医や担当カウンセラーとも相談の上で、今後はシッターに自宅に出向いてもらう形ではなく、託児所に孝太を預ける方向で検討している。

「いいよ、そんなの頼まなくて。孝太の世話だったらおれがやるから」

「馬鹿を言うな。あんたの勤務形態が変わる話はどうなった」

「いや、それ室長が言ってるだけだし。別におれは今のまんまでもいいからさ」

「そういうことは孝太と無関係に、あんたの意志で決めろ」

わざと強い口調で言うと、俊は束ねたケーブルをほどきながら困ったように口を噤《つぐ》んだ。

その頰《ほお》を抓《つね》って、渡辺は言う。

「何度も言っただろう。俺は孝太の面倒を見させるために、あんたと一緒に住もうと言ったわけじゃないぞ」

「それはわかってるよ。けどさ」

「だったらその話はこれで終わりだ。とりあえず、あんたはここをどうにかしろ。キッチン用品は、勝手にこっちで片づける。困るようなら後で直してくれ」

意図的に話を切り上げると、俊は今ひとつ納得できないという顔で、それでも渋々頷《うなず》いた。デスクの上のモニターやキーボードの位置を直しながら、思い出したように言う。

「あ、そうだ、今日は夕飯どうする？　近くにスーパーあったし、引っ越し祝いにちょっと豪勢にやろうか？」

「今はそれどころじゃないだろう。あんたは自分の仕事の都合を優先しろ」

ため息まじりに言うなり、俊は「え」と顔を上げた。期待に満ちた表情で見上げてくる。

「じゃあ、今日はあんたが作ってくれんの？」

「あいにく無理だな。こっちもまだ片づけが残っている」

「そっか。残念。じゃあ引っ越し祝いはいつやる？　蕎麦《そば》茹《ゆ》でて食うんだよな」

わかりやすい落胆顔で言う俊は、何やら「渡辺の手料理」にこだわりがあるようだ。思い返してみれば、三人で過ごした年末年始に雑煮《ぞうに》を出した時には、傍にいた孝太がきょとんとするほど大袈裟《おおげさ》な勢いで喜んでいた。

凄い凄いと連呼されて、かえってとても居心地が悪くなったのだ。

渡辺が作る料理といえば、切って炒《いた》めるだけ、市販のルーや出汁《だし》を放り込むだけのごく初歩的なレベルだ。件《くだん》の雑煮にしても、正月らしく形よく切った蒲鉾《かまぼこ》と菜っぱを市販の出汁で軽く煮て、焼いた餅《もち》を放り込んだだけだった。

（大袈裟に騒ぐな。このくらい、誰でもやるだろう）

（え、そうなんだ？　伸也《しんや》とか、カップ麺《めん》のお湯も入れたことないけど）

意外そうに言われて、本気でむっとした。「あんな変人と一緒にするな」と窘《たしな》めながら、要するに「伸也」は万事に亭主関白状態で都合よく俊を使っていたのだと改めて認識した。

「あんたも変なところでこだわるんだな。毎回、引っ越し蕎麦を食ってたのか」

「それ、逆だよ。食ったことがないから食ってみたい方」

「食ったことがない？」

話に聞く限り、目の前の恋人はかなり短いスパンでの引っ越しを繰り返してきたはずだ。それで、怪訝《けげん》に思い問い返してしまった。

「引っ越しは何回もしたけど、わざわざそのために蕎麦茹でるの面倒だったし、ひとりで食いに行くのも空《むな》しくてさ。けど、今回はあんたや孝太が一緒だから」

「――」

つまり、俊としては「渡辺と孝太と三人で」蕎麦を食べたい、ということらしい。

思い当たるなり、勝手に手が動いていた。床に置いた段ボール箱を開いていた恋人の前にしゃがみ込み、指先で頬を撫《な》でる。え、と上向いた顎を掴《つか》んで、半開きの唇を齧《かじ》ってやった。

「え、え？　ちょっ……」

「一段落したら休憩しよう。夕飯はまた考えておく」

ほんの三秒で終わったキスに奇妙にあわあわとしている俊を置き去りにして、渡辺は自宅へと引き返した。「キッチン用品」と書かれた段ボール箱を開きながら、先ほどの恋人の言葉を思い出す。

（今回はあんたや孝太が一緒だから）

ああいう台詞《せりふ》を不意打ちに真顔で言うから、構い倒して反応を見たくなるのだ。

出会った当初からわかっていたことだが、俊は思っていることが見事に顔に出る上に、その場しのぎのごまかしがつくづく下手だ。一時期はこれで本当に年上かと呆れたけれども、今となれば見ていて面白いし、可愛いとも思う。

引っ越し最中でなければ、間違いなくあのままベッドに連れ込んでいたところだ。ぎりぎりでそれを回避した自分をこっそり褒め讃《たた》えながら、渡辺は片づけの続きに戻った。

とっつきが悪い上に愛想も足りない。

というのが、学生時代から共通した渡辺への周囲の認識だ。具体的にどの程度愛想がないかと言えば、中学から高校にかけては、母親に押し売りもどきのセールスマン撃退を頼まれるほどだった。

ちなみに言い合いをしたわけではなく、「用件はないのでお帰りください」と口にした以外は無言で相手を見返しただけだ。それで、相手は呆気《あっけ》なく退散していった。

そういうわけで、渡辺に対する周囲の評価は一貫して「無口で頑固な不言実行」だった。

今にして思えば、学生時代からそれなりに彼女がいて、二十代半ばにして恋愛結婚に至ったのは、ある意味幸運だったのだろう。もっとも「一生守っていく」つもりで妻に迎えた女性はその数年後には外で作った恋人に夢中になったあげくひとり息子を真夏の車中に放置して殺しかけたわけだが、それも当時の渡辺にとっては青天の霹靂《へきれき》だった。

自分でもわかりやすいことに、人間不信一歩手前まで陥ったのだ。諸々《もろもろ》の話し合いや手続きを終えて、最終的に孝太を引き取ることになった時、渡辺は二度と結婚など考えまいと決めていた。

元妻の行為はもとより、自身の両親がやったことに、ひどい喪失感を覚えてしまったのだ。疲れきった両親に悪気などあるはずもなく、精神的な安定を失った子どもを男手ひとつで育てていこうという渡辺を案じていたのも事実だと知っている。それでも、結果的にひどく傷ついた孝太を思えば許せなかったし、——同時に、自分自身に腹が立ってやりきれなかった。あの騒動で渦中にいて、すべての傷を受けたのは他でもない孝太だ。まだ幼い我が子を、渡辺は守ってやることができなかった。それを思えば、今後「あるいは孝太を傷つけるかもしれない」関係を、渡辺の都合で作っていくつもりは欠片《かけら》も起きなかった。

父子ふたりの生活が平穏に過ぎ、孝太と渡辺が環境に慣れてきた、そんな頃に彼——槙原俊は隣に引っ越してきた。

事の起こりは、これでもかというほどの猛暑が続いた、八月下旬の午後のことだった。

その日は見事な日本晴れで、日差しの強さはもとより気温は殺人的な数値になっていた。外遊びには向かず、かといって家の中だけでは退屈だろうと車で近場の遊び場にでも行くかと考えていた。

そんな時に、ふいに玄関先から孝太が呼ぶ声がしたのだ。

(おとーさんおとーさん、ねえねえきてきてー)

気温は高いがいい風が吹くからと、わざと窓やドアを全開にしていた。響く声を追って行ったアパートの外廊下にその朝に作ったお面を被《かぶ》った孝太がいて、その足許《あしもと》——詳しく言えば隣室の玄関ドアの前には薄い人影がぺったりと倒れていたのだ。

男にしては長い髪で、十日前に引っ越してきた隣人だと気がついた。

この暑さに放置するわけにはいかないが、こちらが面倒を見る筋合いでもない。救急車でも呼んで任せてしまおうと思った時に、孝太が「おねがい」顔で見上げてきたのだ。

(おうち、いれてあげたらだめ？　おにいちゃん、くるしいよ)

滅多にない我儘《わがまま》に、駄目だとは言えなかったのだ。不承不承部屋に連れ帰り、孝太を別室に行かせて相手が目を覚ますのを待っていた。

目を離したのは、ほんの数分だ。その間に、件の隣人——俊は寝起きの一服をやらかした。

渡辺本人は煙草はやらないが、嫌煙家というわけでもない。だからといって、孝太が寝起きする場所での喫煙など許可する気は毛頭ない。失礼にもほどがあるだろうと、呆れ半分で煙草を取り上げた。

文句が出るようなら即追い出してやるつもりだったが、隣人は予想外の素直さで謝った。ひと悶着の後で「帰ります」と出ていって、それで終わりだと思ったのだ。

物言いをつけたのは、孝太だった。

(だめなのーおにいちゃんに、おくすりとおかゆさんあげるのー)

父親似だと友人知人は言うが、言い出したら聞かない子どもなのだ。ついでに渡辺自身も、あの熱で病院に行かず「うちで寝る」という相手がまったく気にならないと言えば嘘になる。

結局、その日の夕方には孝太に粥《かゆ》と薬と缶詰を持たせて隣に行かせた。

ドアの外で聞いていた限り、相手にも遠慮する気持ちはあったようで、それなら今後面倒を言ってくることもないだろうと忘れるつもりでいたのだ。

今だから言える話だが、その時の渡辺は隣人への印象は「あまり関わり合いになりたくない相手」だった。引っ越しの挨拶もなく放置した郵便受けにチラシ類を溜《た》めたまま、どこぞに出勤している様子もない。つまり「何をして生計を立てているのか不明」な相手であって、孝太には近づけたくないと警戒してもいた。

にもかかわらず、孝太はその隣人に対してやけに興味津々だった。数日後、世話になった礼にと隣人――俊が菓子折を持参した時に孝太が彼を「すーちゃん」と呼んだことが、かえって渡辺の不信感を煽《あお》った形になった。

もちろん、孝太にも話はした。隣人には近寄らないようにと常にない注意をすると、孝太はきょとんとした。

(どーして？　すーちゃん、いいこだよー？　あのねこーたにいいこいいこしてくれるの！おとーさんもしてもらう？)

お父さんはしていらないんだと返しながら、今さらにひどく怪訝な思いがした。

回数を重ねたカウンセリングや練習のおかげで、孝太は日常的には何の問題もなくなった。それでも、「知らない人」や「あまり親しくない人」「よく知っていても好きではない人」への警戒心がかなり強い。事実、幼稚園の中にもどうしても受け付けない先生がいて、顔見知りになってからも、近寄られるだけで大泣きするような状況だったのだ。

それが、どうして隣人相手にだけ「こう」なのか。

孝太の世話を頼んでいたシッターからの報告によれば、毎回声をかけるのも駆け寄って抱きつくのも孝太の方で、隣人はむしろ困っている様子だという。ちなみに初回には、「もしかしたらお知り合いですか」と言われる始末だった。

相手が取引先の在宅勤務の社員だと知ったのは、それからしばらく経《た》った頃だ。探りを入れてみると、件の相手の上司は「ちょっと愛想なしですけど、人となりは保証しますよ」と笑う。シッターからの報告も、その頃には隣人について行きたがる孝太を先方が宥《なだ》めているというものに変わっていて、これは一度礼なり断りなりを入れておくべきかと思い始めていた。

そんな頃に、元妻が孝太を「連れ戻しに」やってきたのだ。

事を知って、正直全身に鳥肌が立った。居合わせた隣人に助けられ、無事保護されたと聞いても孝太の精神的なダメージを思うと空恐ろしく、祈るような気持ちで病院に向かった。

明かりが半分落とされた救急診察室前の待合いで、孝太は青い顔で隣人にしがみついていた。渡辺を見るなり泣き出した孝太が、引きつけを起こすことも失神することもない代わりにずっと隣人から離れなかったのだと聞いた時に、理由はどうあれあの隣人には二重に助けられたのだと悟った。

それでも、気持ちのどこかに「厄介《やっかい》なことになった」という思いがあったのは事実だ。経緯を思えば、相手に好奇心を抱《いだ》かれるのも当たり前だと腹を括《くく》った。

にもかかわらず、隣人――槙原俊はこちらから水を向けた時にもあっさりと片づけた。

(ああ、それはいいです。坊主が無事で、おれが余計な真似したわけじゃないとわかれば十分なんで)

あの反応は、正直予想外だった。そして、それをきっかけに渡辺は隣人への認識を改めることになった。

こちらが何をどう言ったところで、孝太が隣人に懐いていることは事実なのだ。その後、時折一緒に過ごす時間を持つようになって、何となくその理由がわかった気がした。

理屈抜きに、さらりと受け入れてもらえるような心地よさがあったのだ。詮索《せんさく》せず邪魔することもなく、こちらがすることを黙って見ている。どうしても必要なことは言うし訊《き》いてもくるが、それとなく張った予防線はけして越えてこない。いつの間にか、渡辺は孝太の「すーちゃんもさそうの」という言葉を待つようになっていた。

そんな折りに、ほぼ専属に近い形でついてくれていたシッターに入院予定があると知らされたのだ。

年齢は若いが、彼女はその事業所の中では唯一、専門的な資格と知識があるシッターだ。本来指名は受けないという事業所で融通を利かせてもらえたのは医師とカウンセラーの紹介状があったからで、裏返せば近隣にそうしたシッターは皆無に近い。

状態が落ち着いているとはいえ、ある程度長期で頼むなら専門知識のあるシッターを頼む方がいい。とはいえカウンセラーに紹介されたシッター全員が遠方住まいのため、時間の融通はいっさい利かず、さらに孝太が懐くかどうかはまったくの未知数だ。

どうしたものかと思った時に、真っ先に頭に浮かんだのが、隣人だった。

——孝太にとって何より必要なのは、信頼できる相手が傍にいることだ。それが身に染みていたからこそ、渡辺は駄目元で俊に子守りを依頼した。もちろん、その時には過去の経緯と孝太の状態も説明した。

俊は、少し困った様子だった。経緯を聞いて痛ましげに顔を顰《しか》め、本当に自分でいいのかと確認した後で、拍子抜けするほどさらりと引き受けてくれた。休日の遊びや散歩にも厭な顔ひとつせずつきあう彼と話すうち、いつの間にか子守りを頼んだ隣人というより、長年つきあっている友人のような感覚になっていた。

おそらく、その頃には渡辺も、俊の無防備なほどの素直さや惜しみのない態度に惹《ひ》かれていたのだ。

ヒーローショーがあった屋上で俊と「伸也」の関係を知らされた時も、驚きはしたものの
そのこと自体に嫌悪は感じなかった。むしろ、露骨に俊を蔑ろにする伸也の態度と、それに
迎合するような俊の様子が気になった。

どうしてそこまで下手に出てまで言いなりになるのかと、それがどうにも不快だったのだ。
帰宅後に伸也とのつきあいが大学の頃からだと聞いた時も、自分でもどうかと思うほど厭
な気分になった。何年もの間、ああして相手のいいように扱われてきて、それを当然のよう
に口にする俊にも苛立《いらだ》った。

長所というのは、場合によっては立派な短所になる。俊の場合もそれが顕著で、人を責め
ずまず受け入れてしまう、ある意味で優柔不断なところに、あの男――伸也はつけ込んでき
ていた。

男同士を云々《うんぬん》する以前に、俊と伸也の関係は不自然だったのだ。さらに言うなら渡辺にと
っては、結婚を目前にしながらそれまでの恋人に不倫の関係を持ちかけるような人間の存在
そのものが不愉快でもあった。

もちろん、どんな恋愛をしようが俊の自由だ。隣人に過ぎない渡辺に、口を差し挟む権利
はない。わかっていても俊の顔を見れば思い出して、どうにも不機嫌になってしまう。これ
では俊も困るだろうと、頭を冷やすつもりで隣人と関わる時間を減らした。その時点では、
自分のその感情の正体に気づかずにいたのだ。

自分で気づくより先に、その感情はこじ開けられた。――アパートにやってきた伸也と鉢合わせたのがきっかけだった。

伸也が傍若無人なのも自分本位なのも、うすうす知れたことだ。何を言われようが知ったことかと右から左に流したけれど、さすがに俊のあの言葉だけは聞き流せなかった。

(でも、そう悪い奴じゃないんだよ)

それだからつけ込まれるのだとひどく苛立って、気がついた時には俊の腕を摑んで組み伏せていた。そうした意味で初めて触れた同性の肌に、嫌悪感を抱くどころか手放せなくなって、苦しげに眉《まゆ》を顰《ひそ》め浅い呼吸を繰り返す唇に深いキスを仕掛けていた。

我に返ったのは、渡辺の手の中で果てた俊の、呆然《ぼうぜん》と天井を見上げる顔を見た時だ。

(この程度のことくらい、相手をどう思っていようが誰でもできる)

その台詞《せりふ》を聞いた瞬間に、俊は背後から切りつけられたような――初めて目にするような、愕然《がくぜん》とした表情で渡辺を見つめた。

それ以上その場にいたならもっと酷《ひど》い真似をすると自覚して、半ば逃げるように自宅に戻った。子ども部屋で眠る孝太の顔を見た瞬間に、自分が何をしたのかを悟って呆然とした。

友人相手には、絶対にやらない行為だ。計算ずくでなく何を考えたわけでなく、かっとなった次の瞬間に勝手に身体《からだ》が動いていた。

……キスをした時には、確かに明確な意志があったのだ。目の前で薄く開いて、喘《あえ》ぐような息を吐くあの唇に触れたいと思った――。

それこそ、頭を殴られたような心地がした。何を血迷ったのか、あり得ないだろうと思いながら、翌日の夜に孝太を迎えに行った隣で途方に暮れた表情の俊と顔を合わせた瞬間に、はっきりと自覚した。

同性で年上で、なのにどこか危なっかしいこの隣人を、本来ならあり得ない感情で意識しているのだ、と。

理解したその気持ちを納得するまでには、それなりの時間が必要だった。

納得した後にも、渡辺は敢《あ》えてそれを態度に出さなかった。むしろ、シッターの復帰を機会に俊とは意図的に距離を取った。

あれほどあからさまにスペア扱いされて、それでも伸也を追うのは俊の自由だ。けれど、それを目《ま》の当たりにして平静でいられる自信はなかったし、前回のように俊の意志を無視して触れるような真似もしたくなかった。何より、同性に恋愛感情を抱いた自分を認めることはできても、すんなり開き直って間男を名乗れるほど練れてはいなかった。

シッターの復帰を契機に俊への子守り依頼を取り下げた時も、俊がひどく戸惑い物言いたげにしていることはよくわかった。近所で妙な噂があると知って自分なりに根回しをし、回覧板を回した時にも、どうにか話の継ぎ穂を探しているのがわかった。

それでも、わざと素っ気なく切り上げたのだ。数日後に突然隣が空室になった時にも、虚脱感こそ覚えたものの行方を探そうとは思わなかった。

……俊がシッターに託した手紙は、ごく短い儀礼的なものだった。孝太に「お守り」としてキーホルダーを持たせることを許してほしいという内容と、いろいろ迷惑をかけて申し訳なかったこと、挨拶なしで引っ越す非礼への詫《わ》びを事務的な文章で綴《つづ》って、最後に日付と署名だけが記されていた。

引っ越し先の住所が記されていないことが、意思表示だと思った。

無理もないことだと、思った。

それでなくとも、俊は近所から変質者の疑いをかけられている。それに加えてあれだけ親しくしていた「隣人」にあからさまに無視されては、かなり居心地が悪かったに違いない。

同時に、渡辺は正直、ほっとした。

俊が伸也とつきあうのなら、それは間違いなく不倫の関係だ。そのこと自体にひどい嫌悪があるのに、よりにもよってその相手に自分は恋愛感情を抱いている。そんな状況には耐えられないし、巻き込まれたくもない。

だから、忘れるつもりだった。

もとより、渡辺が同性に恋愛感情を抱いたのはこれが初めてなのだ。距離さえ取れば忘れてしまえるはずと、自分に言い聞かせていた。

その予想——願望は、しかし一週間と経たずに裏切られた。

自宅を出入りするたびに、どうしても隣室のドアを見つめてしまう。階段横にある郵便受けを見るたびに隣人の声を思い出し、職場でパソコンを使うたびに今どうしているだろうかと思う。焦りにも似たその感情は、薄れるどころか日に日に濃くなっていく一方だった。

我慢できなかったのは、孝太も同じだ。最初の数日はキーホルダーを握りしめておとなしくしていたのが、クリスマスを目の前に俊に会いたいと渡辺に訴えるようになった。

（くりすますなの、約束したの。すーちゃんに、ぷれぜんとあげるのー）

（すーちゃんの引っ越し先がわからないんだ。連絡がくるまで待つしかないな）

前半は事実だが、後半はまずないと知っている。その上での苦しい言い逃れを真に受けて、孝太は今度はアパートの郵便受けに執着するようになった。朝夕以外にも何度となく覗《のぞ》いては、半泣きで「すーちゃんからおてがみこないー」とつぶやく。クリスマス翌日に転んだはずみで例のキーホルダーを壊してからは、幼稚園でもシッターに預けている間も、渡辺と自宅にいる間にも浮かない顔ですみに座り込むようになった。

根比べのようなものだ。そして、この場合の渡辺が孝太に敵《かな》うはずもない。

本人から連絡がなくとも、こちらから伝言を頼むことはできる。公私混同にはなるが、人を介して孝太に会ってほしいと頼む以外にない。そう思い決めた日の午後に、孝太がいなくなったとの連絡が入った。

これまで、ひとりで「外」に出したことがない子どもだ。おまけに時刻は暮れ近く、夕方から夜の冷え込みはことのほか厳しい。過去の経緯を思えばひとりで出歩くとは考えられず、当初は事件に巻き込まれたのではないかと思った。

警察に通報しシッターや知人の手を借りて探し回っている、そのさなかに取引先の相手であり、俊の上司でもある加藤《かとう》から連絡が入ったのだ。

渡辺の子どもが、渡辺の携帯電話を持って迷子になって、俊に電話を入れてきている、と。

(槙原くんに連絡を入れてもらえますか？　電話番号はわかりますか)

わかりますと即答しかけて、危うく言い換えた。

(すみません、息子が持ち出した携帯に入っているんです。教えていただけますか)

忘れるつもりでいながら、俊の携帯のナンバーもアドレスも消去できずにいたのだ。それで孝太が俊に連絡できたのは、本当に幸運だった。

俊の助言を得て警察に相談し、間を置かずに孝太の居場所が判明した。祈る気持ちで先に行ってくれないかと頼むと、俊は以前と同じ口調で即答した。

(行くなと言われても行くよ)

その言葉が、心底ありがたかったのだ。そうして再会してみれば俊は最後に会った時とは別人のような、すっきりとした表情で渡辺に笑ってみせた。

(よかったら、少し休んでいかないか？　うち、この近くだから)

(いいよ。気楽なひとり住まいだから)

未練たらしい自分に呆れながら、これが本当に最後になるかもしれないと思って俊の言葉に甘えた。そうして出向いた俊の部屋は家具はもちろんカーテンやベッド周りも、キッチン周辺までもが様変わりしていた。

（もう使わないから、引っ越しの時に全部捨てた）

さばさばと言われて、その言葉の意味をようやく悟った。

本音を言えば、当初から俊の部屋には居心地がいいくせに、奇妙な違和感があった。ひとり寝には不要なダブルベッドと、住人のイメージに合わない派手めのカーテンや家具調度。キッチンの食器棚に並んだ、ペアの食器の数々。そのどれもが、住人の雰囲気には合わないものだったのだ。

（全部僕の好みに合わせて買った。僕らはそういう関係なんだよ）

伸也のあの言葉は確かに正しいようだと、それなら自分の出番などないとあの時に思い知ったつもりでいた。だからこそ、思わず訊き返してしまった。

（別れたのか。本当に？）

（あ。疑ってるな？）

軽く笑った俊の表情で、それが確かに事実だとわかった。礼を言われ、まだ次の相手はいないと聞かされて、――押し殺していたはずの気持ちが大きく芽吹くのを知った。後に続いた孝太に会わせてほしいとの言葉を聞きながら、俊が並べる「条件」のすべてに、俊自身と渡辺が顔を合わせないための配慮があるのを悟って、ひどい喪失感を覚えていた。

こんなにも目の前の相手に会いたかったのだと、今さらながら思い知らされた。だからこそ、俊がこぼしたあの言葉に食いついていった。

(下心あるけど、でもそれは孝太本人じゃなくてできたらちょっとでもあんたの手伝いがしたいだけで)

(それよりもう一回友達になってくれたら嬉しいと)

(つけ込む気は満々にあるよ。だけど)

遠慮がちなその言葉に潜む響きに、渡辺はその場で腹を括った。俊がああ言い、自分も同じ気持ちなら——友人に戻る気がなくそれでも傍に置いておきたいのなら、ほかに選択肢はないと思った。

(あんたさ、本当にそれでいいんだ?)

(冠婚葬祭以外は関わるなって親から言われてる)

(あんたにもだけど、孝太にも厭な思いはさせたくない)

俊のあの懸念は、確かに現実のものだろう。同居話に消極的だったのも、この部屋への転居が決まった後にまで後込《しりご》みしていたのも、おそらく過去にあった「結末」を恐れているからなのだ。

けれど、そういったトラブルは「同性同士だから起きるもの」という括《くく》りに限らないはずだ。事実、渡辺の前回の結婚は二年間の恋愛の結果だったが、ものの数年で見事に壊れた。両親との関係はと言えば、こちらの携帯電話ナンバーのみ知らせているだけのごく細いものになってしまっている。

いつか修復されるかもしれないが、それが本当に果たせるものかどうかも知れないのだ。少なくとも、孝太が自分から祖父母に会いたいと言い出すまでは、引き合わせるつもりは渡辺にはなかった。

たとえ血縁でも、どんな親密な関係であっても、いつか壊れるかもしれない可能性を孕《はら》んでいるのだ。それが身に染みていれば、まだ起きてもいない問題を掲げて今目の前にある大事なものを見過ごす気にはなれなかった。

今、手を離したら確実に失う。そうやって二者択一を突きつけられれば、迷う余地などあるはずもない。

だからこそ、敢えて「責任を取る」と言った。そうやって、後込みする俊を追いつめて言《げん》質《ち》を取った。いつか壊れてしまうかもしれないものなら——失う可能性を秘めているのならなおさら、せめて少しでも長く「今」を続けていきたいと思った……。

■

夕飯は外食ではなく、自宅で蕎麦を茹でることにした。

引っ越し準備段階から片づけに追われて、出来合い弁当やコンビニ食が続いていたのだ。いい加減飽きてもいたし、蕎麦なら適当な薬味と汁を準備するだけですむ。

仕事部屋の片づけに手こずる俊に昼寝中の孝太を頼んで、渡辺は買い出しに出た。帰宅早早に鍋に湯を沸かし、茹で時間の頃合いを見て、仕事部屋にいた俊に声をかける。

「そろそろ夕飯にしよう。孝太を起こしてきてくれ」

「あ、うんごめん！　すぐ着替えて支度する。孝太のコートって、あんたの部屋だっけ？」

「支度もコートもいらない。蕎麦を茹でたから、今夜はうちで食うぞ」

とたんに、俊はわかりやすく嬉しそうな顔になった。

「え、本当？　あんたが作ってくれたんだ？」

「文句は言うなよ。味の保障はないぞ」

「そんなことないよ。あんたの料理、おれ好きだよ？　ちょっと意外な感じで」

引き返しかけた背中に言われて、どっちなんだと苦笑がこぼれた。思いついて踵《きびす》を返し、渡辺はデスク前にいた俊に近寄る。きょとんと見上げてくる顎を掴んで、不意打ちで呼吸を塞いでやった。

「ん、ちょ……っ」

肩に触れてきた俊の手は押し退《の》ける仕草をしているが、本気でないのは力加減で明白だ。かえって煽られた気分になって、渡辺は触れた唇の合間を探る。歯列を割ってキスを深くすると、肩に触れていた指がセーターを握りしめるのがわかった。

「……っ！　何、あんたいきなりっ……」

唇を離した合間、赤い顔で見上げてくる俊の唇が濡《ぬ》れているのが目についた。数センチ先のそれに歯を立ててるように齧りつくと、触れた肌の戦慄《わなな》くような震えが伝わってくる。

「あ、のな！　だから、いきなりそういう真似はすんなって言っ……」

言うなり背後の壁に張り付いた俊は、顔だけでなく首すじから耳まで真っ赤になっていた。毎度のこととはいえ、「もう少し隠せ」と言いたくなる素直さは、時と場合によっては非常な困りものだ。本人のその気の有無とは無関係に、誘われているような気分になる。ついでとばかりに恋人を腕の中に閉じこめて、耳許でぼそりと言ってみた。

「厭だったのか？」

「そ、ういう問題じゃなくて！　あのさあ、前からそうだけど、こういう時はまず雰囲気出してからにしろよ。びっくりするだろ！」

むきになっての抗議に、渡辺はわざと真面目な顔を作る。

「雰囲気も何も知ったことか。あんたが可愛いのが悪い」

「か。可愛い、ってあんた、おれはとっくに三十路《みそじ》過ぎてっ……」

「三十路だろうが四十路《よそじ》だろうが、可愛いものを可愛いと言って何が悪い。文句があるなら説明してみろ。――それはそれとして、孝太を起こして手を洗わせてやってくれ。今回は揃《そろ》って遭難するなよ。蕎麦が伸びても責任は取らないからな」

「……善処します」

午後の居眠りを思い出したのか、ばつが悪そうに俊が言う。その唇に、今度は触れるだけのキスをして、渡辺は自宅に戻った。

再会以来たびたび言われていることだが、渡辺の触れ方は唐突すぎて驚くのだそうだ。今の今まで真面目に世間話をしていたかと思えば、いきなり行動に出るので予想がつかない。つまり「心の準備ができない」のだという。

ちなみにそんなものいらないだろうと言い返した時には、「あんたはいらなくても自分はいるんだ」と反論された。以来、同じようなやりとりを何度となく繰り返している。

「おとーさん、こーたおきたよー！　すーちゃんときたよー！」

昼寝をしたおかげか、すっかり元気になった孝太が先導するようにドアから飛び込んでくる。お手伝いするとせがむのに三人分の取り皿を渡し、茹であがった蕎麦を椀《わん》に盛りつけて、こちらは遅れてリビングに顔を出した俊に運んでもらった。

正月以来の、賑《にぎ》やかな夕飯になった。食後のお茶を飲んだ後で孝太の風呂を俊に頼み、渡辺はキッチンの片づけにかかる。湯上がりの俊から孝太を受け取って、子ども部屋で寝かしつけた。一段落して時計を見れば、時刻は二十一時を回ろうとしている。

向こうはまだ、片づけをしているのだろうか。気になって覗いてみた仕事部屋では、俊がデスクに向かっていた。開いたままのドアを軽く叩くと、少し驚いたように振り返る。

「どんな具合だ。終わりそうか？」

「大丈夫、ほとんど終わってる。ごめん、ちょっと仕事してた」

そう言う恋人は寝間着の上からカーディガンを羽織り、湯上がりタオルを首に掛けたままだ。隣人だった頃は半端に長かった髪は当たり前の短さになっているが、まだかなり濡れているように見える。

「あんた、頭は？　きちんと拭《ふ》いたのか」

「ん？　ん、あー……ごめん、今拭く」

「いい。あんたは仕事を続けてろ」

ため息まじりに言って、渡辺は恋人の首に掛っていたタオルを取り上げる。きょとんと見上げる頭に破せて、濡れた髪を拭《ぬぐ》ってやった。

「え、いやいいよ？　このくらい、おれ自分で」

「気にするな。孝太で慣れている」

ここ最近になって知ったことだが、この恋人は案外に面倒くさがりだ。渡辺や孝太が絡むことになるとやたら几帳面《きちょうめん》な反面、自分のことではとことん手を抜く。実際、正月明けには同じシチュエーションで濡れ髪を放置したあげく、風邪で二日ばかり寝込むことになった。

渡辺の手を上から押さえる形で、俊は微妙に不満そうな声を上げる。

「何それ。おれは孝太と同じかよ」

「部分的にはそうだな。少しは自覚しろ」

わざとすっぱりと言い切ると、俊はしばらく考えるふうに黙った。いきなり背もたれごと身体を後ろに倒してきたかと思うと、渡辺を見上げる格好でいきなりにっと笑う。

「わかった。自覚したからよろしく、オトーサン」

思わず眉を顰めていた。髪を拭う手を止めず、渡辺は低く言い返す。

「俺は、自分より年上の息子を持った覚えはないぞ」

「え、でもあんたが言ったんだろ？　おれと孝太は同列って」

「だからってオトーサンはやめろ。気力が萎《な》える」

「うわ、何それ。ひどい言い草——」

笑いながら言いかけた俊を、真上から真顔でじっと見下ろした。何度か瞬《しばた》いた恋人が困ったように神妙な顔になるのを見届けてから、渡辺はそっと顔を寄せる。半開きになった唇を舌先で撫で、上唇を齧っただけでそっと顔を離して言う。

「――少しは雰囲気が出てたか？」

予想外の言葉だったらしく、俊は目を丸くする。数秒置いて吹き出した。よほど面白かったのか、椅子の上で転がり回るように笑う。

「笑うところか？　こっちは真面目に訊いているんだが」

ぼそりと言うと、俊は眦《まなじり》を指で拭いながら見上げてきた。

「いや、だってあんた、そんなの気にしてたんだ？」

「そっちがしつこく言ったんだろうが」

「うん確かにそうだけど！」

即答しながら、俊はまだ笑ったままだ。

そこまでおかしな真似をしたのかと、微妙な気分になった。無言で眺めていると、ふいに恋人が椅子ごと身を起こす。こちらに向き直り、笑いの残る頬を引き締めて言った。

「おれさ。あんたのそういうとこが好きだな」

「何なんだ、いきなり」

「うん。そう思ったから言ってみただけ」

笑うなり、渡辺の首にしがみついてきた。両方の手のひらで渡辺の頬をくるむと、今度は自分から唇を合わせてくる。わざと動かずに出方を待っていると、上唇と下唇とを交互に齧られ、探るように歯列を撫でられた。

焦《じ》れたようにセーターの背中を引かれて、渡辺は椅子ごと恋人を引き寄せる。

長い、キスになった。押し引きするように舌先を絡め合い、逃げるのを追って歯列の奥へと押し入る。頬の内側を辿《たど》り捕まえた舌先を齧って退くと、今度は恋人の体温が追いかけてくる。そうする間にも背中にしがみついた腕が渡辺の肩胛骨《けんこうこつ》を撫で、髪に指を絡めてくる。ようやく唇を離した時には、互いに小さく息を切らしていた。

「あんた、明日、仕事は……？」

目許を赤くした恋人に少しもつれる口調で問われて、わざと腕の中の腰を抱き寄せた。顎の付け根にキスを落として、耳許で言う。

「通常通りだな。そっちこそ、時間はいいのか？」

「……出勤日じゃないから平気。孝太は？」

渡辺の肩に顎を載せるようにして、俊は別室を気にする素振りを見せる。毎回の儀式にも似たやりとりに、渡辺は少し笑った。

「寝た。爆睡していたから、まあ起きることはない」

「でも、夕飯まで昼寝してたよな。大丈夫かな」

「もし起きてぐずったら、あんたも一緒に宥《なだ》めに行けばいい。それなら機嫌も直るだろう」

語尾をそのまま流し込むように耳朶《じだ》に歯を立ててると、腕の中の身体が小さく震えた。頷く気配の後で、掠《かす》れたような声が「寝室に、行く……？」と囁《ささや》いてくる。

椅子に潜り込んだ格好の恋人の、腕を引いて引き起こした。腰ごと抱き込むように、ベッドのある寝室に移動する。

そういえば、正月休み以降はずっとこういう機会がなかったのだ。引っ越し先が見つかれば子連れ世帯の渡辺は荷造りに追われ、身軽なはずの俊は仕事の納期に追いかけられる。互いのアパートへの行き来は渡辺が車を出すことである程度解決したが、それなりにまとまった時間はなかなか取れず、取ることができても孝太が起きていれば下手にくっつくわけにもいかず――結果としてずいぶん長く、恋人の肌に触れていない。

道理でやけに触りたくなるわけだと自分で感心しながら、ベッドに座らせた恋人の寝間着に手をかける。ボタンを外しながらふと目をやると、俊は微妙に神妙な顔でじっと渡辺を見つめていた。

「どうした？」

「うん、何でも。っていうか、何となく不思議な感じ。ちょっと緊張する」

「何が」

訊きながら、恋人の肩を押してころりとベッドに転がした。見下ろす顔が今度こそ笑ったのを知って、渡辺は訝《いぶか》しく手を止める。

「おい？」

とたんに、俊はいきなり笑いだした。さすがに胡乱《うろん》な気分で眉を顰めていると、下から伸びてきた手のひらに両の頬を包まれる。

「おれ、さ。誰かと住むのって、高校卒業以来なんだよ」

「……？」

「伸也が、自分の都合で押し掛けてきて長居することはあったけど、同居ってつもりはなさそうだったし。おれも、わざわざ目の前で伸也と女の子がいちゃつくのとか、見たくなかった。だからって、実家には帰れる状況じゃなかったしさ。だけど、これからは朝晩あんたや孝太と一緒だと思うと、嬉しいんだけど本当かなって気分になる」

そう言う佼は、笑いながらもどこか泣き出しそうな顔をしている。そう思った瞬間には、腕に力を込めていた。恋人の額に額をぶつけて、唸《うな》るように言う。

「本当も何もあるか。あんなろくでもない男と一緒にするな」

「してないよ。あんたと伸也は、全然違っ……」

最後まで聞かずに、唇をキスで塞いだ。抱きつぶす勢いで腰ごと引き寄せると、背中に回った指が強い力でしがみついてくる。

消極的な態度で、それでもはっきりと同居に難を示していた佼が、今回の引っ越しに同意した。その理由がこの部屋であれば表向きには隣人同士に見えるからだと、渡辺は承知している。というより、だからこそここの部屋を選んだと言ってもいい。

再会してからぽつりぽつりと聞いた話やふだんの様子から、佼が何を怖がっているのかが

──周囲に知れてしまった時のことや、渡辺と「終わった」時のことを懸念しているのが見えたからだ。

恐怖や嫌悪は、大抵が生理的なものだ。理由や理屈がわかったからといって、あっさり拭い去れるものではない。渡辺が両親へのわだかまりを捨て切れないように、俊は過去に積み重ねてきた経験を恐れてしまう。

それはそれで、無理もないことだ。同時に、その考えを変えてほしいのなら──変わることを相手に望むのなら、こちらも相応の覚悟はすべきだろう。

（もちろん、俺も責任は取る）

去年のあの時に、渡辺はその覚悟を決めたのだ。

俊が、渡辺といることを当たり前だと思うだけの時間を一緒に過ごす。そうすることで、過去をひとつずつ上書きしていけばいい。

互いがそれを望むのであれば──時間は十分にあるはずだから。

■

恋人の携帯電話に着信があると気がついたのは、キッチンで飲み物を用意して寝室に戻る途中だった。

荷物が積まれたままの暗いリビングの片隅で、小さく光って自己主張していたのだ。音が鳴らない設定にしていたのか、それとも気がつかなかったのか。怪訝に思いながら拾って寝室に戻ると、部屋の主はベッドの上に身を起こして、くしゃくしゃになったパジャマを広げて袖《そで》を通していた。

よほど喉《のど》が渇いたのか、俊は渡辺が渡したコップを一気にからにしてしまった。お代わりはいるかと訊くと、すまなそうに頷く。その手に携帯電話を渡してから、渡辺は再度キッチンに引き返した。

水のお代わりを手に引き返した寝室では、うんざりした顔つきの俊が携帯電話を眺めていた。渡辺に気づくなり、折り畳んだそれをサイドテーブルに放り出す。

「電話、いいのか？」

何となく気になって訊いてみると、俊はあっさりと言った。

「いいよ。伸也からだったから。着信拒否してるんだけど、履歴は残るんだよね」

「――」

思いがけない言葉に、つい眉を寄せていた。それへ、俊はさらりと続ける。

「時々、思い出したように連絡が来るんだよ。奥さんと、あんまりうまくいってないんじゃないかな。だからって、こっちにスペア要望されても困るんだけど」

「どうしてそんなことを知ってるんだ」

「この前、こっちから電話して聞いた」

即答に、すぐには返事が出なかった。顔を顰《しか》めた渡辺に気づいたのか、俊は素早く言う。

「あんまりしつっこいから、直接断り入れたんだよ。もうスペアをやる気もないし、迷惑だから二度と電話してくんな、って言っといた」

「言えたのか。あんたに？」

「言ったよ。言質《げんち》取ろうと思って録音したんだけど、聞いてみる？」

録音、という台詞に驚きはしたものの、窺《うかが》うように見上げてくる俊の表情は真剣そのものだ。つられるように頷くと、携帯電話を拾って何やら操作する。開いたままのそれを、耳に当てるよう促してきた。

ベッドに腰を下ろして、渡辺は薄い携帯を耳に当てる。

意外なほどクリアに聞こえてきたやりとりは、確かに俊と伸也のものだ。何やらぐずぐずと愚痴《ぐち》をこぼす相手に、俊が先ほど渡辺に言った通りの台詞を突きつけている。最後には、「そんなことよりよそ見せずちゃんと奥さんを大事にしろ」という忠告まで付け加えていた。

もっとも、それ以上に気になったのは会話の合間にあった、意味深なやりとりの方だ。

「生島《いくしま》さんというのは、誰のことだ？」

折り畳んだ携帯電話を返しながら言うと、隣に座った恋人はあっさりと言う。

「うちの会社の営業だよ。あんたも名前くらいは聞いたことあるんじゃないか？」

言われてみて思い出す。俊の社の営業担当者から、「本社から新しくきた上司」として聞いた名前が確かそれだったはずだ。

「その人と、何かあったのか」

「あったっていうか……入社二年目に一緒に仕事して、それから結構親しくさせてもらってたんだけど、途中から変に避けられてたんだよ。その後はずっと会ってなかったんだけど、去年の秋に生島さんがこっちに配属になって、年明けくらいから挨拶とか立ち話くらいはできるようになったんだ。だから、昔におれを避けてた理由を訊いてみた」

「今になって、わざわざか」

自分でもわかりやすく、胡乱《うろん》な声になった。それへ、俊は少し困ったように笑う。

「生島さんて、万事にきちんとした人なんだよ。避けられるこっちに問題があるんだと思ってたし、迷惑かけたんだったらきちんと謝りたかったんだ。そしたら、どうやら伸也がいろいろ吹き込んでたみたいで」

「吹き込むって、何を」

問いに、俊はすぐには答えなかった。しばらく躊躇《ためら》った後で、ぽそりと言う。

「ごめん、それは勘弁。あんまり気分悪いんで、あんたには言いたくない」

固い声音と表情に、追及する気が失《う》せた。

「それで、生島さんとやらはそれを真に受けたわけか。それはそれで早計じゃないのか」

「ん、それがまた、何ていうか……下手に本人に確認できないような内容だったんだよ。オマケにどうやら伸也の奴、『俊を何とかまともな道に戻してやりたいんです、でも本人には絶対に内密に』って相談したみたいでさ。——正直、あんなの聞かされたら動揺もするし、関わりたくもなくなるよなあと思った」

「……それで？　誤解は解けたのか」

「どうかなあ……少なくとも、おれが男好きなのは事実だからさ」

　ぼそりとした答えに、「言いたくないこと」がつまりそれに類した内容で、しかも事実無根のものだと察しがついた。

「けど、生島さんはわかったって言ってくれたよ。直接確かめるべきだった、申し訳なかったって、頭まで下げてくれた」

　ため息混じりに言って、俊は少し表情を険しくする。

「それを見て、もの凄く腹が立ったんだよ。仁藤《にとう》は大学で一緒だったからまだしも、生島さんはおれの職場の先輩だろ？　わざわざ名刺交換して口実作って電話して、食事に誘って出鱈目《たらめ》吹き込んだっていうからさ。一言言ってやろうと思って電話しただけ」

「……なるほど」

　それでこの剣幕なのかと、ようやく納得がいった気がした。同時に、伸也の俊への常軌を逸した執着具合に、うすら寒い気分になる。

「それで、向こうはおとなしく諦《あきら》めたか？」

「もう懲りたんじゃないかな。伸也、ろくに反論してこなかったし」

他人事《ひとごと》のようにあっさりと、俊は続ける。

「あいつが近くに置きたいのは、自分に逆らわずおとなしく言いなりになるスペアだよ。そのへんは変わってないと思う。録音で、最後に言ってたろ。本当に俊なのか、って」

「確かに」

三度ほど、伸也といる俊を目《ま》の当たりにしたことがあるが、どの場面でも当然のように伸也の方がイニシアチブを握っていたのだ。露骨に言えば伸也が主人で俊が奴隷。それに近い関係性だった。

その奴隷にあそこまで容赦なく言われた日には、過去の幻影など脆《もろ》くも消え失せるに違いない。

「だが、一応注意しておいた方がいいぞ。妙な真似をされないようにな」

「大丈夫だと思うよ。何のかんの言って、自分の立場とかプライドが大事な奴だから」

それは、本当に俊が「スペア」であればの話だ。思ったものの、敢えて口にはしなかった。

——大学時代に伸也が俊とその友人に対して仕掛けた「仲違《なかたが》い」の経緯と真相を聞いた時に、ただの奴隷扱いにしては手間暇をかけるものだと思ったのだ。それが、伸也本人とは何の関係もない俊の会社の先輩までわざわざ呼び出すともなると、別の理由を含んでいるような気がしてならない。

……案外に「スペア」ではなく、「とっておき」扱いだったのだろうか。だからこそ、俊が他に目移りしないよう邪魔をした。自分だけを見るよう仕向けて、囲い込んでいた——？

何となく、寒気がした。無意識に伸ばした腕を俊の背に回すと、怪訝そうに見上げてくる。

「……？　何か気になることでもある？」

「なるな。さっきも言ったように、要注意事項だ。くれぐれも近づくなよ」

「近づかない。どのみち接点もないし、あそこまでやられて友達続けるのも無理。——今まで気がつかなかったおれも、どうかしてると思うけど」

本当に厭そうに言った俊は、それで話を切り上げた。パジャマの袖を通しながら、渡辺を見た。

「それよりあんた、もう寝る？　それとも、まだやらなきゃならないことがある？」

「ないな。どうしてだ」

「だったら孝太んとこ行こうよ。で、今夜は三人で川の字になって寝んの。引っ越し記念ってことで、いいだろ？」

言葉とともに、やけに期待に満ちた顔で覗き込まれた。

引っ越し蕎麦の時もそうだったが、どうやら俊の中では「三人一緒に」が重要なポイントになっているらしい。

正直、久しぶりだったからもう少し孝太抜きでと思わないではないが、俊のこういう顔には勝てないのだ。短く息を吐いて、渡辺は苦笑した。

ちなみに、孝太は非常に寝相が悪い。川の字になって寝た日には、大人のうちどちらかが布団からはみ出すことになるのは目に見えている。

風呂に行く前に、孝太の部屋にオイルヒーターを入れておこう。思い決めて、渡辺は腰を上げた。座ったままの恋人に、「ほら」と手を差し出す。

「その前にシャワーだな。あと、孝太は結構朝が早いぞ。起こされる覚悟はしておけよ」

あとがき

おつきあいいただき、ありがとうございます。椎崎夕です。

二度あることは三度あると言いますか、今回は過去最高の、さらに上を行く事態になりました。

白状いたします。今回、原稿の八割が上がる頃まで主人公×2の表記は「A」「B」、お子さまは「コドモ」でした。途中で決まって一括変換したものの進行中にも二転三転し、最終稿にてまた変更となり。結果、校正時には某人物への認識が「コレ誰？」となり果てたわけです。

好んで使用する名前の「文字」と「音」が、非常に偏っているんですね。加えて「三歩歩けばみな忘れ」の鳥頭にて、以前に書いた原稿の主人公のフルネームでさえきちんと記憶できていなかったりもします。

にもかかわらず、何も考えずに登場人物に命名すると何が起きるか。

人物名の「文字」や「音」が、過去作と被りまくるわけです。後になって「コレは既に使用済み」であることに気づいて阿鼻叫喚に陥《おちい》り、再度名前をひねくり回す、という。

そろそろこれが恒例となりつつある、今日この頃。打開策の一環として、前向きに人名事典の購入を検討しようと思います……。

今回は、陵クミコさまに挿絵をいただきました。ラフやカバーでの主人公×2の雰囲気のよさはもちろんですが、個人的にはお子さまのアップに悩殺されました。本当にありがとうございます。見本が届くのが、とても楽しみです。

担当さまにも、今回はいつも以上に諸々のご迷惑をおかけしてしまいました。次回にはこんなことのないよう己を戒めつつ、心より感謝申し上げます。ありがとうございます。

そして末尾になりますが、拙作におつきあいくださった皆さまに。

ありがとうございました。少しでも楽しんでいただければ幸いです。

椎崎夕

✦初出　スペアの恋……………書き下ろし
上書きの恋……………書き下ろし

椎崎夕先生、陵クミコ先生へのお便り、本作品に関するご意見、ご感想などは
〒151-0051 東京都渋谷区千駄ヶ谷4-9-7
幻冬舎コミックス　ルチル文庫「スペアの恋」係まで。

幻冬舎ルチル文庫

スペアの恋

2010年12月20日　第1刷発行
2012年5月10日　第3刷発行

✦著者　椎崎 夕　しいざき ゆう

✦発行人　伊藤嘉彦

✦発行元　株式会社 幻冬舎コミックス
〒151-0051 東京都渋谷区千駄ヶ谷4-9-7
電話 03(5411)6432[編集]

✦発売元　株式会社 幻冬舎
〒151-0051 東京都渋谷区千駄ヶ谷4-9-7
電話 03(5411)6222[営業]
振替 00120-8-767643

✦印刷・製本所　中央精版印刷株式会社

✦検印廃止

ISBN978-4-344-82119-4　C0193　Printed in Japan